仇嫒嫒 ◎ 著

但尽凡心

走近苏东坡

中国言实出版社

图书在版编目(CIP)数据

但尽凡心：走近苏东坡 / 仇媛媛著. -- 北京：中国言实出版社，2024.9. -- ISBN 978-7-5171-4955-2

Ⅰ.I267

中国国家版本馆CIP数据核字第2024AK6703号

但尽凡心：走近苏东坡

责任编辑：宫媛媛
责任校对：张国旗

出版发行：中国言实出版社
    地 址：北京市朝阳区北苑路180号加利大厦5号楼105室
    邮 编：100101
    编辑部：北京市海淀区花园北路35号院9号楼302室
    邮 编：100083
    电 话：010-64924853（总编室） 010-64924716（发行部）
    网 址：www.zgyscbs.cn 电子邮箱：zgyscbs@263.net

经 销：新华书店
印 刷：北京温林源印刷有限公司
版 次：2025年5月第1版 2025年5月第1次印刷
规 格：880毫米×1230毫米 1/32 11.75印张
字 数：320千字

定 价：68.00元
书 号：ISBN 978-7-5171-4955-2

尼采说:"当我想以一个词来表达音乐时,我找到了维也纳;而当我想以一个词来表达神秘时,我只想到了布拉格。"我也可以仿一句:当我想找一个人来诠释有趣的灵魂时,我想到了苏东坡。

苏轼像

　　苏轼，字子瞻，宋仁宗景祐三年（1036）农历十二月十九日（公元1037年1月8日）生于四川眉山纱縠行苏宅。19岁时与16岁的青神县乡贡进士王方之女王弗结婚。嘉祐二年（1057）中进士，深受梅尧臣和欧阳修赏识，同年母程氏卒。嘉祐四年（1059），长子苏迈生，嘉祐六年（1061）赴凤翔任签判。仁宗末年，上制策，建议政治改革。宋英宗治平二年（1065），妻王弗病逝，治平三年（1066）父苏洵卒于京师。宋神宗熙宁元年（1068）续娶王闰之。在王安石变法时，因政见不合，上书反对变法。由于未被采纳，便请外调，出任杭州通判，转知密、徐、湖三州。宋神宗元丰二年（1079）因"乌台诗案"入狱,后被贬至黄州,乃筑室东坡,号东坡居士。宋哲宗即位,改元元祐,高太后临朝,起用旧党司马光,招轼任中书舍人、翰林学士、知制诰。返汴京途中,过金陵,访王安石。因反对尽废新法,引起旧党疑忌,出知杭、颍、定三州。宋哲宗绍圣元年(1094),新党得势,贬斥元祐旧臣,又被贬至惠州、儋州。宋徽宗即位后苏轼遇赦北还,1101年7月28日,病逝于常州,享年66岁。谥文忠。

这就是苏东坡的一生。本书在杭州、黄州、惠州、儋州四个地方,稍事停留,带你走近苏东坡。

《赤壁图》 明 仇英

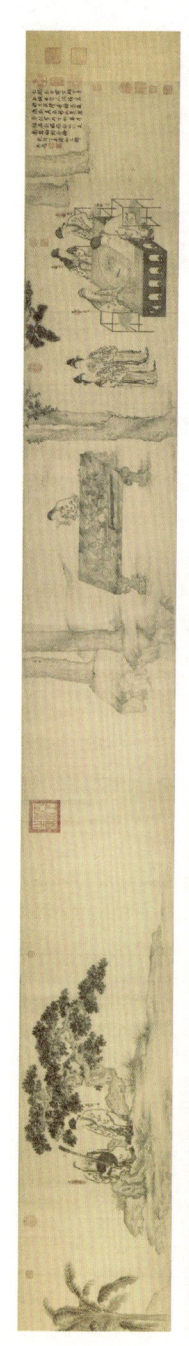
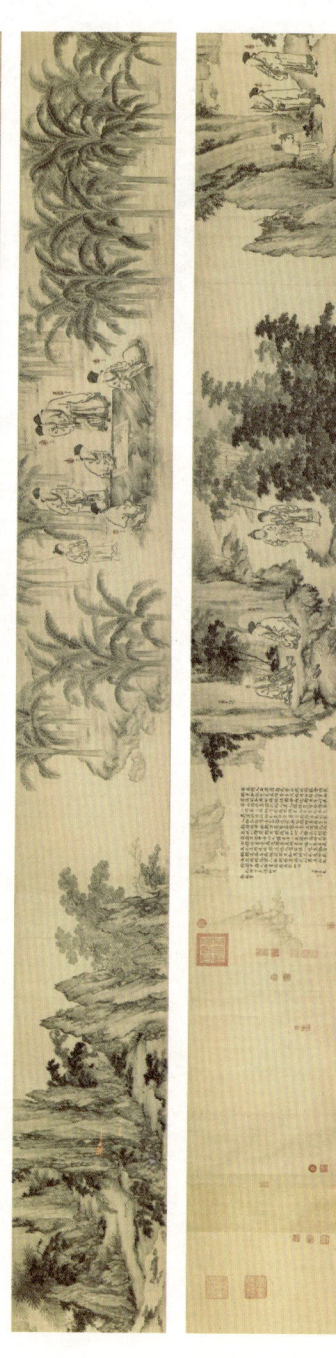

《西园雅集图》 北宋 李公麟

注：此画为宋摹本。西园雅集为北宋元祐年间，文艺圈的顶流聚会。西园是北宋驸马都尉王诜的宅第花园，王诜曾邀苏轼、苏辙、黄庭坚、米芾、李公麟、秦观、米芾、李公麟等通大师以及日本圆通大师等十六位文人名士在此游园聚会，会后李公麟作《西园雅集图》，米芾书写了《西园雅集图记》。

《墨竹图》　北宋　苏东坡

注：东坡绘竹，师法文同。

《后赤壁赋图卷》 明 仇英

注：此图卷由清乾隆年间缂丝艺人以仇英画为蓝本缂织而成。引首有清乾隆皇帝御笔"云机仙制"。

《东坡寒夜赋诗图》 明 仇英

注：画中描绘的是苏东坡和朝云寒夜赋诗的场景。文徵明跋："仇实甫人物效赵承旨，笔意遒劲高古，有天际真人之想。此图丰格无称绝伦，其侍坐婀娜含羞露娇，宛然若生，岂特承旨已耶，宜特承旨，宜珍藏之。徵明。"

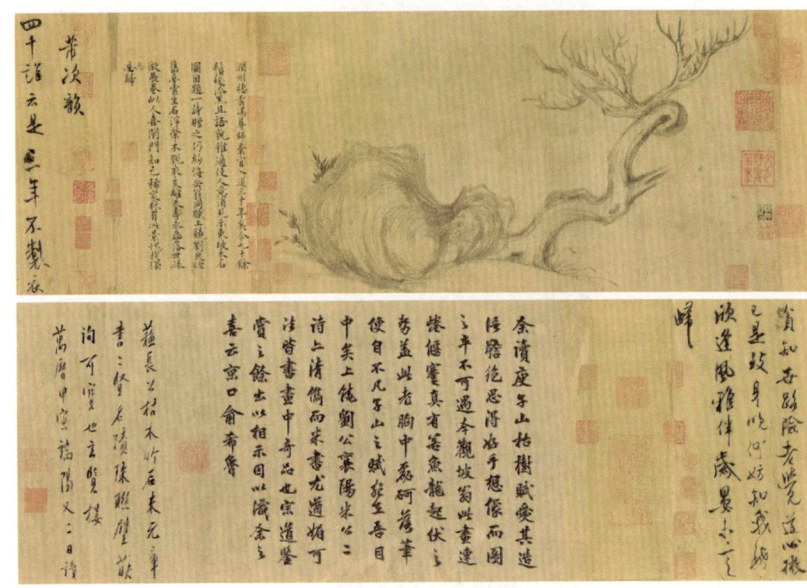

《枯木怪石图》　　北宋　苏轼

注：《枯木怪石图》又名《木石图》，是北宋苏轼任徐州太守时曾亲往萧县圣泉寺时所创作的一幅纸本墨笔画。跳出了在"写生"基础上"寓兴"的藩篱，为了强烈地抒发感情，创造了"不似似之"的形象。

米芾在该画作上题："四十谁云是，三年不制衣。贫知世路险，老觉道心微。已是致身晚，何妨知我稀。欣逢风雅伴，岁晏未言归。"

《潇湘竹石图》 北宋 苏轼

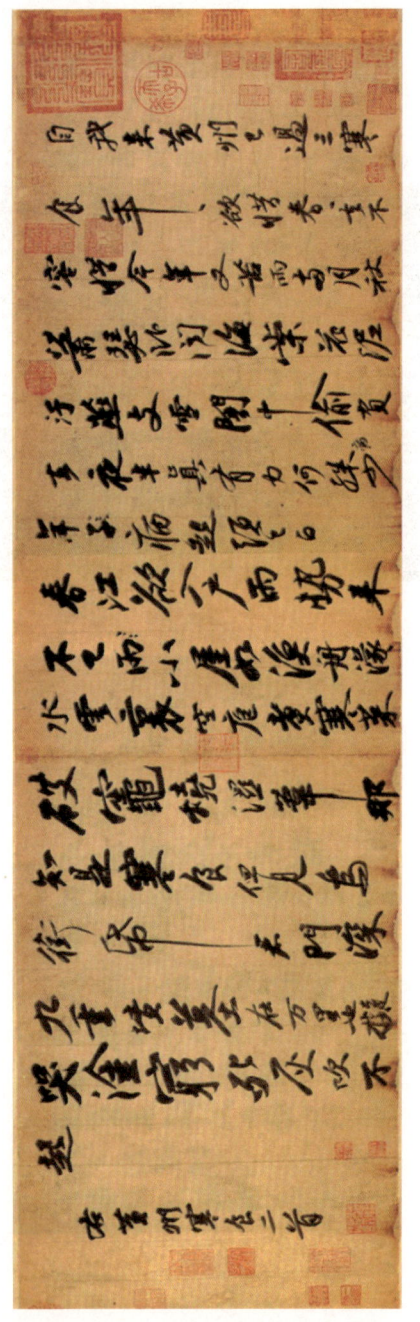

《寒食帖》 北宋 苏轼

注：文字为"自我来黄州，已过三寒食。年年欲惜春，春去不容惜。今年又苦雨，两月秋萧瑟。卧闻海棠花，泥污燕支雪。闇中偷负去，夜半真有力。何殊病少年，何殊病起头已白。春江欲入户，雨势来不已。小屋如渔舟，濛濛水云里。空庖煮寒菜，破灶烧湿苇。那知是寒食，但见乌衔纸。君门深九重，坟墓在万里。也拟哭途穷，死灰吹不起。

赤壁賦
壬戌之秋七月既望蘇子與
客泛舟游於赤壁之下清風
徐來水波不興誦明月之詩
歌窈窕之章
少焉月出於東山之上徘徊
於斗牛之間白露橫江水
光接天縱一葦之所如凌
万頃之茫然浩浩乎如馮虛
御風而不知其所止飄飄乎
如遺世獨立羽化而登僊
於是飲酒樂甚扣舷而歌
之歌曰桂棹兮蘭槳擊
空明兮泝流光渺渺兮
余懷望美人兮天一方客有
吹洞簫者倚歌而和之其
聲嗚嗚然如怨如慕如

泣如訴餘音嫋嫋不絕如
縷舞幽壑之潛蛟泣孤
舟之嫠婦蘇子愀然正
襟危坐而問客曰何爲其
然也客曰月明星稀烏鵲
南飛此非曹孟德之詩乎
西望夏口東望武昌山川
相繆鬱乎蒼蒼此非孟德
之困於周郎者乎方其破
荆州下江陵順流而東也
舳艫千里旌旗蔽空釃
酒臨江橫槊賦詩固一世
之雄也而今安在哉況吾與
子漁樵於江渚之上侣魚
蝦而友麋鹿駕一葉之扁
舟舉匏樽以相屬寄蜉蝣
於天地渺滄海之一粟
哀吾生之須臾羨長江之
無窮挾飛仙以遨遊抱
明月而長終知不可乎驟
得託遺響於悲風蘇子
曰客亦知夫水與月乎逝者
如斯而未嘗往也盈虛者
如彼而卒莫消長也蓋將

自其變者而觀之則天地
曾不能以一瞬自其不變
者而觀之則物與我皆無
盡也而又何羨乎且夫天地
之閒物各有主苟非吾之
所有雖一毫而莫取惟
江上之清風與山閒之明
月耳得之而爲聲目遇
之而成色取之無禁用之
不竭是造物者之無盡藏
也而吾與子之所共食客喜
而笑洗盞更酌肴核
既盡杯盤狼籍相與枕
藉乎舟中不知東方之既
白
軾書舊作此賦未嘗
輕出以示人見者蓋一
二人而已
欽之有使至求近文
輒親書以寄雖
多事
欽之愛我必深藏之
不出也又有後赤壁
賦筆倦未能寫當
俟後信軾白

《赤壁賦》　北宋　蘇軾

《枵木卷帖》　北宋　苏轼

注：苏轼借杜甫的《堂成》，抒发流寓贬所的心情。

该诗全文是：背郭堂成荫白茅，缘江路熟俯青郊。桤林碍日吟风叶，笼竹和烟滴露梢。暂止飞鸟将数子，频来语燕定新巢。旁人错比扬雄宅，懒惰无心作解嘲。

《次韵秦太虚见戏耳聋诗帖》　　北宋　苏轼

注：苏轼书于元丰二年（1079），时任湖州知州，不久"乌台诗案"爆发。
原文为：君不见诗人借车无可载，留得一钱何足赖！
　　　　晚年更似杜陵翁，右臂虽存耳先聩。
　　　　人将蚁动作牛斗，我觉风雷真一噫。
　　　　闻尘扫尽根性空，不须更枕清流派。
　　　　大朴初散失浑沌，六凿相攘更胜坏。
　　　　眼花乱坠酒生风，口业不停诗有债。
　　　　君知五蕴皆是贼，人生一病今先差。
　　　　但恐此心终未了，不见不闻还是碍。
　　　　今君疑我特佯聋，故作嘲诗穷险怪。
　　　　须防额痒出三耳，莫放笔端风雨快。

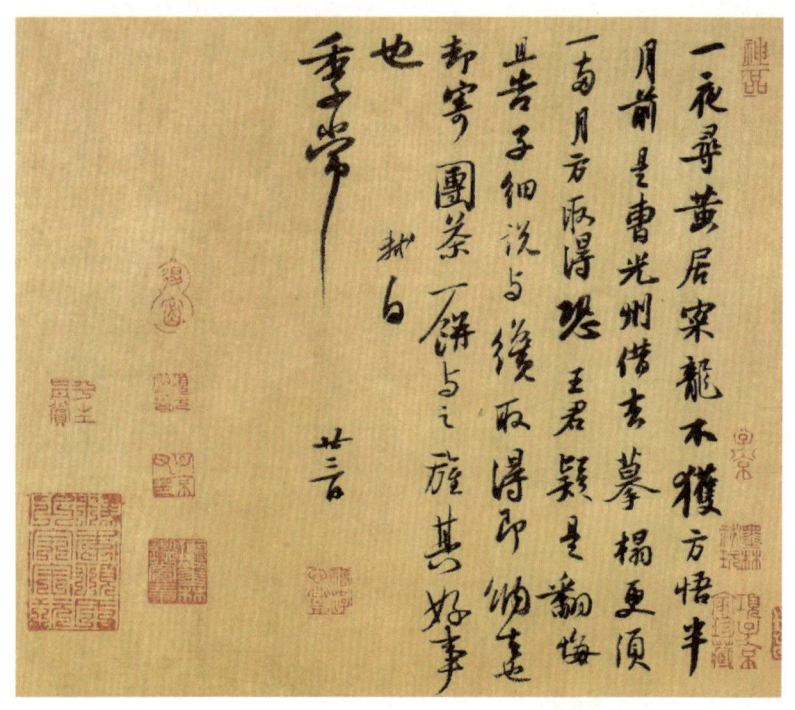

《一夜帖》　北宋　苏轼

注：一夜苏轼在家里寻找黄居寀所画的《龙》图，那是他从陈季常那里借来的，可怎么也找不着。情急中他想起半个月前曾将此画借给曹光州摹画，得一两个月方能送回，恐季常误以为自己会据为己有，于是写下这一书札说明，并寄上一饼团茶。

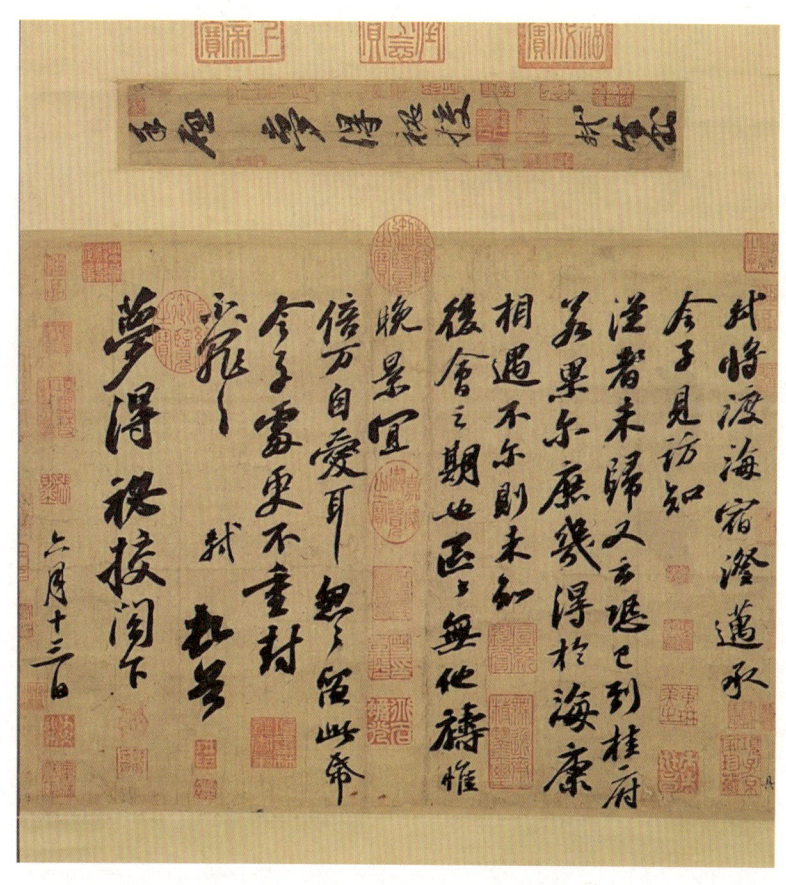

《渡海帖》　　北宋　苏轼

注：《渡海帖》又名《致梦得秘校尺牍》，元符三年（1100）六月苏轼被诏徙廉州（今广西合浦），路过澄迈时没有遇到赵梦得，赵梦得在苏轼贬谪海南的几年中对苏轼非常关照，还曾为苏轼探望家属。苏轼这次离开海南，和他道别，却没能见上一面，只好留了这封信给他。

自 序

我们总会与那些过往的生命密切关联

一

但凡有一点文化的人,他的交往都不可能只限于当代人,总会有一些过往的生命在吸引着他,也在影响着他。比如,周公之于孔子,陶渊明之于苏东坡,柳如是之于陈寅恪,芸娘之于林语堂,苏东坡之于我们,等等。

并且也因为距离的缘故,我们更容易将古人视为知己。读他的诗文和故事,等于是交流;模仿他行事的态度,等于是靠近;而在你我不如意时,更容易走进这个人的心灵。有时陪自己渡过难关的,未必是身边的亲人,而是那个看不见摸不着的古人。苏东坡被贬海南时,只带了陶渊明和柳宗元的集子,他将他们的书"目为二友",是它们在安抚他的灵魂。

古人似乎只有从后人那里,才能得到普遍的理解。孔子不被当世理解,后人尊他为万世师表;屈原不被当世理解,后人懂他"香草美人"的寓托;陶渊明不被当世理解,后人激赏他不为五斗米折腰;李白不为当世理解，后人欣赏他不愿摧眉折腰事权贵。倘若他们跟我们同代，未必能得到我们的青眼。

跟我们生命密切关联的这个人，还可以是艺术作品里虚构的人物。我想，庄子作品中的那些"畸人"，一定陪伴过现实中许多不幸的人。面对无可奈何的疾病和困厄，庄子笔下的这些人总能靠内在精神力量的培育自解倒悬之苦，实现人生的突围，而不是被困境压垮。有时，我们也不是为了从这些人身上获得励志的力量而亲近他们，只因他们的生命感动过自己。比如，《红楼梦》里的林黛玉，虽然有好多人表示过对她的不喜欢，虽然她的性格有一些我们认为的小缺陷，但我读《红楼梦》，心还是不由得选择去亲近她，也知道陪着她会有无尽的感伤，但宁肯陪着她感伤。

生命与生命的相亲，是说不明白的缘分。我觉得这些"远方的人"，是我们真正的知交，因为现实中我们很难遇到这一个，即便有这么一个人，我们世俗功利的心一抬头，也未必愿与他知交。我敢说，现实中人们更愿意跟宝钗交好，而不是黛玉。审美的我们与追求实用的我们，很难同频共振，这是在一个人身上表现出来的两面性。那个具有审美特性的"我"，更需要那些过往生命的陪伴。

苏东坡被很多人喜爱，我只是其中的一个。记得之前填一些测评的表格，看到"你最喜欢的人"一栏，随手一写就是"苏东坡"。再以后自己也弄起了文字，不知不觉就为苏东坡写了不少篇章。读写也是感情的加密，就像与朋友频繁往来一样，交游越多，渗入彼此生命的情谊也就越深厚，渐渐地他就变成了你的近邻或是亲人，因为他已住到了你的心里。

有一年，我们一家去四川旅行，很大程度上，我是冲着苏东坡去的。那天我们来到了眉山"古纱縠行"，这是条仿古街巷，三苏祠就坐落在这里。遗憾的是，三苏祠以关闭的形式，冷冷地拒绝了我们的进入，一问才知因地震的缘故，里面的文物需要修复，已经闭馆两年了。我的第一感觉是自己跟东坡真是无缘，那一刻，我很沮丧。

不过很快，我就转向豁达了。就算进到里面，看到那些建筑和文物,又会跟苏子有多大关系呢?我不太信赖地面的遗存,那多半是后人的仿造。去访一个古人,关键是去走他走过的路,走在他走过的路上,就等于遇见了。苏东坡在眉山生活了二十多年,那儿的哪条街、哪条路,他没走过呢?

我就在大街上慢慢走,慢慢寻,回来后写了篇《千年之后,我来寻你》。

二

写苏东坡的书很多,每个人都在用自己的方式表达。

寻访,从方式上来说,早已不再新鲜。但每人关注的点、碰撞出的情思,都会不同,而且我还想在一个地方住下来,与东坡为邻,进行日常的深度的"交往"。东坡最适合为邻,东坡也喜欢邻居,因为他是生活的东坡,是喜欢热络的东坡。

记得有本书里写他:"这么有趣的灵魂,宇宙间还有几个!"那么跟一个有趣的人为邻,是不是很有趣呢?可是,我到哪儿与东坡为邻呢?这个我要选择,东坡一生待过的地方很多。对了,就选黄州、惠州、儋州,这是他一生被贬的三个地方,也是东坡最需要邻居的三个时期。

为邻,可以对话,可以旁听,还可以不时地串个门,既可以近距离去感受,也不会因自己的无知而尴尬。为邻,也意味着我更关注生活意蕴层上的东坡,更关注东坡生活的细节:他种的小圃、他走的小路、他做的美食,他的茶、药与酒,等等。

寻访东坡,也是有讲究的。去黄州,可以住在临皋亭或雪堂附近;去惠州,可以住在合江楼或白鹤新居附近;去儋州,可以住在桄榔庵或载酒堂附近。看他看的景,走他走的路,感觉他的感觉,向一个有趣的灵魂靠近。

我觉得,黄州最好在秋天去,因为两篇《赤壁赋》写的都是秋天;惠州最好在初夏去,卢橘杨梅次第新,日啖荔枝三百颗,东坡也最喜欢这个季节；而海南自然是在冬天去了，这是公认的最舒服的季节。

寻访前，我要通读东坡在这些地方的诗文集，比如他在海南的诗文集，我找到了林冠群编注的《新编东坡海外集》，里面几乎全部收录了东坡在海南的诗、词、文和信札。寻，也包括在诗文里寻，在那些为人熟知和不为人熟知的诗文里寻；在大事里寻，也要在小事里寻，在算不上事的日常里寻。寻的关键是带上自己的情和心，跟着他去那些地方，陪着他漫步，陪着他受难，再陪着他从苦难中超脱。

与古代诗人为邻，陪伴那些伟大的心灵，于我也是一种人生方式的体验。我们都生活在当下，只能与当代人交往，那么我们可否尝试与自己喜爱的古人"交往"，进行一种跨时空的交流，于己而言，也是生活维度的拓展，我们完全可以开启一种立体生活。

有趣的生活，就是尝试过多种方式的生活，这是我不久前形成的生活观。平时受在职和习惯的限定，我们几乎生活在一种模式里，单调是我们对生活的第一感觉，而这我们完全可以改变。

生活着的东坡，比其他的东坡更真实；而生活方式的多样化尝试，也比常规生活的享乐更为重要。寻访古代诗人，一次就那么十多天，却能让我获得从今以往、从古至今的穿越体验。

人只有出去了，才会爱上故乡。体验了另一种生活方式，也能增进对原有生活方式的理解和喜爱，这便是变化生活的魅力。

三

本书在原版《与东坡为邻》的基础上，增加了苏东坡两仕杭州的内容，毕竟他在杭州待过五年，在地方上为官时间最长的就数杭州了。两仕杭州也是东坡仕宦生涯中最幸福的时光，跟贬谪的三个时期反差很大，这让我们能看到一个比较全面的东坡：一个为官时急民所急、造福于民的人，在贬谪地没有权力的情况下，是如何克服不便、曲线为民的；一个年轻时异趣疏狂、游兴浩荡的人，在人生的晚景中，是如何静中求清又动中徐生的；一个在湖、杭之地，能食尽天下美味的人，在蛮荒的贬谪地，又是如何哺糟啜醨，无往而不乐的。东坡能过好日子，也能将坏日子过出"好日子"的感觉。

书中我试着还原东坡的一些生活细节和场景，让读者能窥到千年前他在杭州、黄州、惠州和儋州的一些影子。看惯了那些被价值和意义选中的事件，蓦然觉得那些被忽略的细节，那些无关紧要的琐事，往往最有生活和人生的真味。因为在做这些事时，他没有去承担什么社会的附加值，也没有那种仿佛在做命题作文的功利趋向，一切本着生活的自然和生命的自然，纯任自然，自然而然。

在杭州和被贬的时期，东坡的诗文从绚烂渐至于平淡，从飞扬渐趋于枯寂。到了儋州他几乎每天默坐，整整三年时间，他差不多没出过中和镇。但东坡的生命又不是枯淡的，这很大程度上得益于他对日常生活的精研和试验。比如，他酿酒，写酿酒经；他制作美食，琢磨着怎么吃生蚝，怎么煮菜羹；他还自己取松煤制墨，试验增减烟囱的长度和宽度，以获取更为精致的松煤；他耕种小圃，种药种菜，每天像一个君王一样检阅他的菜苗。

最能充实一个人的，是这些生活的细节，是对简单简陋的生活，做美的提升的尝试。比如，在海南做菜羹，那是在严重缺米的情况下，想着怎么将蔬菜跟切碎的薯干，熬得汤汁油光，香味四溢。同样过苦难生活，有人过得粗疏马虎，东坡却过得精细致，将坏日子过成"好日子"。

正是他的这一生活态度，使他不管被贬到哪里，都能安处乐处，这么个有趣的灵魂，才会吸引人们千年不断地追随。

诗人们几乎每天都要写诗，他们是在诗中过日子。东坡的诗也是他的日记，可诗本身是一种提取，滤掉了很多生活细节，得感谢东坡的序，他的很多诗词都有小序，有时间和地点，有情景和过程。所以，东坡的生活状态，可以通过诗文拼贴出来，是第一手的真实。写历史人物，我不认为虚构有多大价值。

对东坡，是不是当地人会更熟悉，写起来更真？或许，但也未必。一个外来人，可能对周遭的一切感觉更新鲜、新奇。比如，惠州的云水蕨绚、东江边蹦上岸的小鱼小虾，在惠州人眼里都已司空见惯，而在我眼里却是新鲜的初遇。熟知容易归为平淡，未知容易唤醒感觉。我的寻访，让东坡遗迹获得了被重新打量的一束目光。某种意义上，一个外来人的体验可能比当地人更为真切。

入得深了，也容易较真，一较真也容易失落。比如，黄州的临皋亭、雪堂在哪儿？就连东坡在哪个范围内生活都不能确定了，出现了多个临皋亭，多个雪堂，这与后人不在原址上重建有很大的关系。我们有个传统"存其遗意而建"，就是在别处再建一个以示纪念，可能这个朝代建在这儿，那个时期建在那儿，这就让更后来的人云里雾里，不知所终。而像我这样一个认真的寻访者，就想找到原址，哪怕什么建筑都没有，只一块遗址碑也行，可是最难找的就是原址，而不在原址上的建筑历代都有。寻找上的这份执着，也让我有意想不到的发现。

怎么让自己跟千年前呼应？主要靠阅读和行走。读东坡诗文，沿东坡诗文中的足迹行走，跟着他游西湖，去岐亭，去兰溪，去沙湖，去白水山，去罗浮山。日常生活中，他也有常走的路，黄州的黄泥坂、惠州的江郊、儋州桄榔庵至载酒堂一段，寻访时，这些路我天天在走。走能把诗意走通，也能把感觉走通。我就在九百多年前与现代，出出进进，比较着两端不一样的风景。

有一种精神的空间，或许就在王维的辋川诗境里，就在杜甫的浣花溪边，就在东坡常走的江郊和荔浦。我知道古人和我们见的是多么的不同，于是古诗文成了我常想回到的家。

黑格尔说："历史是一堆灰烬，但灰烬深处有余温。"

是为序。

仇媛媛

2024 年 3 月

目录

杭州篇　还来一醉西湖雨

变法风云 / 003

变法，我反对 / 011

审美是件美好的事 / 018

幽寻悟道遂穷年 / 026

和西子们的故事 / 032

还来一醉西湖雨 / 040

惟有悯农心尚在 / 048

自笑平生为口忙 / 057

黄州篇　一蓑烟雨任平生

乌台诗案 / 065

初到黄州 / 072

知否，知否 / 080

家以安身，禅以安心 / 086

东坡上遇见陶渊明 / 093

一条泥路的运气 / 102

以味觉入诗 / 108

邻里邻外 / 115

另类交往 / 122

是游之乐也 / 132

赤壁情结 / 142

《赤壁赋》的诞生 / 147

王闰之和朝云 / 154

仁心有术 / 160

有个词牌叫"黄州" / 164

"但尽凡心"的修炼过程 / 169

惠州篇　不辞长作岭南人

南迁惠州 / 177

朝云的好时光 / 185

游寻诗现场 / 191

人报我善，我报人仁 / 198

东坡到处有西湖 / 207

日啖荔枝三百颗 / 213

日常最真 / 222

细和渊明诗 / 229

白鹤宜居 / 237

美邻即是好风水 / 245

永远的朝云 / 251

儋州篇　天容海色本澄清

赴儋州中和镇 / 263

岛上生活 / 269

载酒寻踪 / 275

庵居成小圃 / 281

东坡美食 / 290

走东坡小路 / 299

逗趣是最好的融入 / 306

看不见的与看得见的 / 312

总结的声音 / 320

附　录　由熟悉的诗句进入"东坡时空" / 327

参考文献 / 346

杭州篇

还来一醉西湖雨

东坡两仕杭州时期：

熙宁四年（1071）十一月——熙宁七年（1074）九月

元祐四年（1089）七月——元祐六年（1091）三月

《西湖图》 南宋 李嵩

注：这是现存最早的杭州西湖图像，苏堤横卧，六桥隐约可辨。

变法风云

文人在北宋受到了空前的尊崇。他们一边上朝拿着高薪,一边在自己或同僚的家宴上,诗酒流连,好不风流。可繁华也最容易导致速朽,事情到了极端就很容易走向它的反面。与西北边境的敌手一较量,宋的虚弱就明显暴露出来了,文人政治遇到强敌,显然有些尴尬。

于是在范仲淹带领下掀起了一场改革,时称"庆历新政"(1043—1045)。这时宋建立已有八十多年,冗官、冗兵、冗费严重,贫弱局面已经形成,范仲淹的改革是在当时的小康局面出现逆转的情况下开始的,可谓顺应了时代的需要。宋仁宗在改革呼声的推动下,"遂欲更天下弊事",宋王朝的最高统治者总算开始行动了。

这次变革队伍可谓阵容强大,范仲淹、富弼、韩琦、欧阳修等都主张变法。澄清吏治、富国强兵、厉行法治,就是现在听来也正当时,而且这些变革举措,都是渐次颁布实施的。可就这样风清气正的改革,也招致了一片反对之声。恩荫减少、磨勘严密,希图侥幸的人深感不便,于是毁谤新政的言论逐渐增多,最后以主持变法的主要人物全被逐出朝廷而告终。

地主官僚是王朝的统治阶层，他们的家族有庞大的利益覆盖，官多地多产业多，这是不用说的，一旦触及利益，他们联合向朝廷发难的声威也是有震慑力度的。更何况他们还是特权阶层，享受朝廷恩荫，也就是说朝廷要保证这些大户在任何情况下，都不失官位。皇权建筑在这个基础上，它要有恩于这个基础，变革又意味着恩荫减少，从而招致基础的反对。关键还不只是这个基础反对，士的阶层——读书人也反对。比如，你想解决官多为患的问题，一是裁汰官员，二是削其俸禄（北宋官员的俸禄是古代中国最高的），三是减少科举取士的名额。这样全天下读书人的利益都让改革触及了，要改革就要牺牲士大夫阶层的利益，牺牲了士大夫就动摇了君王的统治基础。这就是改革的"二律背反"，革也不成，不革也不成。总之，封建体制不改变，就很难进行实质性的变革。

庆历新政只进行了一年零四个月。又过了二十多年，北宋的积贫积弱更为严重，就像《红楼梦》里写的"外面的架子虽未甚倒，内囊却也尽上来了"。一心想变法的王安石终于等到了机会，那就是刚登基的神宗想甩开膀子大干一场了。之前是大臣们说服宋仁宗变法，现在是神宗皇帝要寻求变法的栋梁之材，他发现了王安石，可谓是"金风玉露一相逢"，就不知能否"胜却人间无数"了。

从庆历新政的失败中，王安石吸取了教训，他绕过澄清吏治这类最敏感的社会问题，首先从经济、军事制度的改革做起，也就是以"理财""整军"为中心，涉及政治、经济、军事、社会、文化各个方面。万事俱备，只欠东风。变法这艘艨艟巨舰，神宗和王安石划得特别起劲，可众大臣基本不合作，还唱反调。有宋一代的文人，大都超自信，这跟宋重用文臣有关。一群超自信的人，在面对某人新锐的政见时，往往争辩、反对的声音较大，而附议赞同的声音较小。当时司马光、韩维、文彦博、欧阳修、富弼、韩琦、范镇等名臣，在对待王安石变法的态度上，异口同声"我反对"！

都说庆历新政为王安石变法拉开了序幕，倒不如说关闭了大门。失败永远是个阴影，那么多名臣都未推动改革的全面展开，区区一个王安石就能成功？可王安石是有准备的，人称"拗相公"的他，早就在精神上为自己壮行了。他说："天变不足畏，祖宗不足法，人言不足恤。"他是豁出去了，神宗也豁出去了，可司马光等人的反对，也豁出去了，司马光人称"司马牛"。

变法，即便是对的，但因为要改变故常，仅此一项就会招致多数人的反对，因为人习惯了活在习惯里，士大夫也习惯了那一套圣人思维——仁政王道和黄老之术。

在变革之前神宗也是广泛征询大臣意见的。他招富弼，富弼说："陛下即位之始，当先布德泽，愿二十年口不言兵。"可西夏和辽，会跟你二十年不言兵吗？

他请教司马光。司马光说，人主应先修身而治国，"修身之要三'曰仁，曰明，曰武'，治国之要三'曰官人，曰信赏，曰必罚'"，都是先王那一套。

大臣们的这一套压根就解决不了现实问题，不言兵能解决被动挨打的局面吗？修身能扭转积贫积弱的现实吗？尤其是社会转型中出现的一些具体问题。宋代的商业已相当繁荣，这时再用农业社会的一些理念和信条，就买不起现实这个单了，更何况一些大臣还将先王的治世理念，奉为永恒的法宝。

既然"理财""整军"有违圣人之道，大臣们反对变法的底气自然很足，他们守着圣人言，以贤者的姿态伐这个变法的"异"。

以司马光为首的反对派还认为：为国理财就是与民争利。他们认为天下的蛋糕就那么大，国家切分多了，民众的蛋糕自然就小了，国怎么能与民争利呢？他们都不懂，随着生产的发展、商业的繁荣，这个蛋糕是可以被做大的，王安石能看到，可他们看不到。

王安石确实看得远。鉴于科举选拔人才的种种弊端，王安石准备改革科举法，兴办学校，逐步实现以学校代科举。要知道这条路直到清末才走完，王安石太超前，士大夫们普遍跟不上。

还有"与民争利"，这个"民"是谁？绝大多数是那些可以从贫民身上剥夺利益的官商，是那些在青黄不接时借高利贷给贫民的官商，而推行青苗法就是通过国家贷款来分这些人的"利"，并适当让一点"利"给真正的民，所以谈不上"与民争利"。

利是关键点，这导致地方官也普遍对新法不满。宋朝立国以来，实行文官政治，厚待百官，除了按品级给予优厚的薪俸，各州郡还由朝廷拨发公使钱，用于宴请、馈赠因公差或调迁而频繁路过的官员，由州郡长官自由支配。新法实行以后，公使钱被削减了很多，地方官自然牢骚满腹。

由此可见，反对的声浪不能显示错误的程度，当"私"字作怪时，天下为公就成了错。王安石的错，就在于他变法了，在朝臣一致的反对声中，他变法了。他没能汲取反对声音中有价值的东西来完善自己的思想，他没能留住许多可以团结的力量，致使他们站到了对立的一面，成了变法实施的绊脚石。

反对变法是自上而下的，反对有理，反对能成功，反对派早就看出了反对是最有效的撒手锏，只要能造势、滋事，恶果自有倡导变法的人买单。朝廷反对，地方反对，连小民也反对。开封百姓为逃避保甲，出现自断手腕现象。王安石认为施行新政，士大夫尚且争议纷纷，百姓更容易受到蛊惑。可自己为自己说理，向来不太有说服力，加之这是"民意"，朝廷不能不重视。接下来发生的事情都对变法不利：天大旱，久不雨，也被说成是人事不修所致；郑侠绘东北《流民图》以告急文件特进，神宗竟夕不眠；太皇太后哭诉"王安石乱天下"，反对的力量又加了一股后宫：这一切终于导致神宗动摇，王安石被罢相。

作家王开岭在《古典之殇》中曾说："一个大变革时代，最需要这样几种人：改革派、保守派、理想家、实业家。其比例和组合决定着一个时代的精神格局和走势。"就是说，改革是需要反对声的，需要新旧之间的拉锯，反对的力量既是阻力，也是一股促进完善的力量。只可惜宋代的改革派和保守派比例和组合失调，保守一派明显超强，于是这个时代的走势以改革派失败告终，而最终的最终，这个时代没有好起来，因为保守只会导致积弱。

王安石过度相信新法，岂不知法也是人施行的，施行不当也是弊政。王安石变法没能成功，也是用人这一环节上出的差错。后人评价熙宁诸法：法非不良，而吏非其人！

当时的问题在于，反对变法的大臣太意气用事。当神宗任用王安石变法的决心下定时，司马光、范纯仁、富弼、范镇等一群重臣相继辞职，类似现代政治格局中的内阁集体辞职，那意思是由你们变吧，咱们不管了。这样的意气用事等于一起拆朝廷的台。不愿合作而自请外放的人也接二连三，很多都到地方上做了首官，这让他们在阻碍新法的推行上比在朝廷更直接有力。吏非其人的"吏"，不只指那些缺乏执行力的小吏，还指那些不合作的官吏。他们要么阻止变法，不作为；要么过度执法，造弊端。总之，让新法不得善终，用"祸国殃民"的手段，达到个人反对变法的目的。

连商鞅变法那么严苛，都能推行下去，为什么神宗联手王安石变法却难以推行？根本原因是秦国没有强大的士大夫基础，而宋朝就不一样了，实行文官政治，壮大了士大夫阶层。倒不是说这样不好。仁宗、神宗当政时，宋朝群星璀璨，文化空前繁荣，但如果他们成为反对的力量，那个想走在时代前面的人，将寸步难行。

王安石变法并不是平地起风雷，他历任州县地方长官，先后在鄞县、舒州、常州等地，试行若干改革措施，收效显著，逐渐形成一套变法理论和方案。可为何范围一扩大到全国就处处是错了呢？

因为在他自己管辖的州县试行，还没有牵涉到其他官员权力的问题，你推行你的，与别人无关。一旦等你登上相位，在全国推行，那就跟所有人都有关了。

首先你王安石登上相位，这就够群起而攻之了。我们知道苏轼后来多次不得已自请外放，从地方一回到朝廷就受到强烈的攻击，都是因为一些人怕他登上那个一人之下的相位。现在神宗皇帝只跟你王安石一条心，把那些元老都撇在一边，权位的失落，激起了相当一部分人的公愤。反对变法自然是将你拉下来的最有效的办法。当然不否认一部分人是因为施政理念不同而反对变法。

士大夫们一直自许"以天下为己任"，既然在全国实行变法，就涉及"天下"这个概念了，难不成我的澄清天下之志，就交给变法了，就交给你王安石了？王安石当时被人写成"衣臣虏之衣，食犬彘之食，囚首丧面，而谈诗书"，这样的形象确实担不起天下的大任，在宋代那个讲究衣冠、推崇精致生活的时代，王安石的形象似乎不入上流人的法眼。如果是欧阳修、司马光等人发起变法，或许不会招致这么大的反对。

变法似乎一开始关注点就不对。神宗为了博采众议，曾召见苏轼问："苏爱卿，你认为当今政令有哪些失误，不妨坦诚指陈。"苏轼就"一二三"地指了出来。

为什么首先关注的不是"益处"，而是失误？岂不知，江河在流动最有力量的时候是泥沙俱下的，不能只看到泥沙，更要看到奔腾的江流。任何的举措都会有失误，关注失误，就全是失误。关注益处，尤其对于刚刚实施的新法，只要"利"大于"弊"，就不妨推行。只知其弊，不知其利，可见相当一部分人政治智慧不足。

宋神宗为什么不学汉昭帝，也组织一次利弊的辩论？当年西汉桑弘羊的经济政策遭到贤良文学的反对，被认为是国家"与民争利"。汉昭帝就组织双方就国家的经济政策展开辩论。辩论结果是，大体上仍然延续国家调控经济的政策，但也对贤良文学的主张做了一些妥协让步。这是汉昭帝的高明之处。

宋代的革新派与保守派也辩，但没有形成解决问题的结论，而是开启了无休止的"党争"。党争，党争，这些朋党只停留在"争"上，不是东风压倒西风，就是西风压倒东风，几乎就没有生出过"合作"的意识。北宋大臣的智力，都用在较劲上了。好比拉一辆重车，王安石等拼了命地往前拉，司马光等拼了命地往后拽，还有一些人是拼了命地往一旁拉，一辆车子往多个方向使力，与其说朝着他们施政观念的方向，不如说是朝着他们各自个性的方向。作家刘小川说："当文人越来越像个文人的时候，他离他想要追求的理想政治就越来越遥远了。"

总之，不是变法在社会上难推行，而是自始至终都是两派在朝堂、在地方，你推我搡，拉锯内耗，使原本的政治行为，变成人身攻击，使强行推行的新法弊病更多。保守派盯着阴影看，尽看新法的笑话。他们也用同样的眼睛在看王安石，看他个性中这样那样的毛病：执拗，怪僻，不善与人相处。直至把他看成大奸、大恶，是洪水，是猛兽。可就是没人看那"正大光明"的一面。

社会问题越来越多，自然都是新法买单。这时候作为一个反对变法的人，就更加坚信自己当初的反对是正确的，是正义之举，继而向新法发起全面攻击。我们试着追问一下：变法为什么失败？因为新法有很多弊病。弊病多数是从哪来的？因为用人不当。为何会出现用人不当？因为"进人太锐"，趁时而进的新人太多。为何会"进人太锐"？因为士大夫们纷纷不合作，撂挑子。这样一层层问下去，有没有人意识到"问题在我"？

变法自熙宁二年（1069）开始，至元丰八年（1085）宋神宗去世结束。而王安石于神宗熙宁九年（1076）被二次罢相后，便永远退出政治舞台，之后的变法在"才"和"德"上，都无法与之前衔接。

到元祐、绍圣年间，党争已不是派系间政见的较量，而是派系间你死我活的较量，由此衍生出人品的较量，最终变法输给了人品。吕惠卿、王珪、李定、舒亶，都是丧心病狂之人，新法最终毁在这帮不堪重任的宵小之手。

王安石主观上的"良法美意"在实践中却部分变成"扰民"的工具，这个谁来买单？而无休止的党争、打压迫害局面的形成，又是谁之过？不公的是最后都由王安石来买单。他落得"亲友竟成政敌，怨谤集于一身"的悲惨结局。

朱熹评价王安石变法是祸国殃民，还有人把导致北宋灭亡的帽子扣到王荆公的头上。到底是谁在祸国殃民？王安石不变法，北宋也会亡，可能还亡得更快。至于说王安石用人不当，那后来司马光赏识蔡京，又当何论，能否将北宋灭亡的帽子扣到司马光头上？

历史有很多的看不清。对王安石变法的评价，只能说，他走得太快，人们跟不上；他看得太远，人们看不见。即便后人，也未必都能跟得上，看得见。

我们必须清醒地认识到：败的不一定是错的；你反对的最终败了，不代表你的反对就是对的；一个事情最终败了，不要急着归咎于事情本身，还要考量一下是什么导致了事情的失败。

变法，我反对

王安石变法，苏轼为何会站到反对派一边，而且反对的声音还最大？

苏轼是一个喜欢求变的人，他革新诗词，独辟"尚意"书风，包括他不拘常态的个性，都能说明这一点，而且他也是希望政治革新的。苏轼在制科考试时，向朝廷上交了二十五篇策论，系统提出了厉法禁、抑侥幸、决壅弊、教战守等主张，要求朝廷"励精庶政，督察百官，果断而力行"。在他早期写的策论里有："天下有治平之名，而无治平之实。"说明他是看到了承平日久中的问题的。

他大声疾呼，要"涤荡振刷而卓然有所立"，并希望"天子一日赫然奋其刚健之威"。可当神宗真的要奋威变法，他又变成了反对者。

在反对派中他算是年轻的，三十多岁，比王安石小十五岁。单从思想行为上来看，苏轼的反对有求异的倾向。年轻气盛的他，是不大容易认同别人观点的。后来王朝云说他一肚子的不合时宜，就是说他与"时"总是不合，总是错忤。一个逆向思维特别发达的人，总是与"众"、与"时"难合。庄子就是这样的人，往往从一般人看不出价值的地方发现价值，从一般人热衷的地方发现问题，你指望庄子会附议谁，不太可能。苏子跟庄子，都很享受这与众不同的自由。

《苏轼传》的作者王水照对苏轼反对变法的分析颇有道理。他说："（苏轼）他的思想深处本来就充满着变革与反变革的对立因素，这种内在矛盾性，使他在不同的政治环境中，产生出几乎完全不同的政治见解。"还说："他对于社会问题产生的本质原因缺乏认识，看不到王安石变法的积极、进步、合理的方面。"

面对苏轼的反对，王安石在神宗面前毫不隐晦地说："苏轼与臣所学及议论素有歧异。"说白了，就是两人"道不同"，治国理政思想不在一个频道上。苏轼主张效仿"文景之治"和"房谋杜断"的那种无为而治的思想，他提出了"磨以岁月，则积弊自去而人不知"的想法，就是让它自愈，不要人为干涉。他还说"治目当如治民"，就是治民要以无事为上，如治眼病。

殊不知宋神宗时的积弊与汉初、唐初的百废待兴，不可同日而语。应该说，苏轼的主张适合由乱入治，而承平日久的积弊，就需要改革的力度了，再顺其自然，只能在痼疾中死亡。顺其自然，不能顺着怠惰的自然。

苏轼还认为，国家能够存亡的关键，在于道德文化的深浅，不在于国力的强大或弱小；帝国统治的长短，关键在于风俗的厚薄，不在于富裕和贫穷。苏轼若能活到靖康之年，不知还会不会持这种观点。显然苏轼的治国主张是停留在文化语境中的，是古圣贤的逻辑，未必符合宋内忧外患的复杂的政治现实。

苏轼主张为政者应"以君子长者之道待天下"。一方面，赏罚必须分明；另一方面，又须做到立法严而责人宽。这是《刑赏忠厚之至论》中的观点，这篇应试之作成了千古传诵的名篇。笔者也很欣赏宽仁治国的理念，这是我们古代政治思想中最崇高的部分之一。

"立法严而责人宽"，这个操作起来，分寸感不易把握。如果将"苏轼之法"放到现实中操作，估计也会出现"法非不良，而吏非其人"的现象。西方的"非此即彼"操作起来容易，而东方的"彼此交融"，就很难把握操作的度。这确是一个问题。

苏轼欣赏民风淳朴，认为变法在很大程度上"变天下之俗"，而为了严明法度，鼓励检举不法，还会助长告发之风。这个担心有理。

王安石是务实的，苏轼是理想的；王安石是要摧枯拉朽的，苏轼却主张"治大国若烹小鲜"。苏轼注重对"好"的维护，王安石注重对"不好"的改革，本质上并不矛盾，但却是施政的两面。王安石认为做好苏轼的那一面，不够；苏轼认为照王安石的去做，很危险。

为捍卫自己的治国理想，苏轼写了《上皇帝书》，奉劝神宗"结人心，厚风俗，存纪纲"，并对新法进行全面攻击。神宗一门心思变法，对苏轼的上书没有回应。苏轼看一锤无音，那就再砸一锤，于是在熙宁三年（1070）的二月即变法的第二年，写了《再上皇帝书》，这一篇言辞格外激烈，把新法比作毒药，并说：

> 今日之政，小用则小败，大用则大败，若力行不已，则乱亡随之。

这封奏疏依然石沉大海。神宗可能无暇回应，这让苏轼对现实的政治更为失望，也对自己的前程感到灰心。

变法的一意孤行，是想排除干扰，走得更远，但也会招致更大的反对声浪，让自己愈行愈艰。置之不理，会让矛盾升级。

苏轼后来又上《拟进士对试策》讽谏神宗。连续上书让神宗不高兴了，这让善于察言观色的小人找到了整苏轼的机会。新法不是毒药，小人才是毒药。新任侍御史谢景温弹劾苏轼兄弟在几年前扶丧回乡时,利用官船贩运私盐等物。一时间朝廷向苏轼回乡途经的各州县发查询公文,弄得沸沸扬扬,虽然最终查无实据,但泼在身上的污水着实让苏轼感到恶心,也让他深感人心险恶,于是上书请求外任。

其实神宗是很舍不得这么一个难得的人才的,但为变法计,只得放他外任。神宗批示道:"与知州差遣。"就是让他到地方任知州。但中书省认为不可,改为"通判颍州",神宗又改批道:"通判杭州。"

杭州是东南第一大都会,通判虽为地方副长官,但杭州通判跟其他知州也是平级的。能看出神宗很眷顾苏轼,王安石也是君子,至少他在任职上没有为难苏轼。

这是苏轼为官以来不算挫折的挫折,但当时的他灰心丧意。他的表兄文同,就是主张"胸有成竹"的那个画家,此时也在地方任职,他给苏轼寄来告诫之诗"北客若来休问事,西湖虽好莫吟诗",提醒苏轼不要写那些敏感的诗,以防授人把柄。

熙宁四年(1071),三十六岁的苏轼以太常博士、直史馆身份,出京担任杭州通判。七月,他带着家小——继室王闰之、十三岁的长子苏迈和新生的次子苏迨等,乘船离京。他们先到陈州(河南淮阳),谒见张方平,并和在那儿为官的弟弟苏辙相聚,一住就是七十多天。慢慢行,情暖啊!

九月,苏轼一家继续前行,苏辙送哥哥到颍州,这里有他们的恩师欧阳修。欧阳修刚刚退休,定居在有西湖的颍州,晚年自称"六一居士"。

　　轻舟短棹西湖好,绿水逶迤,芳草长堤,隐隐笙歌处处随。

　　无风水面琉璃滑,不觉船移,微动涟漪,惊起沙禽掠岸飞。

——欧阳修《采桑子·轻舟短棹西湖好》

十首《采桑子》写尽西湖好。欧阳修还给苏轼、苏辙看了自己的得意收藏石屏风,并让兄弟俩赋诗,他们在恩师家盘桓了二十多日。苏轼并不知道,二十年后他也出知颍州。

我性喜临水,得颍意甚奇。
到官十日来,九日河之湄。

——苏轼《泛颍》

这是他知颍州时写的,在水上亲近恩师,领受旷适之乐。

十月,苏轼一家出颍口,入淮水,折而东行,至寿州(安徽寿县):

寿州已见白石塔,短棹未转黄茅冈。
波平风软望不到,故人久立烟苍茫。

——《出颍口初见淮山,是日至寿州》

这给寿县留了一笔珍贵的记忆。过眼不忘,是过了诗人的眼,才让后世不忘。这是物的幸运,何处无白石塔,何处无黄茅冈?它们因被选择,而可以在诗里永存。

那位在烟水苍茫的对面,久久伫立等候苏轼的故人是谁?现在读来,在历史的苍茫中,还依稀可见那个身影。黑格尔说:"历史是一堆灰烬,但灰烬深处有余温。"那个久立的身影,便是历史深处的余温。吊诡的是,这个故人竟是后来陷害东坡的李定,这时李定恰知寿州。

苏轼对眼前的情景印象深刻,以至于二十三年后,他还将此诗重抄了一遍，并题词道：

> 予年三十六，赴杭倅（cuì，副职）过寿，作此诗。今五十九，南迁至虔（江西赣州），烟雨凄然，颇有当年气象也。

这是他贬谪惠州途中题写的，他竟然说这时看到的情景跟当年过寿州时很像，由此我们也猜测到了他赴杭途中的凄然。人生就像这水流吗，何去何从？人生就像这烟雨吗，谁能看清？

十一月初三，途经镇江金山，访宝觉、圆通二僧，夜宿寺中。苏轼一生跟金山寺结缘颇深，多次到访，这是首次结缘。

他看了金山寺的落日，夜里他看到江心出现了一团像火把一样的光亮，这团跳动的光亮照到山上，惊起了栖息的乌鸦。

> 江山如此不归山，江神见怪警我顽。
> 我谢江神岂得已，有田不归如江水。
> ——《游金山寺》

江山如此美好，我却不辞官归隐，因此江神呈现出怪异现象来警告我的顽固。我指江为誓，告诉江神，我有不得已的苦衷，所以无法归隐，如果我可以归隐却推辞不归，那就有如江水（如江水：古人发誓的一种方式）一样。

这是苏轼对异象的解释，也是对人生何去何从的思考。当然归隐，只是浮光掠来的一个影，是现实不如意，本能地想回避。他清楚自己眼下的路是仕途，"往日崎岖还记否"，他早已预知仕途的崎岖。

眼看时事力难胜，贪恋君恩退未能。

——《初到杭州寄子由二绝·其一》

这道的是实情：变法他难以胜任，但君于我有恩，我还要尽己责，哪能随便就退隐了呢。这也是在给自己的人生夯一层坚定，内心时常矛盾的他，总会给自己出一些选择题。得志与不得志，总有困扰。而反对新法的这一段经历，让他尝到了挫败感，也让他对仕途感到迷茫，但到了一个新的地方，一切都会重新开始。

苏轼于熙宁四年（1071）十一月下旬抵达杭州。四个多月的山水行程是调适，是治愈。毕竟他还年轻，山水万物很容易与内心相应而让人如获新生。虽是秋冬之行，但余杭草未凋零，花时有开，水清林茂，清景无限。

想那"吾家蜀江上，江水绿如蓝"，想那"岂如吾蜀富冬蔬，霜叶露芽寒更苦"。眼前的余杭将家乡的美都照进了现实，甚至还美过了家乡，叫人怎能不吟？

文章是不能不为的产物，就像山川之有云雾，草木之有华实，内在充实就要自然而然表现于外。这时的苏轼就像杭州的山川草木，充实到不得不表现于外。

审美是件美好的事

苏轼一到杭州就有宝玉初见林妹妹的感觉:恍若前世见过。他给朋友的诗中道:"前生我已到杭州,到处长如到旧游。"我前生来过杭州,到每个地方都有故地重游的感觉。

"湖山信是东南美","一江明月碧琉璃",美是救赎。

美在懂得审美者的眼里,容光焕发。

杭州州治在西湖南岸的凤凰山麓,俯拾即美。苏轼与僚友处理完公务便可相携审美,有时甚至将办公桌搬到湖边,办公、审美两不误。也许有了审美的介入,办公也变得格外美好。若无审美,一切都将与你无关。

"水枕能令山俯仰,风船解与月徘徊",苏轼最解赏。月明之夜,将自己放在湖面的小船上,枕着水,感受山的俯仰;吹着风,看船与月的互动。审美也在于自己的参与和创造,"解"是懂得,因为懂得,所以才美。

《莲舟新月图》（局部）　南宋　赵伯驹

美容易让人沉潜，是人不想辜负生命。在这样的美夜，苏轼会饮个半酣，这样的状态能给审美留更大的空间。他坐着轿子，继续沿湖行，"行到孤山西，夜色已苍苍"。这时的他，吟诗与梦寐，同步进行，只是所吟之诗很快就忘了，"尚记梨花村，依依闻暗香"，只记得经过了一个梨花村，暗香清幽，拂过梦境。

我们只知"洛阳牡丹甲天下"，其实杭州牡丹也是花开倾城。杭州牡丹以安国坊吉祥寺为最盛，盛开时节，数以万计的百姓会赶到这里参加花会，苏轼当然不会错过这个热闹。

> 人老簪花不自羞，花应羞上老人头。
> 醉归扶路人应笑，十里珠帘半上钩。
>
> ——《吉祥寺赏牡丹》

苏轼的醉酒簪花引起了轰动，就像他后来设计的短檐高筒帽，士大夫纷纷效仿；也像他后来到儋州，穿着木屐，披蓑戴笠在雨中行走，引起围观。苏轼喜欢制造轰动。

这次轰动，不仅引得路人笑观，还引得杭州城的市民都卷起了窗帘观瞻。苏轼一定在心里说：欢迎围观。这样的性格，也让他深得人们的喜爱,因为他是那么能融入民众的快乐。

苏轼对西湖最赏的还是雨,烟雨江南,"小楼一夜听春雨",而他最赏的是暴雨,有"大江东去"的雄壮之美。

> 黑云翻墨未遮山,白雨跳珠乱入船。
> 卷地风来忽吹散,望湖楼下水如天。
> ——《六月二十七日望湖楼醉书五首·其一》

> 横风吹雨入楼斜,壮观应须好句夸。
> 雨过潮平江海碧,电光时掣紫金蛇。
> ——《望海楼晚景五绝·其二》

> 游人脚底一声雷,满座顽云拨不开,
> 天外黑风吹海立,浙东飞雨过江来。
> ——《有美堂暴雨》

不仅写暴雨,还写雷电,像下面这首《唐道人言:天目山上俯视雷雨,每大雷电,但闻云中如婴儿声,殊不闻雷震也》:

> 已外浮名更外身,区区雷电若为神。
> 山头只作婴儿看,无限人间失箸人。

其实古诗写暴雨的不多,好像在审美上它破坏了节制。东坡写暴雨,在他眼里这是一种豪放洒脱之美,是力量之美,而这刚好跟他的心率合拍。

景是被选择的景,是每个人心灵的风景。年轻的苏轼又何尝不想"赫然奋其刚健之威"?只是可能还没来得及,便赶上了王安石变法，他心里的猛虎就借着暴雨跳落了。

他曾被弹劾，也险些获罪，朋友们多劝他不要写诗。他写雷电也是为了告诉世人：置身事外便能蔑视一切，那所谓的雷霆之威，对一个无视浮名的人来讲，是不起作用的，就像你置身云层之上，听到的雷电，只不过像婴儿的哭声那般微弱，而山下人听到响雷，就会心惊色变，连手中的筷子都被震落在地上。

这是他"超然"思想的起步，到密州他写了《超然台记》，在之后的宦海人生中，他就是靠着这种思想跟命运讲和，来安顿自我。

他的一些写西湖的诗，也体现了书画的墨韵，这是当时正兴起的画风。宋代推崇水墨写意，"意"是自我意识，是主体精神，墨能更为自由地表达"意"。李公麟用淡墨来白描人物，游弋他的笔墨趣味。米芾更是把墨泼成了一种境界，他甚至不用笔，而用蔗滓、布帛蘸墨汁，自由泼墨，形成了自己的话语风格"米氏云山"。欧阳修、苏轼都追求"画意不画形"的墨戏效果，而他们注定是开风气的人物，苏轼的《枯木怪石图》，便是水墨的自由态。

苏轼的诗画观是："诗画本一律，天工与清新。"这让他的诗无形中就入了画境。"黑云翻墨未遮山"，是大自然开始挥墨了，自然的墨韵，而且是浓墨。诗里还强调了"黑"，正所谓"茶与墨正相反，茶欲白，墨欲黑"。（宋·赵令畤）黑是墨的性格和灵魂，是书画的高级色。

西湖上空的墨是没有完全遮住山的，这给了画空间层次感，看黑云与山怎么拿捏美的分寸。"白雨跳珠乱入船"，饱满浑圆的墨点淋漓而下，雨是白的，但一定要以墨来撬边。"乱入船"是自由挥洒的状态，是墨的飞舞，是墨的极度兴奋。

"卷地风来忽吹散，望湖楼下水如天。"天工神奇，刚才是泼墨山水，瞬间便墨消云散，西湖又回到了纯明状态，就像澄心堂的宣纸，坚洁如玉，细薄光润。

那天我们访宝石山下的望湖楼，也是个雨天，看望湖楼下水如天，看白堤上的柳和群山蘸着烟雨晕染，真是晴有晴的娟然，雨有雨的墨趣。山上的"十三间楼"，如今是一处民宿，是什么都成，名字在就好。历史深处的故乡，是名称带我们进入的。

《望海楼晚景五绝》（其二）中的这两句"雨过潮平江海碧，电光时掣紫金蛇"，也写出了墨之神韵。雨过潮平，西湖表演完了墨戏之后又铺开了澄洁的宣纸，但远方还有几处雨云未散，不时闪过电光，就像穿来穿去的紫金蛇。这是什么？是湖上奇观，是大自然的行草，矫若游龙。这是王羲之的墨法，宋人是在水墨挥洒中复兴魏晋的"精神意象"。

在来杭之前，苏轼曾见过石苍舒写草书，笔飞墨溅，如狂风骤起，似暴雨突至，围观者无不啧啧称叹。

《云起楼图》　北宋　米芾

注：米芾最擅长以笔墨点染的方式描绘江南山水，本件是典型的"米氏云山"的传统。

石苍舒将自己的书房取名"醉墨堂",请苏轼题诗,苏轼写了《石苍舒醉墨堂》,其中两句:"兴来一挥百纸尽,骏马倏忽踏九州。"在写杭州暴雨时,或许苏轼脑子里,浮现的就是石苍舒挥墨的情景。

苏轼写西湖,最有名的是这首:

> 水光潋滟晴方好,山色空蒙雨亦奇。
> 欲把西湖比西子,淡妆浓抹总相宜。
> ——《饮湖上初晴后雨二首·其二》

淡妆浓抹,好似淡墨浓墨;山色空蒙,自然是"米氏云山"。这首诗不仅体现了墨韵,还体现了审美的多元性和开放性。西湖晴有晴的美,雨有雨的奇,就像西子,不管淡妆浓抹都是美的。环肥燕瘦,也各有各的美。杜甫曾评价书法"书贵瘦硬方通神",这就将书法的美推向了一面,苏轼认为杜甫的评价是不够公允的,"短长肥瘦各有态",谁又能否认玉环、飞燕是美人呢?

审美的多元是由人和物的多样性决定的,万物各美其美,单一的审美标准,是不合天地之道的。而且单一的审美,只能造成文化的贫瘠。苏轼后来在给他门人张耒的信中说:"地之美者,同于生物,不同于所生。惟荒瘠斥卤之地,弥望皆黄茅白苇。"意思是大地的美妙在于,有能生养这一共性,不同之处是生养着不同的万物。只有荒芜贫瘠的盐碱地,才满眼都是黄色的茅草和白色的芦苇。

美的多样性是丰富,是富有,只有贫乏才会显现出单一。这也有西湖之美给他的启发。

> 朝见吴山横,暮见吴山纵。
> 吴山故多态,转侧为君容。
> ——《法惠寺横翠阁》

吴山位于杭州西湖东南，春秋时为吴国南界，故名吴山。吴山从各种不同的角度为能够欣赏它的人作出各种姿态。朝纵暮横，这时看它是这样，另一个时候看它又是那样。自然是变化的能手，变化让美呈现多样性，那么人的审美观也要能配得上造物者的创意。

苏轼在很多诗文中都表达过他开放包容的审美观。他在离开杭州一年后写的《超然台记》中说："凡物皆有可观。苟有可观，皆有可乐，非必怪奇伟丽者也。"任何事物都有可观赏的地方，不必一定要是怪异、新奇、雄伟、瑰丽的景观。可观是造物者赋予的，作为人就要能在欣赏这不同的美中获得快乐，这也是他获得超然思想的基础。美是前提，美也是目的。

到杭州寻访，我们也是天天在审美。西湖周围的小山都不高，不是引你登高的，而是引你审美的。我们游了西湖南岸的凤凰山，虽然一些地图上标注了"北宋杭州州衙"位置，但地面上已没有任何遗存，我们甚至找不到确切的位置。我们又游了紧邻凤凰山的吴山，吴山有美堂，是有高端汇聚能量的一个堂。学士梅挚将赴任杭州太守，宋仁宗作诗送行曰："地有湖山美，东南第一州。"梅挚到任后筑"有美堂"于吴山，欧阳修作《有美堂记》，蔡襄书，苏轼作诗，引无数文人聚观。

至今堂前仍有数株"宋樟"，蔚然地守着那不灭的文脉。杭州古树多，历史与现代亲密交织，这才是最好的"现代"的样子。

几年杭州生活奠定了苏轼审美和思想的基础，他天天都在接受审美的训练，眼光变高了，心也变得畅适起来。竹坞松窗，云溪潺潺，以受万物之备。

人生要跟绝美相遇一次，苏轼遇到西湖，西湖遇到苏轼，那才叫"金风玉露一相逢，便胜却人间无数"。就像老杜晚年遇到了浣花溪，诗一下子美出了光度。伟大也要有人懂，绝美也要有人赏。

美景在知赏者的眼中，会增加醒度和亮度，诗里的风景，就是一个地方的嘉年华。

　　杭州几年也算苏轼仕途的蜜月期。山水是没有社会功利纠缠的大自然，那里没有政治立场的分别心，没有是非争议，唯有审美。

幽寻悟道遂穷年

古时杭州寺院很多,苏轼写诗道:"三百六十寺,幽寻遂穷年。"人文风水再遇到自然风水的加持,也就蔚然成风了。

了却公事的苏轼喜欢幽寻,好去处自然是寺院,广化寺、孤山寺、净土寺、吉祥寺、智果院、天竺寺、寿圣院、灵隐寺、祖塔院(虎跑寺)、法惠寺,这些寺院大都在西湖周边的小山上,它们不止一次地进入苏轼的诗中。

我的杭州寻访多半也是在寻这些寺院,我去了净慈寺、灵隐寺、虎跑泉(已无寺)、净土寺,更多的已找不见遗迹,像孤山寺以及孤山上的智果院遗址,都不见踪影,被岁月私吞了,连同人们的记忆。

苏轼爱寺院的脱俗与闲逸,似乎他不是去寻寺院,而是去寻放在那里的一颗心。他第一次去游寿星院,竟奇怪地有曾到之感,他说:"谋前生山中僧也,今日寺僧皆吾法属耳。"第一次去智果院,他说:我对这里很熟悉,从这去忏堂,应该要上九十三级台阶。后有人数,果如他言。

初到杭州的苏轼,经由老师欧阳修的介绍,便去孤山广化寺寻访僧人惠勤,两人品茗论文,结为诗友。二次来杭时,惠勤已离世,欧阳修也早已作古,只有惠勤住过的地方,尚有泉水涌出,于是苏轼便以欧阳修的号,为之命名"六一泉",如今"六一泉"还在。

这天苏轼要去净土寺,寺离杭州尚远,他在鸡鸣时就出发了,一直到晌午才到,哪来得及参禅,先饱食了再说。你能看出苏轼的一颗凡心,凡事随顺自然,饿了就要吃饭。吃饱后那就要午睡了,把充满清风的房间打扫打扫,平时睡眠不足,今天要好好补一补了。门一关,什么声息都没有,只有香篆青烟缕缕。醒来后烹煮泉水,沏上一壶紫笋名茶,不觉就到了傍晚,苏轼就没打算回去,于是沐浴更衣,梳着那稀落的鬓发,可野情并不到此为止。他大声唱着歌就出去了,跟随暮色一起进到了村落,这时"微月半隐山,圆荷争泻露",他对着一个劲儿地赏。然后携着友人上了石桥,就在这清夜,对着美景好好聊一聊吧。

原来白天睡觉,是为了尽情夜游的。而去寺院是换一个地方度心情,带一颗凡心到此享受另一种烟火。寺院遇到苏轼这样的"俗人",也真服了。

净土寺在如今的临安区,距西湖四十多公里,我因为要去访玲珑山上的琴操墓,也顺道去了净土寺遗址,里面还有一条"东坡路线",

《溪桥闲眺图》(局部)　北宋　米芾

是根据苏轼所作的《宿临安净土寺》诗意打造的,有湖有桥有田园,我且在路上遇一遇东坡。

公元1072年冬至,苏轼是在游吉祥寺中度过的,这一天凄风寒雨,可是他独乐逍遥。

> 井底微阳回未回,萧萧寒雨湿枯荄。
> 何人更似苏夫子,不是花时肯独来。
> ——《冬至日独游吉祥寺》

这井底的阳气似乎回了,又似乎感觉不到,为什么要说井底呢?因为人们认为阳气是从地底回来的。而"萧萧寒雨",让冬至的感觉更为凄冷。这时的苏轼正游走在野外,他游兴正浓,寒雨也挡不住。

寺僧对苏轼冬至游寺感到惊异:还有谁,能像苏夫子这般,不是花开时节,竟肯独来赏景?

从个性来讲,苏轼与众不同。他好求异思维,别人不能行的,他偏行。比如,这大冬天的,又在雨中,谁会到野外游赏呢?有一种快乐和自得,就是行别人不能行,在别人不去的地方有独到的发现,自得到自负。比如,夜半,有谁到石钟山进行考察?苏轼就带儿子划着小舟去了,回来后写了篇《石钟山记》。他的极乐,常在"人生边上",在逆向思维,在人所不能及处,这一点很像庄子。

风景岂止是花开时节,那是通常意义上的风景,苏轼也喜欢;非常意义上的风景,苏轼更喜欢。游兴本身就是风景,而求异是更突出的风景。

别人担心你看不到风景,哪里知道你心中、眼里的风景呢?

苏轼的这个冬至,在领略萧寒,越是萧寒,意味越深。苏轼的冬至更是在打破萧寒,冷风冷雨,枯坐无味,何不出去破破孤闷,须知一行走便有风景,便有好心情,他自己给自己张罗去了。

除了寻一份闲逸,苏轼去寺院,也是为了谈禅问法,了悟人生的。毕竟他这个时候在现实中碰了壁,虽说任用与不任用取决于时事,出仕还是归隐,主动权在自己,但心空时而还是会浮起阴霾,让人难以释怀。

> 年来渐识幽居味,思与高人对榻论。
> ——《是日宿水陆寺寄北山清顺僧二首·其一》

杭州有个海月法师,是个道性高妙的世外高人,苏轼常去领教。"清坐相对,时闻一言,则百忧冰解,形神俱泰。"智者的点化,就像明矾点水,立刻澄明了。

喜欢思辨的苏轼,随时都可以对景了悟。法惠寺,在杭州清波门外,苏轼喜欢那里的横翠阁,站在阁前欣赏吴山多变的姿态。寺中僧人盖起这朱红色的横翠阁,阁里什么陈设都没有,只有吴山挡在窗外,仿佛是遮窗的帘子。阁中当然会有陈设,苏轼之所以说它空洞无物,是说这一切并不影响僧人无挂无碍、四大皆空的心性。

苏轼还说:"我能预知这池塘台阁,将荒废化为草莽。多年以后,游人寻找当年我曾游过的地方,就只能找到那纵横的吴山了。"他站在时间之上看一切,看到永恒不变的只有这自然,世间的一切都免不了成住坏空的命运。

如今吴山仍在,清波门、涌金门遗址也在。杭州的好,在于它对历史大都有着比较清晰的记忆,让你还能站在历史的原点。清波门和涌金门都是古杭城的西城门,也是引西湖水入城的涵水门,将水引到城内的井中(六井),供居民饮用。涌金门历来还是杭城人到西湖游览的通道,为市区繁华地段。苏轼被贬到惠州时,还念念不忘西湖的美,"正似西湖上,涌金门外看"。

苏轼有次生病了，病中他游了祖塔院。院建于唐代，因南泉、临济、赵州、雪峰等高僧常到此，所以起了这个名字，后来叫虎跑寺，寺中有著名的虎跑泉。

乡路上飘着紫李和黄瓜的清香，苏轼戴着乌纱帽，穿着白葛衣服，感到很凉爽。寺院的门关着，寺中松树的影子随着太阳的移动而转动，他倚着枕，在通风的小屋里睡得很香。

他是来寺庙寻药的，无欲清宁就是药。得病也是心有未安的表现，他最终悟得"安心是药更无方"。安心要靠自己，不假外求。

寺僧给苏轼拿来葫芦瓢，让他自在地喝虎跑泉的水。这喝的就是委运任化、安闲自适的药。古人还是很幸运的，无处不在的寺院，为无数人救了精神的病荒，让他们得以将自在心再放回到胸中。

游虎跑泉时，我也想喝一口泉水，可是够不到，只能伸手从雕塑的茶壶嘴里掬一把，聊胜于无。同游的人打趣道："不知喝的是什么水。"

苏轼还常去拜访辩才法师。辩才先后住持杭州上天竺和下天竺两座名刹，晚年退居龙井寿圣院。苏轼心中的迷茫与痛苦，只要遇到辩才法师，便百忧消解。他在《赠上天竺辩才师》诗中写道：

南北一山门，上下两天竺。中有老法师，瘦长如鹳鹄。
不知修何行，碧眼照山谷。见之自清凉，洗尽烦恼毒。

佛门之地都是有清规戒律的，但是辩才法师持律而不固执，凡事不妨碍修行为妙。而净慈寺的大通禅师，以戒律森严出名，至于女子是不能随便进入他禅堂的。苏轼想戏弄他，破一下他的戒律。

一天苏轼和一群朋友携伎在湖边游玩，路过净慈寺，大家都知道老和尚的戒律，不敢轻举妄动，只有苏轼坦然无忌，带着歌伎进了寺庙，果然正在打坐的大通怒形于色。苏轼并不言语，拿起笔写了一首词《南歌子》，让歌伎当场演唱。词下阕为：

> 溪女方偷眼，山僧莫皱眉。却嫌弥勒下生迟，不见阿婆三五少年时。

溪女（歌伎）偷看了你一眼，你就皱起了眉头。只可惜寺里那些小和尚们（弥勒）下生太晚，还不知晓阿婆（代指"大通禅师"）你少年时候的那些事。苏轼似乎对大通禅师的过去有所了解，以此相讽，最后禅师也只能哈哈以对。

类似的情景在苏轼任徐州知州时，也上演过一次，当时诗僧参寥从杭州赶往徐州见苏轼，两人一见如故。一天苏轼也带着红妆歌伎到了参寥住处，参寥正在诵经，见此情景，早已猜知苏轼用意。寒暄几句后，苏轼叫美娇娘（马盼盼）献上纸笔，求诗一首。参寥并不觉得尴尬，而是大大方方地援笔写道：

> 寄语东山窈窕娘，好将幽梦恼襄王。
> 禅心已作沾泥絮，不逐春风上下狂。

既赞了歌伎像神女一样迷人，又调侃苏轼是那多情的楚襄王，而自己禅心寂寂，像沾泥的飞絮，不会随春风驰荡癫狂。这就是"无念"的修行，是修行得体，岂在乎风动旌动？苏轼对参寥佩服得五体投地，赞他是"真可人"。

苏轼的幽默，既是他的性情，也是他对人生和修行的态度。苏轼的参禅之游是为了给自己寻一条更好走的路，没想到的是，却成了他后来人生的出路。

和西子们的故事

钱塘,一个有西湖的地方,一个有苏小小的地方,连风里吹来的都是妩媚。

苏小小,南朝女子,最早把她的身份定为歌伎的是白居易。白居易在杭州任太守,为苏小小写了很多诗。

> 若解多情寻小小,绿杨深处是苏家。
> ——白居易《杨柳枝词八首》(其五)

于是小小便以"多情"的形象复活了。她色貌绝伦,而且信口吐辞,皆成佳句。小小喜爱自由,酷爱西湖山水,她叫人造了一辆油壁车,傍山沿湖自在游嬉,让人羡煞围观。只可惜,青春年纪,染病身亡,葬于西泠桥畔。

之后文人寻访、祭拜苏小小墓就成了一种"仪式"记忆。她成了男人们心中的白月光,据说连乾隆皇帝下江南,都要亲谒苏小小墓。

"湖山此地曾埋玉,花月其人可铸金。"这是后人为苏小小墓写的挽联。

西湖影响了杭州的气质,小小影响了杭州歌伎的气质。歌伎是歌舞表演的艺人,一般卖艺不卖身。唐、宋时还设有"官伎",官场应酬会宴,有官伎侍候,所以她们常常都会诗书琴画。官伎是体制内的,编入朝廷正式编制——乐籍,由朝廷财政供养,若是脱籍,也是要经官府同意的。

虽然她们地位低下,但其中不乏清风明月般的人物。

西湖寺庙多,歌伎也多,她们除了出现在宴会上,也常常在湖上弹筝吹曲,菱歌泛夜,是西湖上一道亮丽的风景。苏轼也禁不住要为她们写词了。

山与歌眉敛,波同醉眼流。游人都上十三楼。不羡竹西歌吹古扬州。

——《南歌子·游赏》

歌眉、眼波,写的是湖山,也是歌伎。十三楼是杭州的名胜,凡来游西湖的,没有不上十三楼的,上了十三楼,你就不会再羡慕扬州的竹西亭了,因为这里也是急管繁弦,歌吹旖旎。

谁家水调唱歌头。声绕碧山飞去晚云留。

——《南歌子·游赏》

歌声绕着碧山飞去,傍晚的云被歌声吸引而留步,吸引的也是苏轼的心。西湖要有丽人来配,有歌声来配,才能美出灵魂。

苏轼这时写西湖的诗,总离不开佳人。

> 新月如佳人，出海初弄色。
> 娟娟到湖上，潋潋摇空碧。
>
> ——《宿望湖楼再和》

新月照临湖上，就像佳人娟娟到来，佳人的明丽使得西湖潋滟生辉。面对西湖清景，苏轼怎能不唱菱歌？人被风景柔化了，被风景婉约了。

下面这首词是有故事的，与佳人的故事。

> 凤凰山下雨初晴，水风清，晚霞明。一朵芙蕖，开过尚盈盈。何处飞来双白鹭，如有意，慕娉婷。
> 忽闻江上弄哀筝，苦含情，遣谁听！烟敛云收，依约是湘灵。欲待曲终寻问取，人不见，数峰青。
>
> ——《江城子·江景》

一天苏轼和几位朋友在孤山竹阁前临湖亭上闲坐，忽听湖中有筝声响起，先是一曲《长相思》，再是一曲《高山流水》，如怨如慕，如泣如诉。待湖中画船近前，看得是几个淡妆女子，其中一个年近三十，尤其端庄美雅。就见这女子起身对苏轼道了个万福，说道："奴家自幼仰慕苏大人才情文章，如今虽为人妇，不该抛头露面，但多年心愿不忍就这样错过，所以今天特意等候在湖心，为大人献上一曲。"说罢便回船离去，只有筝声在湖面萦回。苏轼望向湖面，怅然若失，写下这首《江城子·江景》。

也许故事是附会的，也许真有其事，但不管怎样，美是让人感念的。西湖也因为有了这些美好的人，而更有韵致，更有让人难忘的记忆。

苏轼是到了杭州才开始写词的，而词早就蔚然成风了，柳永写，欧阳修写，司马光写，可苏轼一直快到四十岁才拿起写词的笔。这或许有词人张先的助力，张先当时就住在杭州，跟苏轼交游频繁。当然更有西湖的授意，让苏子的才情以词的形式绚烂，以词的形式被广为传唱，其中就有一些为歌伎们当场作的词。新鲜出炉的词，常常以眼前的事为馅料，于是这些词便被故事包裹着一起流传，让人赞叹苏轼俊发的才情和仁厚的胸怀。

　　乳燕飞华屋。悄无人、桐阴转午，晚凉新浴。手弄生绡白团扇，扇手一时似玉。渐困倚、孤眠清熟。帘外谁来推绣户？枉教人、梦断瑶台曲。又却是，风敲竹。
　　石榴半吐红巾蹙，待浮花、浪蕊都尽，伴君幽独。秾艳一枝细看取，芳心千重似束。又恐被、西风惊绿。若待得君来向此，花前对酒不忍触。共粉泪，两簌簌。
　　　　　　　　　　——《贺新郎·乳燕飞华屋》

　　词的上阕主要写美人孤眠，正熟睡时，仿佛有人推门，原来是风吹竹。下阕借榴花写美人，写她想有朝一日摒弃浮花浪蕊，伴君幽独，可又担心等不到那个时候，于是愁心千重，共花流泪。
　　这首词也是有故事的。据杨《古今记号语》说，苏轼任杭州通判时，有府僚在西湖设宴，官伎秀兰因浴后倦卧迟到，受到斥责。恰好石榴花开，秀兰折花谢罪，府僚益怒，以为这是轻佻不恭。秀兰进退皆惧。苏轼见此情景便想化解，于是让人拿来笔墨，写下这阕词，交给秀兰演唱。对这些才高命薄的女子，苏轼是同情和怜惜的，这也让他赢得了无数的崇拜者。
　　在杭州众多的歌伎中，与苏轼往来比较频繁的是周韶和琴操。苏轼喜欢游赏，总好带上她们，佳人不仅能侍宴唱曲，还能跟他一起吟诗参禅，这让他情感世界的某一块空白之地，得到了很好的灌溉。

周韶想脱籍从良,到杭州公干的大臣苏颂听说周韶会作诗,当即指着廊下笼内的白鹦鹉道:"若能以它为题,吟一首好诗,我就替你向陈太守求情。"周韶便自比为笼中白鹦鹉,即兴赋诗:

陇上巢空岁月惊,忍看回首自梳翎。
开笼若放雪衣女,长念观音般若经。

苏轼向长官解释道,周韶正在居丧,因此着白衣。诗成,众人为之喝彩。周韶凭着才气,脱籍成功。

后来苏轼写有《常润道中有怀钱塘寄述古五首》,诗中有一句"记得金笼放雪衣",说的便是周韶此事。他还将此事记在了他的《天际乌云帖》里。

或许从良是歌伎们最好的归宿,但事实上她们通常只能做男人的妾,从良也说不定是从恶。

琴操就没有选择从良。她原系官宦大家闺秀,从小受到良好的教育,琴棋书画、歌舞诗词都有一定的造诣。后来父亲受宫廷牵诛,家遭籍没而为杭州歌唱院艺人。16岁那年因改了北宋词人秦观《满庭芳》词韵,得到了苏轼的赏识,引为红颜知己。据说,那次苏轼携伎去净慈寺戏谑大通法师,带的就是琴操。

琴操悟性很高,常陪苏轼对语参禅。一次在苏轼点拨一通后,琴操顿悟,遁入空门。

苏轼对琴操说:"我来当一回长老,你来参禅如何?"
于是就问:"何谓湖中景?""何谓景中人?""何谓人中意?"
琴操都用古诗句做了机智的回答。
最后苏轼问:"如此究竟如何?"
琴操顿时语塞,苏轼代她作答:"门前冷落车马稀,老大嫁作商人妇。"

这算戳到了琴操的凄凉处,再才貌出众,最终又能怎样呢,于是泪下,沉吟片刻,她答道:"奴也不愿苦从良,奴也不愿乐从良,从今念佛往西方。"

最终琴操到了玲珑山,削发为尼。琴操入佛门后,用谐音取法名"勤超",从此青灯古佛,研读禅理。这个故事被记录在吴曾的《能改斋漫录》卷中。

后人觉得苏轼心狠了点,但是看看古今那些事,即便你是白月光,又有几个男人知怜,商人怜惜琵琶女吗?有一种嫁娶比一个人还凄楚孤单。或许琴操皈依佛门,是她最好的归宿了。

苏轼看似心狠,实则是怜惜。他也为这么好的女子最终的归宿而操心,作为一个智者,他对从良的现实看得更清。她们给世界以美,世界却没有给她们出路。

九百年过去了,到了近代,潘光旦、林语堂、郁达夫三人同游玲珑山,他们想起了才女琴操,结果翻遍了《临安县志》,怎么也找不到关于琴操的记载,失落之下,郁达夫在玲珑山的"琴操墓"前写下四行诗:"山既玲珑水亦清,东坡曾此访云英。如何八卷临安志,不记琴操一段情。"王水照先生写的《苏轼传》里,竟然也没有提到琴操的名字。

有幸的是在一些诗词和笔记里,尚留有她们一段幽香。历史的记忆有限,能让人乐道的只那么一点。

在第二届中国(杭州)苏东坡文化论坛上,有一道美食为"东坡琴操藏湖鱼",他跟她又被关联在了一起。琴操,你已幸福了一千年。

2023年的12月,我特地去玲珑山访琴操。她的墓在山上卧龙寺附近,墓现为水泥砌筑,十分粗陋。墓前有块石碑,上书"琴操墓"三个正楷大字。我对墓的简陋虽不觉什么，但不能接受的是不美。

忽然觉得自己来得贸然，竟没有带什么，我只能将自己的一支笔放在了她墓上的落叶里。伫立良久，黯然离去。

这里离西湖有四十多公里，她为什么要跑这么远出家？我想为的是彻底割断吧。她一定很爱东坡，但他的点化，让她觉得本来就不现实的梦，彻底不现实了。她的泪里有多少破灭的痛苦和舍不掉的幽怨啊！

据说，琴操在进入玲珑山八年后，听到被朝廷勒令还俗的诗僧参寥带来的消息，苏东坡已被贬至海南儋州，琴操茫然若失，不出数月，郁郁而终，时年不过二十四岁。这么算来他们的知交是在东坡第二次仕杭期间。

在西湖的这些歌伎中，最幸福的，要数王朝云了。

苏轼通判杭州见到王朝云时，她才十一二岁，应该说这女子的出尘之美打动了苏轼，一种怜惜保护的心愿，让他将她赎回了家，她是可以让他像家人一样去爱的，事实证明苏轼的眼力是长的。

那时一些豪门常常蓄有家伎，宴友会客时，让她们献曲吟诗，招呼客人。苏轼为杭州副长官，有这个条件和需要。至于说他纳十一二岁的朝云为妾，真是说话者把自己都看俗了，纳朝云为妾，那是在苏轼被贬黄州的时候。

有人说苏轼有"歌伎情缘"，按我说是"西子情缘"，就像他跟西湖的情缘。是清新的美、聪慧的美、高洁的美，帮他们结的这份缘。苏轼一直是折服于美景的，而美人作为美中之灵，他不可能不欣赏，但又绝不写露骨的艳情艳诗，他给予她们同情与尊重、欣赏与仁爱。

在他的笔下，她们是新月，是芙蕖，是西子。

"欲把西湖比西子，淡妆浓抹总相宜。"

若没有她们，苏轼写不出这诗；没有她们，苏轼叫不出"西子湖"。西子湖，为湖找到了真名，也照见了美人山水样的灵魂。

《西湖十景图册·平湖秋月》

《西湖十景图册·花港观鱼》　南宋　叶肖岩

还来一醉西湖雨

苏轼一生两仕杭州,再度归来时,他不禁感叹:"十五年间真梦里。"

十五年经历得太多了。他是熙宁七年(1074)离开杭州的,接下来历任密州、徐州、湖州知州,就是在湖州任上,遭遇了"乌台诗案",险些丧命。苏轼于元丰二年(1079)被贬黄州,首次遭遇了人生最大的一次打击,这时他四十四岁。神宗病逝后,哲宗继位,高太后听政,苏轼被召还朝,任礼部郎中。半月后升起居舍人,三个月后升中书舍人,不久又任翰林学士、知制诰,仕途上风生水起。

这时的朝廷因政见和思想的不同,逐渐形成以程颐为首的洛党,以苏轼为首的蜀党,以刘挚为首的朔党,党争愈演愈烈。党争的格局,注定了宰相是谁,朝廷就是相应的那个党的天下。在洛、朔两党看来,苏轼升任得太快了。按宋朝惯例,翰林学士常为宰辅的后备人选,苏轼成了两党夹击的焦点人物。

对于高官厚禄,苏轼向来视之为"蜗角虚名",既然大家都争名逐利,我选择放弃。于是他连章请郡,元祐四年(1089)三月,苏轼以龙图阁学士的身份出任浙西路兵马钤辖（管辖隶属于浙西路的六个州郡）兼杭州知州，这年他五十四岁。

一晃就是十五年。他什么都经历了，高岸为谷，深谷为岸，玉皇大帝陪了，卑田院乞儿也陪了。

再次来杭，湖山依旧，人事半非，十五年能让你看到很多衰亡。

他来时路过湖州，几个晚辈设宴，在座的加上苏轼正好六人，觥筹交错间，他不禁想起熙宁七年（1074）离开杭州的那次，张先等人把他送到湖州，当时也是六人。张先最长，已八十多岁，他在词里称自己为"老人星"。

> 尽道贤人聚吴分。试问。也应旁有老人星。
> ——张先《定风波令》

当年的"六客"，如今只剩下苏轼一人，而在今天的六人宴中，苏轼分明成了"老人星"。岁月轮转，就是要无情地把人转老。

此情此景，苏轼写下"后六客词"：

> 月满苕溪照夜堂。五星一老斗光芒。十五年间真梦里。何事。长庚对月独凄凉。
> ——《定风波·月满苕溪照夜堂》

人生如梦。望天上星月依旧，只是在人的感叹中似乎也变得格外凄凉。

苏轼是元祐四年（1089）七月三日抵达杭州任上的，他仍然像十多年前那样，喜欢将办公桌搬到西湖边上，"欲将公事湖中了"，地方上有朝廷没有的自在。

苏轼的办公效率相当高，这得益于他的治事习惯，他常将须做的公事按轻重缓急记在备忘录上,做好的事情当晚勾销,因此"事无停滞",他常能忙里偷闲。

闲时便重温旧迹,再温暖每一处,点亮每一处,跟每一处的记忆重逢。

一次,苏轼与一位莫姓朋友雨中饮湖上,当年这样的情景太多了。

> 还来一醉西湖雨,不见跳珠十五年。
> ——《与莫同年雨中饮湖上》

醉美的还是这西湖的雨,只是没有见到当年的"白雨跳珠乱入船"。追忆似水流年,原来所有的相逢都是偶然,难见当初的景,也难见当初的人。

用似曾相识,去追回从前;用脚踏实地,去温暖眼前。

公事之余,苏轼常徜徉于灵隐寺、天竺寺之间,或者去普安院与僧人们一道吃斋。他经常屏退随从,独自漫游在西湖群山之中的丛林寺庙,寻那深藏其中的幽静清闲。如果说十五年前的游,更多的是拓展逸兴,那么十五年后的游,更多的则是回归内心。

> 清风肃肃摇窗扉,窗前修竹一尺围。
> 纷纷苍雪落夏簟,冉冉绿雾沾人衣。
> 日高山蝉抱叶响,人静翠羽穿林飞。
> 道人绝粒对寒碧,为问鹤骨何缘肥。
> ——《寿星院寒碧轩》

雪花落在了夏日的席子上,修竹在清风中摇着绿影,山蝉抱着树叶在鸣响,翠鸟在林子里飞来飞去,苏轼在静享眼前的一切。

据说现在的企业家都很关心禅修，因为他们时常焦虑不安，而去焦虑就是在保护内心的创造力，所以一个人看似在悠闲，其实是在唤回属于自己的定力和生力。

> 余十五年前，杖藜芒屦，往来南北山。此间鱼鸟皆相识，况诸道人乎！再至惘然，皆晚生相对，但有怆恨。子瞻书。
>
> ——《梵天寺题名》

西湖，太熟悉了。十五年前，我时常拄着拐杖，穿着草鞋，在湖山间往来，连鱼鸟彼此都相识，何况那些修道之人，可是如今再来，伴我的只有晚生，真是凄怆遗憾。

十五年的尺子太长了，人事哪经得住量。苏轼这一时期的诗文里常出现"十五年"，可见二次来杭人事的变化太大了，而自己也近暮年，"但有怆恨"，也是对自己这大半生的浩叹。

重来，既感慨也欢喜，因为熟悉是我们生命里最深的依恋，而熟悉里的真情，更是如梦人生里虚无过后仅剩的永恒。

参寥，当然要去访参寥。问世间情为何物，直教人生死相许。东坡与参寥，也算得上生死相许。

一生追随，是参寥的情。参寥，杭州诗僧，苏轼与他首次相见是在苏轼徐州任上，是秦观引见的。后来苏轼到湖州，参寥跟到了湖州；苏轼被贬黄州，参寥又跟到了黄州，并在东坡上住了一年；苏轼被调任汝州，两人又一起畅游庐山；如今苏轼又被派到了杭州，参寥又跑到了杭州的智果院居住；后来，苏轼被贬海南，参寥又准备过海追寻。苏轼赶紧写信劝阻，说今生他们一定会再见面的。

而苏轼对参寥又是怎样的感觉呢？他非常欣赏参寥的诗才和人品，说他的诗清绝，和林逋不相上下，而诗才又那么敏捷，"何妨却伴参寥子，无数新诗咳唾成"。参寥为人又"通了道义"，令人敬佩，苏轼赞他为"真可人"。

什么叫前世今生的缘分？苏轼以梦做了回答。

元祐六年（1091）寒食节后的一天，苏轼携数友，来到了参寥住持的位于孤山之上的智果院，这里庙宇虽小，但环境清雅。大家一起相携登岭，苏轼根本感觉不到衰老的侵袭，仍然是心雄万象，气吞江湖。

游罢，大家都回到智果院，参寥汲泉钻火，准备烹黄檗茶待客。他告诉大家，僧舍后山新近有一股泉水从石缝间溢出，水质甘冽，最宜煮茶。苏轼见此情景，忽然忆起他在黄州的一个梦，梦里参寥写诗，其中两句是："寒食清明都过了，石泉槐火一时新。"这不正是今天的情景吗？原来这一幕，七年前就已经注定了的。

似乎冥冥之中，早已注定了苏轼和参寥这一生的相互抱团取暖。参寥子离不开苏轼，苏轼也离不开参寥子。

我们这次在孤山上寻访两回，第一次见到了"六一泉"和林逋墓，但未见到孤山寺和智果院遗址。苏轼是很仰慕林逋这个前辈的，在《书和靖林处士诗后》，苏轼写道："我不识君曾梦见，眸子瞭然光可烛。"二次寻访孤山，听人说现在的"楼外楼"就是智果院所在地，参寥跟林逋一在山南，一在山北。

寻访故地，从前仍在，是莫大的安慰，仿佛他们一直都在原地等你。这天苏轼到湖畔寻春，万松岭上那枝梅开了。苏轼于花，有两个最爱，一是梅花，一是海棠。这枝梅是从前认识的，十五年过去，它成了老梅。

而今纵老霜根在，得见刘郎又独来。
——《次韵杨公济奉议梅花十首·其三》

虽老了，倔强的霜根还在，这是不是在写自己。"刘郎"用的是刘禹锡的典故，他因参加王叔文变革而被贬，十年后被召回长安，游玄都观，写了"玄都观里桃千树，尽是刘郎去后栽"，结果因得罪朝中新贵，再度被贬。十四年后再度被召回，写了《再游玄都观》："种桃道士归何处？前度刘郎今又来。"刘禹锡真够任性的，越贬越坚强，越无视打压他的强大的政治力量。

苏轼也是遭遇朝中新贵排挤而两度来杭，他也要表达一下自己的倔强。任你们雷霆震怒，在我听来就是婴孩的嘤嘤啜泣。

仕杭州，那可是抽到的上上签。在宋代，北方最繁华的都市是汴京，而南方最繁华的莫过余杭。"东南形胜，三吴都会，钱塘自古繁华。"这里的景、物、人，都只能用绝美来形容，人生来一次是幸运，来两次恐怕连上天都要妒忌了。

关键是来到地方，苏轼可以为民做一些实事，让他的忠厚仁爱之心，得到尽情的发挥，让他的施政理想，化作百姓千万家的温饱与小康。

所以虽然年过半百，他仍然自信满满，人生只要能有为，哪个阶段不是最美时节呢？

　　荷尽已无擎雨盖，菊残犹有傲霜枝。
　　一年好景君须记，最是橙黄橘绿时。
　　　　　　　　　　　　——《赠刘景文》

刘景文工诗文，当时任两浙兵马都监，驻杭州，苏轼很看重他，称他为"慷慨奇士"。这首诗是两个人的写照，也是两个人的互勉。

岁月或许凋残了曾有的青春，但是那苍劲的傲霜枝，依然还在。"无"是岁月除去的，"有"是人格葆有的。愈老愈坚，这就是风骨。

一年的好景，韩愈认为是初春，王安石认为是暮春，苏轼认为是这橙黄橘绿的深秋。当然苏轼也会说无时不美，他现在强调橙黄橘绿时最美，是因为他们的人生也正处于这样的时节——硕果累累。

或许是互勉，该结果了。只要有用世之心，在哪儿都能结果。老当益壮，老当益丰，苏轼在杭州为百姓做了很多的大实事，事无巨细，都在他仁爱的心里。

橙黄橘绿时，也是百姓丰收的时节，是好日子开张的时节。一个地方官的政绩主要看的就是这个时节，稻菽喜熟，物阜民丰，这才是一年最好的景。

两度仕杭，是苏轼最幸福的事了。地方上需要他，可是朝廷也需要他，元祐六年（1091）二月，朝廷以翰林学士承旨召还。这时的苏辙已位居尚书右丞，兄弟同居高位，必遭人忌恨，因此奉诏当天苏轼就写了辞免状，请求继续外任，可没有得到准允。

《湖庄清夏图》（局部）　　北宋　赵令穰

不用思量今古，俯仰昔人非。谁似东坡老，白首忘机。
——《八声甘州·寄参寥子》

面对社会人生的无情，你不必替古人伤心，也不必为现实忧虑。如今我东坡，越老越泯灭机心，无意虚名。他在自己是"东坡"的时候，就已经达观了，对什么都能超乎其上。

可有些人的修炼并没有跟上。苏轼六月到京，洛党的弹劾就开始了，"乌台诗案"似乎又要上演。八月苏轼出知颍州。

这让人想起《庄子》里鹓对鹓鶵的怒吼，鹓以为鹓鶵飞过是来抢它的腐鼠。从某种意义上讲，我们还要感谢那些鹓，因为苏轼的价值在地方更能凸显，他天性崇尚自由，爱好自然，回到地方就像鱼回到水里，远离官场是非，这让他为政和作诗文都能从心所欲。

《西湖柳艇图》　南宋　夏圭

惟有悯农心尚在

早在签判凤翔时,苏轼就为百姓做了很多实事,抗旱、抗雪灾,他都是冲到前头,充当第一当事人,而且在很多事情上,他都能体会到百姓的不易,并力争通过自己的努力改变不合理的规定。比如,"衙前",这是北宋差役的一种,为官府运送物资,但若不慎失陷官物,必须以家财赔偿。这看起来没有什么不当,但问题是上面常常在不宜运送的汛期要求发运,这就弄得很多人倾家荡产。苏轼调研后上书朝廷,修改了衙规。事情虽小,却体现了苏轼务实的精神和仁民爱物的宽厚胸怀。

任杭州通判时,他依然实实在在地走在惠民的路上。地方上都是些具体的问题,他时而防涝,时而抗旱,时而捕蝗,时而赈济灾民,把爱民思想像雨露一样挥洒在这片土地上。事无巨细,小到农具的改革,他都会亲自倡导。有一次路过无锡,他看到一种新式农具龙骨车,在抗旱方面效力很大,便决定推广,就像他后来推广"秧马"一样。这些都是他代天子行的最具体而微的仁政,是"小而真"的惠民。

心里有什么，眼里才能看到什么，他能看到百姓的急需，在他，民生问题永远是大写的。杭州虽然离湖很近，但由于受到海水倒浸的影响，杭州的地下水味道苦涩，不适合饮用，饮水困难历来是个大问题。

早在唐代，刺史李泌就在城区内开掘了六口大井，并引西湖水济之。后来白居易任杭州刺史，又进一步疏浚六井，治理西湖，可天长日久，六井又淤塞了。苏轼便联手知州陈襄，邀请两位精通水利的僧人，一起主持疏井治湖的工作。估计就在这个时候，苏轼开始研究水利，治水便成了他一生的重要政绩。

作为一名仁爱长者，苏轼更能看到百姓的苦。

"洞庭五月欲飞沙，鼍鸣窟中如打鼓。"相传天旱时鳄鱼在窟中鸣叫，声如衙门前的击鼓，这写的是旱灾。

"眼枯泪尽雨不尽，忍见黄穗卧青泥。"写的是水灾。伤农还有一个现实就是谷贱。先前朝廷征税征的是粮，新近规定交税得用现钱，这也是朝廷出于便利和用钱招抚西北羌族部落的考虑，可家家卖粮，朝廷又没有实行保护政策，客观上也就导致了低价，加上官吏又在催逼缴税，百姓只好卖牛拆屋，暂时挨过眼下这一关。

> 卖牛纳税拆屋炊，虑浅不及明年饥。
> 官今要钱不要米，西北万里招羌儿。
>
> ——《吴中田妇叹》

因为这都是变法后出现的事情，"过"自然也就记在了变法的头上。而苏轼写这种针砭时弊的诗，朝中那些盯着他的人，自然也就给他记了一过，这是后话。

让苏轼难过的还有这"朝推囚，暮决狱"的审判日子，囚犯实在是太多了，而他们中大都是良民，因贩运私盐而犯了法。新法规定，食盐由朝廷专卖，这种"与民争利"的事让民不满，在利的驱使下，人们便铤而走险，贩起了私盐。官府对这种武装贩运，自然要实行严打，于是大牢里人满为患。作为通判的苏轼，又不能不签判，看着他们哀哀号哭，苏轼真是难过。

> 执笔对之泣，哀此系中囚。
> ……
> 不须论贤愚，均是为食谋。
> ——《除夜直都厅囚系皆满日暮不得返舍因题一诗于壁》

苏轼将自己的同情心以及这大过年的自己不能像古代贤人那样将囚犯释放回家过年的愧疚心，都题写在了官衙的厅壁上。这也成了后来"乌台诗案"治他的一笔。

这个时候，苏轼越是对民众怜悯，就越是对新法不满。他写了不少讽刺新法的诗，都为他今后的人生埋下了祸患。

变法是出现了一些问题，但是在"富国强兵"这块，确实见到了成效，国库充盈了，同时宋军也在熙州、河北边境地带击败了不断侵扰的西夏军队，这是数十年来的第一次大胜仗。

变法不能说没顾及民生，比如，青苗法让贫民在青黄不接时，能低成本地渡过难关，但因为主攻的目标是富国强兵，是"国计"，"民生"可能没有得到同位的重视。加之农耕时代，灾难就一直频繁，所以民生问题始终是年年解决年年有的问题。苏轼想通过自己的书写，让统治者将目光聚焦于民生。毕竟民的幸福才是每朝每代的最大福祉。

王安石重"国计"，苏轼重"民生"，这是他们最大的分歧。

于是苏轼尽可能在他的职权范围内，"因法以便民"，就是对于新法中他认为对民不利的，拒不执行，认为尚可接受的，便因民制宜。比如，吕惠卿颁行的手实法，规定百姓自报财产，以财产多寡定役钱，为防止少报，鼓励知情者告发。苏轼对此极为反感，认为这必将导致民风败坏。

苏轼仕杭期间，常外出巡视，他不停地奔走在新城、富阳、临安、於潜等地。这也让他看到了地方古老淳美的风俗，他深感欣慰。

熙宁六年（1073）春天，苏轼自富阳赴新城（宋代杭州的一个属县），饱览了秀丽明媚的春光，见到了繁忙的春耕景象，于是他写下了欢快的《新城道中二首·其一》：

> 东风知我欲山行，吹断檐间积雨声。
> 岭上晴云披絮帽，树头初日挂铜钲。
> 野桃含笑竹篱短，溪柳自摇沙水清。
> 西崦人家应最乐，煮芹烧笋饷春耕。

这情景真是治愈。景物是那么纯美，劳作是那么自然，民风被淳美充溢着，一切像春天的景物一样，欣欣自乐。苏轼就爱这没被伤及的民风，仿佛一块璞玉。

到了於潜，苏轼又看到了醉人的一幕：

> 青裙缟袂於潜女，两足如霜不穿屦。
> 觡沙鬓发丝穿杼，蓬沓障前走风雨。
> 老濞宫妆传父祖，至今遗民悲故主。
> 苕溪杨柳初飞絮，照溪画眉渡溪去。
> 逢郎樵归相媚妩，不信姬姜有齐鲁。

——《於潜女》

於潜女青裙白衫，蓬松的鬓发向两侧翘张，中间用一把银栉横插额前,她们赤着白皙的双脚,走在斜风细雨中。苕溪静静地流淌着,溪边垂柳依依,一个女子正对着溪水画眉,然后她便撑着小舟,渡溪而去,到了对岸正好遇到山上打柴归来的情郎,两人相视一笑,女子更加妩媚动人,如果此刻谁向这位少年说起风华绝代的姬姜美女,他才不会信呢。

苏轼感叹眼前的景象,不会是哪个朝代留下的古风吧,不仅古老,关键优美,夫妇相爱,渔樵自乐,最好的治世,也莫过于此了。所以苏轼对变革持怀疑态度,千百年来,人们对劳动、生活已经形成了美好的惯例,不需要外界制度的介入,人性足以维护它的美好。

宋代美学是追慕东晋的,苏轼的理想里有陶渊明的理想,陶渊明歆羡上古之民,自称"羲皇上人"。苏轼也希望社会有更多沉淀下来的淳朴之美,而君王就是通过仁厚的施政让民风不败,维持治世的样子。他的古仁人之心与变法有点格格不入。

显然变法就像开着机器滚滚向前了,所到之处,民俗大变。一个要开拓,一个要留住,两股力就这么拧着。苏轼显然拧不过,但他有诗歌助力。其间,他写了那著名的《山村五绝》。

他一边写着讽喻变法的诗,一边规避着新法的弊病,查漏补缺,最大限度地增进民生福祉。所以苏轼是一位深受百姓爱戴的官,他的良心善愿,符合了百姓对父母官的祈愿,也符合了民众对守成生活的初愿。

杭州几年的巡视,让他深深迷上了江南山水,于是他拿出多年的积蓄,在宜兴购置了田产。

> 买田阳羡吾将老,从来只为溪山好。
> ——《菩萨蛮》
> 阳羡姑苏已买田,相逢谁信是前缘。
> ——《浣溪沙·送叶淳老》

阳羡是宜兴。苏轼想让政治理想照进自己的生活，将来他想做一名幸福的田舍翁。

让苏轼没有想到的是时隔十五年，他又到杭州做官，这次不是因为反对变法，而是因为维护免役法，而被政敌所不容。司马光上台，悉数废除新法，但在免役法的存废上朝臣们争议较大，即便是反对变法的大臣们也多数认为免役法较为有利，"法无新旧，惟善之从"。苏轼在多年担任地方官的实践中，也感受到了免役法的便利，于是跟司马光据理力争，司马光虽然有恩于他，但苏轼不愿无原则地追随。后来苏轼又得罪了程颐，这便为自己招致了更多的箭矢，苏轼只好请求外放。

这次苏轼以龙图阁学士的身份出任浙西路兵马钤辖兼杭州知州，这意味着他在为民造福时将拥有更大的自由。这次使命更为艰巨，官位越大，责任也就越大，事实上杭州面临的问题也非常严重。

一到杭州，苏轼面临的就是灾情。年初遭遇水灾，水稻无法下种，而到五六月份又闹旱灾，民无收成。眼看米价猛涨，民不聊生，苏轼一再上奏朝廷，申诉灾情。朝廷下拨粮款，并赐"度牒"（僧道出家，由官府发给凭证，称之为"度牒"。唐宋时，官府可出售度牒，以充军政费用）三百道赈济灾情。在苏轼的安排下，市场米价稳中有降，杭州百姓得以保命。

大灾之后必有疫情，瘟疫又弄得人心惶惶。于是，苏轼组织了一批懂医术的僧人，为百姓治病，同时采购了大批药材，在街头架起大锅，熬制一种叫"圣散子"的药剂，免费分发给市民服用。"圣散子"是苏轼在黄州，从好友巢谷那儿讨来的药方，苏轼曾用它救治过黄州、鄂州的寒疫，如今在杭州抗疫又发挥了效力。

仁心的苏轼总是能为百姓做长远的考虑。因为杭州交通便利，也就更容易带来传染病，于是苏轼决定创立一个便民医病的医坊。

经多方筹集，苏轼自己也捐出黄金五十两，建立了第一所官办民用的医坊——安乐坊，后改名安济坊。

越是人生如梦，越想抓紧时间为民做实事。"诗须要有为而作"，连作诗都主张有为的苏轼，作为父母官，为民做一件一件的实事，才是他行走起来最踏实的路。

杭州面临的最大问题还是水，如何变"水患"为"水利"，苏轼通过实地考察，准备系统治水。先疏浚盐桥、茅山两河。这两条河是沟通大运河和钱塘江的要道。这次他利用浙西路兵马铃辖的便利，调集了一千多名地方军，于元祐四年（1089）十月开始疏河，到第二年四月竣工。为巩固这一成果，防止泥沙倒灌，又在两河交汇处建造水闸。这时候的苏轼总好作长远之计，以确保百姓长久的福祉。

再次疏浚六井也是如此，熙宁年间苏轼曾与知州陈襄一道疏浚过六井，可如今早已枯竭。这次苏轼接受了僧人子珪的建议，将毛竹水管改为瓦筒引水，筒外再盛以石槽。苏轼用子珪的办法疏通六井，连接西湖，并在北郊新挖了两口大井，将湖水引到以前难以得水的地方。在挖井方面，苏轼可谓神手，他待过的地方，差不多都有东坡井，这是他惠民的一项专利。

东坡到处有西湖，杭州西湖更是打上了"东坡"的标签，他是西湖文化审美格局的缔造者，是西湖生态水利工程的建造者，创下了人水和谐共生的范本。

> 西湖之利，上自运河，下及民田，亿万生聚，饮食所资，非止为游观之美也。
>
> ——《申三省起请开湖六条状》

但再度来杭时,西湖已湮塞近半,所剩不大的水面,生满了茭白等水草,有人预测,再过二十年,将不再有西湖。苏轼认为杭州如果没有西湖,就像人少了眉目,那还叫人吗?

抓紧行动。苏轼用手中尚存的救灾钱款,召集民工,"以工代赈",于元祐五年(1090)四月动工。湖中的葑田多达二十五万余丈,挖出来的淤泥如何处置?于是苏轼创造性地在湖中筑起一道长堤,南起南屏,北至栖霞,再分段筑起六座石拱桥,既沟通了里湖、外湖,也铸就了西湖的审美格局。可以说,没有苏轼,就没有现在的西湖。

随后,苏轼又命人在长堤两岸遍植芙蓉、杨柳,还修建了九座亭阁。西湖是水利的湖,也成了审美的湖,百姓的幸福指数暴涨。后人为了纪念苏轼,将长堤称为"苏公堤",简称"苏堤"。

为长远计,苏轼又将岸边的湖面租给农户种菱,这样就有人及时清理湖边的杂草了。为了保持湖面的清澈敞阔,又在湖上造小石塔三五处,禁止在石塔内种植。不久建成三座,演化成后来的"三潭印月"。

生态和美,是苏轼敬献给西湖的至高礼仪,是献给人们的美的生活。有的官员,离开了就离开了,大地记不住他,人民也记不住他;而苏轼每到一地,都能留下百姓以他名字命名的政绩,因为他用行动和智慧,实实在在地爱了这里的风物,爱了这里的人民。

苏轼第二次仕杭只有一年多的时间,他的时间表上密密麻麻地写满了——救灾,驱疫,建医坊,疏浚两河,整治六井,治理西湖……那些小得看不清的字,都是他一项一项行动的标注。

"惟有悯农心尚在,起瞻云汉更茫然。"这是他为民祈雨、夜宿灵隐寺所作的诗,或许对自己的前路,他感觉茫然,但是悯农的心,永远是他生命中亮着的灯。

他一定思考过这样的问题：如何让这局部性的惠民能惠及天下？如何让这为官一任的短暂功效获得长效？如果王安石还在，他们能一起讨论讨论多好，不仅要"国计"，还要"民生"，如何兼顾、平衡"国计"与"民生"。

自笑平生为口忙

东坡可知当今的民生特别讲究美食。孔子说"食色性也",而食的最高境界是什么,在孔子就是"食不厌精,脍不厌细"。而东坡的一生也有美食的爱好,他写了很多美食诗文,并亲自下厨制作美食,原来古圣贤为民生画了全方位的蓝图,为有味生活做了最美示范。

说到苏东坡,你不觉会口舌生津,又不觉会咽下芳津,大脑跟美食一链接,仿佛东坡宴就摆到了眼前。即便是很正经的东坡论坛,也绕不开东坡美食,口在谈,口也是要食的呀。

第二届东坡宋韵文化论坛(2022年)是在杭州举办的,杭州更是一个食要美的城市,所以在论坛的同步推出了"东坡佳宴",以长桌形式展示十二道创意菜肴,解码宋韵美食基因。这十二道菜肴是:水墨西湖龙井虾、东坡琴操藏湖鱼、东坡饮菊酿蟹黄、东坡瓦罐焖竹鸡、花雕苏小妹茶肉、好竹连山觉笋香、蜀人芹芽荟春鸠、佛印畲菇小青菜、东坡芦芽赛河豚、东坡瑞狮如意点、钱塘县令咸汤圆、东坡好食水果盘。这些菜多是后人开发的,东坡给了灵感,后人便开始了创意。

水墨西湖龙井虾,东坡笔下的西湖,可不就是水墨山水,"黑云翻墨未遮山","望湖楼下水如天","山色空蒙雨亦奇","淡妆浓抹总相宜"。这道菜以水墨西湖为背景,摆上粲然的龙井大虾。在水乡食虾是经常的,寒食过后,谷雨来到,正是吃龙井虾仁的好时候。明前龙井,碧绿清香,谷雨虾仁,白玉鲜嫩,于是便有了这诗情画意的一道美食。

东坡琴操藏湖鱼,这道美食想说的是东坡与西湖歌伎琴操的故事。传说东坡在杭州喜欢煮鱼。一次,他招待琴操吃饭,将鱼在冷水中静置后擦上盐,使用数根葱白烹调,半熟时加入生姜汁、酒,并临时起兴加入了西湖莼菜。这一定是受了张季鹰"莼鲈之思"的启发。

东坡喜欢煮鱼,有道菜就叫"东坡鱼"。他在诗里还多次写到鱼:"白鱼紫笋不论钱",写的是西湖的鱼物美价廉;"长江绕郭知鱼美",写的是长江的鱼,这是他在黄州写的。

东坡很喜欢吃蟹,有一种叫"蝤蛑"的蟹,应该是海鲜,它团缩起来,就像一只赤色的玉盘,好看且大。"半壳含黄宜点酒,两螯斫雪劝加餐"。看着那壳内的黄,酒兴就来了,斫出大螯里雪白的肉,饭量都增加了。"老饕"过瘾了。蝤蛑诗是在湖州任上写的,"东坡饮菊酿蟹黄"这道美食以此为灵感,把大闸蟹剁成骰子大小,用盐、酒腌制,拌上姜末、橙肉泥装入雕刻好的橙子内,精巧又别致。

东坡给出食诗,创意就交给后人了。

至于东坡瓦罐焖竹鸡,是由东坡肉改造而来,将烧好的东坡肉汁浇于竹鸡之上,小火慢煨,肉质酥烂而不碎,味香浓郁而不腻。美食是加法,更是乘法,加法是食材配到一起,乘法是美味的升级,天地间有很多食材都可以成绝配,尝试是一道新美食的创世。

> 泥芹有宿根，一寸嗟独在。
> 雪芽何时动，春鸠行可脍。
> ——《东坡八首·其一》

"蜀人芹芽荟春鸠"，是东坡的一道家乡菜。时在黄州，他躬耕东坡，看到泥土里有芹菜的根，只一寸多长，便想：在这雪地里，芹什么时候才能发芽生长呢？那要等到春天到来，才可与斑鸠肉一起炒着吃呢。

东坡在诗句旁注释："蜀人贵芹芽脍，杂鸠肉作之。"蜀人很稀罕这芹芽，配上斑鸠肉炒食，那才叫至味。这是一道讲究时令的菜，芹一定要刚生的芽，而不能是长茎。如今这菜不容易吃到，且不说嫩芽，就连斑鸠也成了保护动物，但是在东坡上芹芽不算奢侈，而斑鸠在那时的乡野，差不多跟麻雀一样寻常。东坡与一个老农就这么在一块坡地上相遇了，人生的得失总是在矛盾里展开。

芹芽荟春鸠，最终有没有被东坡端到餐桌上，已不重要。写到诗里，就是乐感的一次实现，就是对贬谪凄苦的一次胜利。

如果这算想象中的美食，那么这道"芦芽赛河豚"，就更是"画食解馋"了。

> 竹外桃花三两枝，春江水暖鸭先知。
> 蒌蒿满地芦芽短，正是河豚欲上时。
> ——《惠崇春江晚景二首·其一》

黄州四年多的贬谪生活终于结束了，赴汝州任时经过江阴，逗留期间，东坡为惠崇所绘的《鸭戏图》题了这首诗。画上的"蒌蒿""芦芽"，在惠崇看来是春景，在吃货看来就是难得的食材，清炒还是凉拌，东坡在心里打算好了。可这也太素了，既然画的是春江,东坡便用想象捉到了河豚,鸭子就当风景吧。

两素一荤,被诗端了出来。这时东坡一定想起在杭州食尽天下美食的日子,上有天堂,下有苏杭啊。

> 我生百事常随缘,四方水陆无不便。
> 扁舟渡江适吴越,三年饮食穷芳鲜。
> 金齑玉脍饭炊雪,海螯江柱初脱泉。
> 临风饱食甘寝罢,一瓯花乳浮轻圆。
>
> ——《和蒋夔寄茶》

这首诗写尽了初仕杭州三年的美食记忆,什么是记忆里的着重号,除了爱情,就是美食了吧。苏轼是在密州任上回忆那美食流年的,仕杭三年,我是尝尽了芳鲜,"芳"有紫笋、龙井这些茗茶,"鲜"有鲈鱼、龙井虾这些河鲜,以及蟹、扇贝类这些海鲜。吃着洁白晶莹的米饭,尝着各色各样刚刚出水的河鲜海味,在酒足饭饱、午醉初醒的时刻,品一盅清茶,有一种陶然自得的满足感。花乳是煎茶时水面浮起的泡沫,俗名"水花"。

美食的至高境界,就是要能由口感获得人生的乐感,并最终获得百事随缘的自适。"人生所遇无不可",生活带给你什么你就享受什么,从一切事物上都可以得到乐趣。

杭州跟密州差距太大了。莽莽荒原上颠簸劳顿的车马,替代了江南水乡安逸的舟船;仅蔽风雨的简朴民宅,替代了雕梁画栋舒适的屋宇;一望平川单调的桑麻之野,替代了如诗如画醉人的湖山美景。而更为叫人难以适应的,则是饮食的粗陋和单调。

早已习惯了鲜食美味的苏轼,如今却不得不学着像本地人一样吃粟米饭,饮酸酱,还常以杞菊为食,有时也把肉块埋在饭下蒸煮,做成所谓"饭瓮",这大概算是他在密州的一道"美食"吧。

落差，起初带来的是失落，最终带来的是豁达。

杭州东坡论坛推出的十二道美食里，没有"东坡肉"，可能觉得这太家常了，但也因为家常，它成了百姓所爱的一道美食。东坡肉是在杭州完成它的"华丽变身"的，最初它是苏轼在徐州任上出炉的，那时叫"回赠肉"。熙宁十年（1077），黄河发大水，为保徐州城，苏轼抱定人在城在的决心，带领徐州人民没日没夜地奋战了七十多天，终于保住了一城人财的安全。百姓为了感恩，送来了很多猪肉，苏轼就让家人按老家红烧肉的做法烹调，然后又送给百姓品尝，于是百姓称"回赠肉"，这可以看作"东坡肉"的第一个版本——1.0版"徐州版"。

后来东坡被贬到黄州，黄州猪肉便宜，于是买来解馋。

净洗铛，少著水，柴头罨烟焰不起。
待他自熟莫催他，火候足时他自美。

——《猪肉颂》

东坡改良了"回赠肉"的做法，配着这篇《猪肉颂》，"东坡肉"出名了。这是东坡肉的第二个版本——2.0版"黄州版"。

之后东坡又二次来到杭州，治理西湖时，百姓为了感恩又将徐州故事上演了一遍。这次东坡在黄州经验的基础上，加上南方人饮食的讲究，做出了红蕴透亮、色如玛瑙、味醇汁浓、肥而不腻的"东坡肉"，送给治湖的民工品尝。这便是东坡肉的第三个版本——3.0版"杭州版"。

一道美食故事里包裹的是官民互爱的情意，家常是美食的生活气息，或许这才是真正的美食。

东坡的美食少不了诗记，正所谓："诗中有食，食中有诗。"

"地碓春秔光似玉，沙瓶煮豆软如酥"，写的是"豆粥"；"纤手

搓成玉数寻,碧油煎出嫩黄深",写的是炸馓子。《老饕赋》中有这么一段:

> 尝项上之一脔,嚼霜前之两螯。烂樱珠之煎蜜,瀹杏酪之蒸羔。蛤半熟而含酒,蟹微生而带糟。

东坡罗列了自己心仪的私房菜单,告诉"资浅"的吃货们,吃什么,怎么吃。

吃肉就选猪颈后部那一小块最好的肉,有"黄金六两"之称;吃蟹就选霜冻前最肥美的蟹的两只大螯,是谓"秋蟹螯";把樱桃放在锅中煮烂制成蜜饯,色如红玛瑙,这是蜜饯中的上品;用杏仁浆蒸羔羊,这是一道能让神仙下凡的美食;蛤蜊要半熟时就着酒吃,蟹则要和着酒糟蒸,稍微生些吃。真是实打实的资深吃货,用"胃觉"审美深度感知物的美好,让吃成为一种可以安顿精神的修为。

宋朝食肴加热法的革新,让食物炒出味道、炸出颜色,食物由单一的饱腹功能扩大到审美情趣和视觉享受上来。苏东坡"自笑平生为口忙",在美食领域他进行着终身实践,即便后来被贬到惠州、儋州,在短食缺饮的条件下,他也要烤羊脊骨,烤生蚝,他身上的这种烟火气,让他到哪儿都有快乐活下去的底气。

美食可以打通"食"与"诗",也可以打通困境里的种种壁垒。

以上写的这些美食,并非都是杭州原创,可以肯定的是,杭州为东坡美食做了高端的和全方位的开启。杭州告诉你,真正的美食是什么样的,而后来东坡的人生,尤其是贬谪生涯,则告诉你,真正的旷达是什么样的,因为要把粗食美了吃,在乎的已不是食,而是能担荷苦难的那颗心。

黄 州 篇

一蓑烟雨任平生

东坡居黄时期：

元丰三年（1080）二月——元丰七年（1084）四月

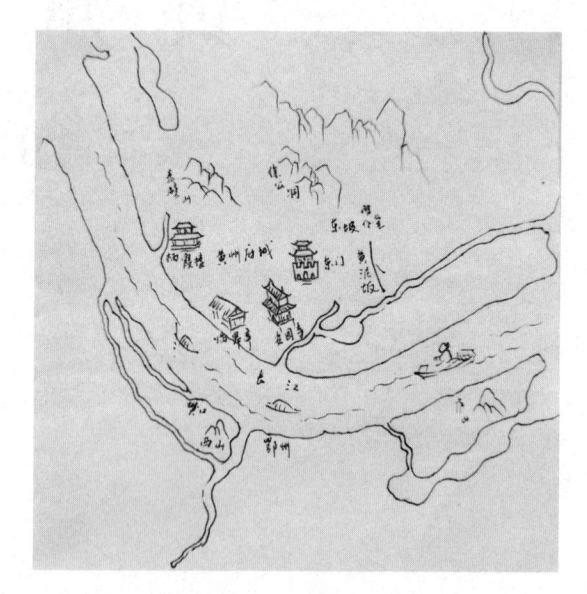

黄州地理位置示意图　王传艳手绘

清乾隆时期黄州府城图

乌台诗案

这是北宋著名的文字狱,苏轼是被告,罪名是写诗文讪谤朝政。据说汉代御史台中有柏树,乌鸦数千栖居其上,故称御史台为"乌台",这气氛够瘆人的。

苏轼步入仕途不久,就赶上了王安石变法。朝廷上革新派和保守派两派对峙,斗争激烈。苏轼站在保守派的立场上,多次上书神宗,表明自己的反对态度,并请求尽快制止变法。请求未果,于是希望离开政治斗争的旋涡,上书请求外任。

获准后,苏轼先任杭州通判,三年后,又到密州、徐州、湖州等地任知州。在此期间,苏轼针对新法推行中出现的问题,写了一些讥讽新法的诗文。

老翁七十自腰镰,惭愧春山笋蕨甜。
岂是闻韶解忘味,迩来三月食无盐。

——《山村五绝·其三》

这是讽刺盐法的。七十岁的老翁腰插镰刀去山里割竹笋和蕨菜充饥,老翁难不成是听了《韶》乐而忘了饭菜的味道吗？原来他有三个月没吃到盐味了。

> 杖藜裹饭去匆匆,过眼青钱转手空。
> 赢得儿童语音好,一年强半在城中。
> ——《山村五绝·其四》

这是讽刺青苗法的。人们拄着手杖带上饭食匆匆出门去了,把借来的青苗贷款转手就花给了官家。农民一年当中有大半年在城里赌钱消遣,跟在大人身后的小孩儿反倒学会了城里人的口音,这就是"青苗效应"吧。

还有其他一些诗,笔者在前文里提到。苏轼虽然反对变法,但却是好官,连续四任地方官,都政绩斐然,尤其在徐州任上,抗击洪水,临危不惧,身先士卒,指挥无误,表现出一个地方官少有的才干和担当。神宗对此非常欣赏,加之神宗又特别爱读苏轼的文章,这让朝中的当权派王珪、李定等人,妒火中烧。

"乌台诗案"在朝廷党争的格局中,似乎不可避免。早在熙宁年间,就有人想制造"诗狱"扳倒苏轼。这个人叫沈括,他当年以钦差大臣的身份出使杭州,跟苏轼叙旧论交,骗取了苏轼诗作的刊印本。沈括回京后便开始逐首研究笺注,附在察访报告中进呈御览,但神宗并未追究。

元丰年间,竟然开始了算总账,苏轼倒霉就倒霉在朝中的气候变了。变法派标杆人物王安石早于1076年就再次被罢相,闲居金陵。苏轼虽然写了讥讽变法的诗,对变法造成过不利的影响,但王安石没怎么为难苏轼,苏轼一直在地方上任知州。

可如今朝中由王珪、李定等人把持,朝中的焦点也由当初变法与反变法之间的争执，一变为纯粹的官场倾轧。没有了政治格局，就只有在手腕上翻云覆雨，颠倒黑白。

于是王珪、李定、何正臣、舒亶等人，结成了一个打压异己的同盟，锁定对象为苏轼，因为他最有才，又深得皇帝赏识，关键是能从他的诗文里抓到把柄。

机会来了。苏轼抵达湖州任所，按惯例要进谢上表。这份《湖州谢上表》，让那帮小人越看越兴奋，几乎全是他们要的料。

"伏念臣性资顽鄙，名迹堙微。议论阔疏，文学浅陋。凡人必有一得，而臣独无寸长。"什么意思？岂不是讥讽朝廷不识人才，让人才湮没无闻吗？

"荷先帝之误恩，擢置三馆。蒙陛下之过听，付以两州。"这分明是在指斥当今陛下，不像先帝怜才，将先帝赏识的人才放到地方。

"法令具存，虽勤何补。"这就是在讽刺新法了，即便自己勤政，也无补于事。

"知其愚不适时，难以追陪新进。察其老不生事，或能牧养小民。""新进"自熙宁以来成了突然升迁无能之辈的代名词。这岂不是污蔑在朝的都是"新进"，"老不生事"，难不成在朝的偏好生事，变法就是生事？

诸如此类，他们在苏轼的诗文里且怒且兴奋地挖呀挖，以便挖出更多的可供轰击的"火药"。

小人深知一炮未必能轰中，于是他们有组织有步骤地炮制了"连环诗案"。

先由何正臣发难，主要就《湖州谢上表》问罪；接着舒亶、李宜之同时进奏，除了针对《湖州谢上表》，还附上了苏轼的诗集，逐诗逐句分析苏轼是怎么讽刺青苗法、农田水利法、盐法等新法的。最后由李定做总结性的炮轰，分析了苏轼犯有四大该杀之罪：不知悔过，谤议朝政，影响恶劣，明知故犯，并指出苏轼所有的怨毁皆指向皇帝陛下。

四人成虎。神宗终于被激怒了,这么多年变法未能如愿,也让他的性情变得敏感而易怒,遂下旨:"将苏轼谤讪一案送交御史台根勘闻奏。"

最先得到这个消息的是驸马王诜,他是苏轼、苏辙的好友。快马加鞭,王诜将这个消息第一时间告知了在南都(商丘)任职的苏辙,苏辙一听,如五雷轰顶,火速派人送信给湖州的兄长。与此同时,朝廷派出的拘捕人马也星夜兼程,奔向湖州。

苏辙的信使先一步到达,惊魂未定的苏轼见廷捕来势汹汹,便知来者不善,他意识到自己闯了大祸,不知是该穿便服还是穿官服出见。见廷捕一脸杀气,苏轼开口道:"轼自来激恼朝廷甚多,今日前来,必定是赐死,只求能与家人诀别。"

廷捕这才冷冷地甩出一句:"还没这么严重。"

见到等候在门外的家人呼天抢地,苏轼也不知怎么安慰好,他想起隐者杨朴的故事。杨朴被宋真宗召见,真宗让其作诗,他说不会。真宗遂问:"来时可有人作诗送行?"他说:"没有,只有臣妻写了一首绝句:'且休落魄贪杯酒,更莫猖狂爱咏诗。今日捉将官里去,这回断送老头皮。'"

苏轼平时跟夫人笑说过此事,没想到今日应验,于是他对夫人说:"你何不像杨处士妻一样,也作首诗送我?"

夫人自是笑不出来,而此刻苏轼只能用幽默破一破这眼前的恐慌了。

苏轼披枷上路。"顷刻之间,拉一太守,如驱犬鸡。"斯文扫地,尊严也咔嚓咔嚓都被夹碎。

据说,苏轼在被押的途中,差点投江自尽。他不知罪名多大,不知还会牵连多少亲友,想想自己这二十几年的仕途,失意的时候多,得意的时候少,勤政爱民,劳心劳力,如今落得个银铛入狱的下场。就在他几近崩溃的当儿，夜色中他瞥见了"鲈香亭"几个大字，这一带属于吴中，是晋代张翰因思念家乡的鲈鱼、莼菜，而辞官所归的故乡，苏轼一下子被"莼鲈之思"的乡情救赎了。张翰曾说，人生最可贵的是适意，怎能被所谓的名爵羁绊住而长久在外地做官呢。一想到归乡隐居，一想到家乡美食，人的情感容易跟亲人关联到一起，跟美好的物关联到一起，也就容易领悟到活着的终极意义。

苏轼七月二十八日被捕，八月十八日被解到汴京，随即被投到御史台单人牢房。宋代刑法规定，"凡群臣犯法，大者多下御史台"。审讯从八月二十日开始，就弹劾奏章中所指控的诗文一一讯问，苏轼只承认《山村五绝》里有讽喻时政的意思，其他概无。可仅此怎么能定罪，于是御史们轮番逼供，对苏轼"诟辱通宵"，就是要逼你崩溃，逼你认罪，招架不住的苏轼只好承认了他们的曲解。

案子越审越复杂了，从整人的一方来说，当然想打击面更大，一案多审，一案多惩，是他们追求的最大效率。于是又搜罗出一百多首苏轼寄赠他人的诗词，有三十九人受到牵连，包括张方平、司马光、范镇这些老臣。恶的释放容易上瘾，既然打击了这么多人，为保以后的安全，就要痛打落水狗，就要一网打尽。于是，李定、舒亶、王珪等从苏诗里继续索引，欲置苏轼于死地而后快。

两个月的通宵审讯，让苏轼在身体和精神上备受折辱。他被迫写下两万多字的供状，等候判决。就在这时，苏迈因钱粮用尽，需出城借贷，便托一亲戚代为送饭。之前苏轼跟儿子约定，没有凶讯，便送肉和蔬菜，有就送鱼。苏迈忘了交代，亲戚恰恰就送了鱼。苏轼知道必死无疑，可就这么死了，有太多的不甘，也只能怆然泪下，他凄然写下两首"绝命诗"，准备托狱卒梁成交给子由。

是处青山可埋骨，他年夜雨独伤神。
与君世世为兄弟，更结来生未了因。

——《狱中寄子由二首·其一》

这是安慰子由的：子由，我知你今后定会独自伤神，你要记住，今生我们是兄弟，来世我们还做兄弟。

眼中犀角真吾子，身后牛衣愧老妻。
百岁神游定何处，桐乡知葬浙江西。

——《狱中寄子由二首·其二》

这是愧对妻和子，并交代后事的，他想死后葬在湖州、杭州一带。

御史台狱中是苏轼人生的至暗时期。政敌们百般要置他于死地，神宗举棋不定。

苏辙上书，请求解除自己的所有官职为兄赎罪。与此同时，各方营救相继展开，已经退休的老臣范镇，奋然不顾自己已被牵连的事实，上书皇帝请求赦免苏轼。

营救的呼声越来越高，宰相吴充、退居金陵的王安石、身患重病的太皇太后，还有"新进"章惇，都在为苏轼说话。元丰二年（1079）十一月三十日，"乌台诗案"结案，苏轼的罪名是"谤讪新政"。"谤讪"一词用得真妙，苏东坡写讽刺新政的诗，既批评，又搞笑。

十二月二十三日，神宗传旨：苏轼责授检校水部员外郎黄州团练副使，黄州安置，不得签书公事，令御史台差人转押前去。

我们都知道宋有不杀文人的祖训，关键还有太皇太后发话，被关了一百三十天的苏轼出狱了。

这天是十二月二十八日，还有两天就过年了，苏轼当即作诗

《十二月二十八日,蒙恩责授检校水部员外郎黄州团练副使,复用前韵二首·其一》:

> 百日归期恰及春,余年乐事最关身。
> 出门便旋风吹面,走马联翩鹊啅人。
> 却对酒杯浑是梦,试拈诗笔已如神。
> 此灾何必深追咎,窃禄从来岂有因。

能活着已是不幸中的万幸了。苏轼的心情还算不坏,出狱了如同逢春,节令也恰恰赶上一元复始,这劫后余生,自然也是生命的重新开始。苏轼心绪复杂,可不管怎么说他考虑的是余年乐事,竟然还下笔如有神,结尾仍不忘以"窃禄"讽刺那帮小人。李定等人一定恨得咬牙切齿了吧,可苏轼马上就要唱"驼铃"歌赴黄州了,恨也晚了。也有解释说,"窃禄"是苏轼反讽自己的,自己本来就为官不称职,窃据官位,无功食禄。

还是先好生过个年再说吧。

初到黄州

元丰三年（1080），苏轼四十四岁，正值人生的巅峰期，却开始了贬谪生涯。大年初一，苏轼由御史台差人押出汴京，启程赴黄州，长子苏迈相随。苏辙为救兄长，上书皇帝，愿以自己的官职赎兄罪，结果被贬筠州（江西）监酒。

一月四日，苏轼到达陈州（河南淮阳）他的表兄文与可家，文与可就是那个主张"胸有成竹"的画家，苏轼获罪前，他就已离世。苏轼去吊自己的表兄，并抚视诸孤，然后在他们家住下以待弟弟子由。子由是个善于虑事的人，暂时安顿好哥哥一家后，便从南都（河南商丘）来陈州见哥哥，停了三日后，子由北归，此后他还要将哥哥的家眷护送到黄州，然后自己一家还要到贬所筠州，子由很忙。

苏轼在别子由的诗里说："便为齐安民，何必归故丘。"齐安是黄州郡古名，还没到黄州，就说自己是黄州的百姓了，这是在做超前安顿呢，安顿成黄州民，奔赴贬所就等于回乡了。

正月十八，在蔡州（河南省汝南县）道上遇雪，苏轼似乎没有茫茫天地间路在何方的感觉,却像兰菊一样,有"微阳回寸根"的暖意,一路看,一路想,起初心情不错,不觉又羞愧起来,在这大过年万家团聚之时,自己这般冒雪南奔,原是戴罪之身啊。

心情再次降温,眼前大雪压在贫民屋上,怎能让人不忧:"谁知忧患中,方寸寓羲轩……伫立望原野,悲歌为黎元。"方寸指心,羲轩指伏羲和轩辕,是说自己心里装着皇上和百姓。早在凤翔为官时,他就写过雪夜忧民的诗:"谁怜屋破眠无处,坐觉村饥语不嚣。"他不仅感受到了村人的寒,还感受到了他们的饿,他是怎么感知到饿的呢,因为他听到人们说话的声音不大,是饿得有气无力了吧。在悯农的心情上,苏轼比一般人多了深度和维度。

过淮水了,回头望了又望,这是南北的重要分界线,从此离汴京越来越远了,离圣上越来越远了,黄州在哪儿呢,去想象一下云梦泽吧。当他意识到某种围困即将到来时,便借想象为自己移来另一片天地,他不让自己的思想被悲观捉住,就像那天在雪中看到狂奔的兔子,它正在从猎人的捕捉中突围,而被贬的自己不是不悲,是尽量不让悲捉住。

苏子一行进入麻城县,已入黄州境。二十日,过县治东边的春风岭,这名字很养人,把寒冷的贬谪之心吹暖了,关键是苏子在这里有一次艳遇,那就是遇到了梅花。宋人喜欢梅,苏子尤其喜欢,他写梅的诗词,随便到网上一搜,就是几十首。他说"一夜东风吹石裂,半随飞雪渡关山",梅就是他自己,在雪天流放。"幸有清溪三百曲,不辞相送到黄州",好在吹落的梅流到了清溪中,多情地陪着自己一路到黄州。

一友别过,又遇一友,那便是松。苏子是植松能手,他家祖茔附近有数万株松树,都是他年少时亲手栽植的。那首有名的悼亡词"料得年年肠断处,明月夜,短松冈"写的就是他植松的山坡。东坡居士种松法,后来还被诗人陈师道记载下来,作为种树经。

苏子今天到的这个地方叫万松亭。此前麻城县令张毅在道路两边植了万棵松树，以庇行人，并以名其亭。如今县令离开还不到十年，所存的松已不到十分之三四，苏子很感伤，作诗《万松亭》。

二十五日这天，苏子很开心，他到了岐亭，见到了故人陈慥——陈季常。在陈慥家，苏子留住了五日，见到了五代蜀人赵德元所画的《朱陈村嫁娶图》，这是一幅风俗画。朱陈村在徐州丰县东南一百里深山中，民俗淳厚，一村为朱、陈二姓，世为婚姻。苏子看了画还作了诗，其中两句是"而今风物那堪画，县吏催钱夜打门"。这个苏子，竟然还敢讽议朝政，真不想好了。

离黄州越来越近了，这天苏子夜宿禅智寺，可寺僧都不在，夜半下雨，他忽然想起年轻时自己曾到过一个村院，见墙壁上有诗："夜凉疑有雨，院静似无僧。"这不正是今夜的情景吗？他当即作诗："知是何人旧诗句，已应知我此时情。"一路上苏子感觉到的都是奇，这很容易触发人生命运之思。不同的时空，却是同样的情境，总有前世今生相遇的恍惚之感。

那时的行人总有僧院可以寄宿，僧院是免费的旅馆，这也是普度众生的方式吧。在荒野，在山巅，在闹市，在哪儿都可以将身心安顿；求学的、做官的、经商的，听着这晨钟暮鼓，吃着这素白斋饭，也是在上一堂净心的功课了。

朝廷将你发落到哪儿，纯属偶然，可对于个人，就会产生一个必然的结果，因为这个地方将参与构建你的人生，它可能成为你生命中最重要的一处风水。

经过整整一个月的长途跋涉，终于在二月初一，苏轼父子抵达黄州。

大年初一，人生从流放开始，真够悲催的。不知在贬谪的路上，苏子听着那"爆竹声中一岁除"，嗅着那"春风送暖入屠苏"，看着那"总把新桃换旧符"，是怎样的感觉？

总之，新政继续推行，太阳依旧如新，而苏子，人生也在重新开启。

从短小的视域来看，人生有得有失，而且是得失分明，这时的苏子高岸为谷，自然是失；从长远的时空来看，得非得，失非失，得失的价值有时还会呈逆向增减，在低谷收获人生的大有，而这常常是之后才看到的。

苏子当时也见不到，他在江上远远地看到黄州了。黄州位于长江中游的北岸，与鄂州隔江相望，若乘船从汉口顺江而下，出三江口就可以看见黄州城的远景了。

苏子抵达贬所黄州，对于诗人来说，自然是有诗为记的，于是大笔一挥，写了首《初到黄州》：

> 自笑平生为口忙，老来事业转荒唐。
> 长江绕郭知鱼美，好竹连山觉笋香。
> 逐客不妨员外置，诗人例作水曹郎。
> 只惭无补丝毫事，尚费官家压酒囊。

这首诗既是对"乌台诗案"的总结，也是初到黄州的开局，有点自嘲。首句的"为口忙"，既指为口腹而奔忙，也指因口遭罪。"荒唐"既是自嘲，也有点他嘲的意味。想当年仁宗皇帝见到他兄弟俩，高兴地说他为子孙谋得两位太平宰相，如今自己却成了戴罪之身。

"知鱼美""觉笋香"，仿佛不幸都被味觉取代了，美味的想象可以为不幸的处境轻松地找到逃离的出口，人又何必在不幸上去纠结呢。自然就是大道，大道就是大路。这一江的鱼，这一山的笋，可以为口福买单，也可以为不幸打折。

人遇到最爱，会获得另一种意义上的满足。竹是苏子的最爱，宁可食无肉，不可居无竹，现在这竹子是连山的，真好！真好！苏子喷口而出就是"好竹"，上天真是太了解自己了。

至于自己的官位，就诙谐一下吧。员外嘛，就是定额以外的官员，我苏轼所任的检校官就属于此列。水曹郎嘛，南朝的何逊、唐朝的张籍、后晋的孟宾于等诗人都任过这个官职，苏轼我任这个官职难道有什么不妥吗？

可是，我仍然很惭愧，我对政事没有丝毫的作用，今后将会破费朝廷许多抵作俸禄的"压酒囊"了，压酒囊是指压酒滤糟的布袋。原来宋代官俸一部分用实物来抵数，叫折支。我觉得这是朝廷在跟官员做生意，拿我朝廷给的俸禄，我朝廷也要赚你们这些官俸，就批发些压酒囊给你们吧。看来那个时候是鼓励官员饮酒的。

《初到黄州》，是苏子的发轫之作，长江绕郭，好竹连山，宛如对苏子的盛迎。味觉拯救灵魂。

贬谪的日子毕竟不好过呀，他在写给李端叔的一封信里说："得罪以来，深自闭塞。平生亲友，无一字见及，有书与之亦不答，自幸庶几免矣。"值得深味的是，苏轼获罪，为他求情的大都是变法派人物，而平时唱和的同道没什么人出来救他。李端叔，就是那个写"我住长江头，君住长江尾"的李之仪，是元丰年间的进士，因才气而得到苏子的赏识。

贬谪，就意味着你被打进政治的冷宫，你与朝政已不在同一个频道上，当初的那些朋友自然不敢与你同频共振。再说，有不少同道都被牵连受贬了，哪里还能说得上话。初到黄州的苏子有些寂寞，还有些担惊，"多难畏人"啊。

儿子苏迈也在叮嘱他老爹："不如牢闭口，莫把笔，庶几免矣。"对于苏子，这是一件痛苦的事，就像鸟儿不许它鸣叫。有才情的人，诗句随时都处于井喷状态，不让它喷发，是很胀人的。

初至黄州的苏子也有点自卑,他在给朋友的书信里不止一次地写道:"坐废以来,不惟人嫌,私亦自鄙。"何止是别人嫌弃自己,连自己都瞧不起自己。

苏子打了个比方,他说,树瘤、石头具有的斑纹、犀角具有的通孔,都是取妍于人的地方,岂不知都是物的病态;而自己谪居无事,默自观省,回视这三十年来的所为,也大都是这样的病态。他对李之仪说:"你所见的都是故我,不是今我。"这意味着苏子正在完成人生的蜕变。

总之,初至黄州的苏子,有点寂寞,有点担惊,有点自卑,也时常观省。

黄州是个什么样的地方呢?苏子初到的感觉是:黄州僻陋多雨,气象昏昏也。从地理上,为黄州减分又减分,毕竟心情不佳,心绪一低落,气象也就昏昏了。

北宋初年,黄州从属故邾城,即今禹王城,后南迁五里至江滨修筑土城。当时的黄州城不大,其地势险要,水环州城。

黄州在唐宋时代为下等州,在江淮间最为穷僻,不然也不会成为贬谪之地,这就出现了有意思的现象——地名的逆袭,由下等州成为名邦。

感觉黄州是一个能汇聚文气的地方,除了政治的追加,便是地理的便利。派到这里或被贬到这里做官的文臣,算是政治的追加了;长江绕郭,何止是鱼美,南来北往的小舟也绕来了,是得了地理的便利。长江是古代中国交通的主干道,尤其是宋以后。湖北,作为长江中游的一段,有很强的汇聚能量,而有苏子在此,又让这种汇聚释放出永恒的能量。

2019年暑期,我来到了黄州。一路跟着东坡行,东坡走的是驿路,我们坐的是火车,时间隔了近千年。本打算在七月(农历)既望之前开启黄州之旅，这样我就可以跟苏子同月同日游赤壁了。我们向来看重纪念日，一个寻常的日子，因为与一件自己关心的事连在一起而意义非凡。非凡的日子我等不及了，而去黄州，哪一个日子于我不是非凡的日子呢，这也是读东坡学到的豁达。

去黄州我想找个伴，这样能让东坡感觉热闹一些，东坡喜欢热络，不可一日无客，而于我则可以尽情地寻访。在黄州，东坡是个好游的东坡，不仅游赤壁、西山，还游稍远一些的像蕲水道中、黄梅五祖寺等地。有个伴儿，我就不必因一个人而悗悗惶惶，家人也不用担心我会"失踪"了；有了伴儿我就可以完全放松，充分将关注点对准东坡。

铮是我师范同学兼闺密，也是语文老师，对寻东坡很有兴趣，这次我一邀，她便应允了。唯一的担心怕扛不住酷暑，而离武汉不远的黄州，也是暑热的升级地带，可我对长江抱有指靠。我说，咱们沐浴江风，何惧暑热？

我们可以暂时从不变的日子中跳脱出来，过几天不一样的生活。我们还带了焖煮炊具，这样才有点像过日子。东坡是会生活的东坡，是会调制美食的东坡，东坡肉、东坡鱼、东坡饼、东坡羹等，是他用味觉调制的有味生活。贬谪的日子很难跟有味连在一块儿，东坡要做的就是连接，借着老庄思想和自己心得的密码，他随便就连接上了。

苏子在黄州，家住临皋亭。我们住在启黄中学（原黄冈中学）对面的旅馆，因为从网上搜得东坡当年住家的临皋亭遗址，就在启黄中学校园内。从这儿不几步就上了江堤，由东坡文章得知，临皋亭出门八十步即大江。遗憾的是现在长江改道，跑到几公里外去了。东坡眼中的黄州与我们今天看到的黄州，是两个完全不同的城市版本。

打开黄冈城区图,看到了"临皋亭遗址",大约在启黄中学东南1.5公里处,位于古黄州城东南,我们在位于临皋路上的文峰宝邸小区大门口,见到了临皋亭遗址碑。那么,启黄中学内的临皋亭,是真是假?

苏子,到底哪个临皋亭,才是你的家?

知否，知否

　　大概是到黄州的第二天，我们想去黄州东坡文化研究会请教，看到大门紧锁，才想起当天是周日。

　　黄州的夏天是特级的热，而树为它降了一级。老城区道路两边几乎都是参天蔽日的香樟和广玉兰，少则有几十年的树龄。我们在树荫里缓缓而行，不觉进了一个小巷，我喜欢走小巷，卖菜的、卖瓜的、做小吃的、补鞋修伞的，让小巷子很有生活味和那么一点古韵。就在我们行走时，竟巧遇定惠院遗址。

　　初至黄州，苏子寓居定惠院。苏子给朋友王定国的信中说："寓一僧舍，随僧蔬食。"

　　定惠院在黄州城东南，环境清幽。寺院在环境上首先给人离尘之感，给人心营造一个幽静的氛围，竹木花草，清溪白石，大自然是最好的佛法图像。此次寻访，我想找到这样的定惠院，去遇一阕词，遇一株海棠。

　　词就是那首有名的《卜算子·黄州定惠院寓居作》：

缺月挂疏桐，漏断人初静。谁见幽人独往来，缥缈孤鸿影。

惊起却回头，有恨无人省。拣尽寒枝不肯栖，寂寞沙洲冷。

每每夜深人静时，苏子这个幽人便在夜色中独来独往，他像一只鸿，孤高的鸿，心事浩茫，心怀幽恨，惊恐不已，拣尽寒枝，最后栖落在寂寞冷清的沙洲。这是苏子初至黄州时的心境。得失、荣辱、忧惧，几股力在纠扯着他，无法安心。他需要静夜来想明白一些事情，他需要不停地调适，来让自己的心有所归属。

有一天，雨晴后，苏子步行到四望亭下的鱼池上，然后又来到乾明寺前面的东冈上，归来，作了两首诗，其中就有：

雨过浮萍合，蛙声满四邻。海棠真一梦，梅子欲尝新。
拄杖闲挑菜，秋千不见人。殷勤木芍药，独自殿余香。
——《雨晴后步至四望亭下鱼池上遂自乾明寺前东冈上归二首·其一》

几乎一句一种花草，这次第，有点类似杜甫的《江畔独步寻花》。人只有在卸去俗务的时候，才能与花草如此亲近，如此耳鬓厮磨，走近花草的灵魂，发现花草的欣悦，也因此才能真正发现一花一世界，一花一性情，并欢喜它们生命的自足与美好。

反过来，你能发现花草的自足，可能你比较孤独，也比较寂寞，因为你在与花草交流，与花草互为知音。当然这里也有一种观念，就是庄子的齐物论，人与万物为一。苏子在跟这些花交流的时候，一定是把它们当作跟自己一样的生命，他感觉到了花们精神的畅悦。杜甫有句诗"欣欣物自私"，"自私"是自爱的意思。春天万物美好，让人感觉到物的自爱，花的自爱启示着生命，也启示着美，而黄州，目光所及，都是花草。

苏子雨中看牡丹，能看一整天。花开是最清新最知心的语言，我们常把那些聪慧而又善解人意的女子比成"解语花"，苏子自己就能解花语，这种自乐真是"妙处难与君说"。与苏子交流互动的还有那些鸟儿，他寓居的定惠院，绕舍都是茂林修竹，荒池蒲苇，春夏之交，鸣鸟百族。当地人根据鸟鸣的声音为鸟儿取名。我们这也是，称布谷鸟，是因为它一直在叫"布谷，布谷"。黄州人称布谷为"脱却破裤"，过溪水的时候，苏子说："好吧，我就脱去破裤，不好意思，水照见了腿上的癣癞了。"还有一种鸟的叫声为"麦饭熟"，此时丰年还无迹象呢，就听听林间这快活的叫声吧，"麦饭熟，麦饭熟"。

苏子作了五首《五禽言》，跟鸟儿逗乐，不明白的人以为无聊，岂不知苏子得的是真趣。我们都是常人，什么是常人？就是很多空间我们都无法进入的人，所以对那些能进入的人，是不太能理解的，是要睁大或乜斜着眼睛看他的，这人怎么……

让苏子没想到的是，这一年的春天，他竟有一场艳遇。

这空谷佳人，"自然富贵出天姿""朱唇得酒晕生脸"，猛然间遇到，苏子感觉就是绝

《秉烛夜游图》　南宋　马麟

注：画作描绘了夜色掩映的深堂廊庑，庭院中烛光明灭，映照着园中盛开的海棠。一士人踞太师椅当门而坐，品味月下美景。此图取意苏东坡诗歌《海棠》。

艳照衰朽，这患眼疾的自己，这恓恓惶惶的自己，可不是衰朽？

可这陋邦，怎会有这等红妆？是造物者的深意吧，特意将她遣到这里，来陪伴自己。再细看看这美人春睡足的样子，月下无人更显清淑。她是一株海棠。

在定惠院东边的柯山上，杂花满山，想不到竟有海棠一株，风姿高秀，当地人不知道她的贵重。苏子猜测是不是好事者从西蜀移来的，抑或是鸿鹄衔来了种子。想想这名花流落天涯，在此幽独，又不禁怜惜了。自己明朝还会来看的。

我们都能背那首《海棠》：

> 东风袅袅泛崇光，香雾空蒙月转廊。
> 只恐夜深花睡去，故烧高烛照红妆。

苏子成了花痴，唐宋诗人很多都是花痴。杜甫"黄四娘家花满蹊"，"留连戏蝶时时舞"；白居易"惆怅阶前红牡丹""夜惜衰红把火看"；李商隐"客散酒醒深夜后，更持红烛赏残花"；就连那个杨国忠都是花痴。那个时代的人特爱赏花，也特爱种花。门前屋后，路边山上，都精心栽植，从花中领赏造物之美，这真是一种好风气。

从那以后，每岁海棠盛开，苏子都携客置酒，到他离开黄州，已经五醉其下了。元丰五年（1082），就是写《寒食帖》的那一年，是苏子到黄州的第三个年头。"年年欲惜春，春去不容惜。今年又苦雨，两月秋萧瑟。卧闻海棠花，泥污燕支雪。"这雨天让人焦心的是海棠，知否，知否？

知否？好的文字，有时不是才华，而是性情。元好问评："自东坡一出，性情之外，不知有文字。"东坡当然是才华加性情。

元丰七年（1084）春天，苏子与参寥禅师及二三子，又去访海棠。海棠所在的这个小园已换了主人，主人虽是市井中人，但懂苏子的雅兴，将园子整治了一番。山上有很多老枳木，枝干瘦韧，筋脉呈露，像老人的头和脖子。花开莹白，累累如珠，香色不凡。这种树不被常人喜爱，渐渐都被伐去了，但因苏子的缘故，园主人留下了它们。

据说定惠院后来建有海棠轩，有睡足堂和扪腹轩……这些都是跟苏子、海棠有关的记忆。定惠院若原样还在就好了，海棠和枳木若也在，就更好了。资料显示，苏东坡寓居的定惠院，在他离开黄州86年之后，就退出了历史舞台。南宋大诗人陆游于淳熙六年（1179）再次游览黄州时，在《自雪堂登四望亭因历访苏公遗迹至安国院》一诗后自注说："定惠院已废，海棠亦不复存在。"

那么定惠院东边的小山——柯山还在吧，依然杂花满山吗？如果这样，也差不多够了。

可如今的定惠院遗址只是一块碑石，周围都是水泥楼房，各家的门牌都是"定惠院×号"。我不奢望目遇别的，只期待能在院东的柯山上找到一些老枳木，兴许有心人还会为后人留下一株海棠呢，但放眼望去，这里没有山。

定惠院遗址碑

我向来往的人打听柯山，竟无一人知晓，这让我很吃惊。我对地面建筑遗存，早不抱希望，江也可能断流，但是山禀性难移，可是在黄冈，柯山连同它的名字一起失踪了。皮之不存，毛将焉附？老枳木、海棠，我只能不去想了。

　　之后还有几次，当我往这一带寻访时，都会拐进这个巷子，"途经定惠院"，成了我的一个情结，总想跟东坡能多遇几次。走黄泥坂那次，返回时我们又途经定惠院，特意在遗址碑对面一家门台上歇息，喝水，看来往买菜的人。

　　我们也顺带从小巷买了菜，回去做东坡美食，并好好地读那首题为《寓居定惠院之东，杂花满山，有海棠一株，土人不知贵也》的海棠长诗。

家以安身，禅以安心

苏子的家人要来了，他既盼又怕。

他在给章惇的一封信里说："鱼稻薪炭颇贱，甚与穷者相宜。然轼平生未尝作活计，子厚所知之，俸入所得，随手辄尽。而子由有七女，债负山积，贱累皆在渠处，未知何日到此。见寓僧舍，布衣蔬食，随僧一餐，差为简便，以此畏其到也。"

贱累，指自己家眷；渠处，指子由处。说我从来没有理财观念，俸禄收入，都是随手花完，不过黄州物价很低，倒挺适合我这个穷人。子由有七个女儿，负的债像小山一样，我的家人都在他那里，也不知什么时候到这。我现在随僧人粗茶淡饭，倒也简便，因此有点怕家人到来。

一家老小二十多口，住就是一个问题。生活，尤其是逆境中的生活，永远是个沉重的话题。

弟弟子由送哥哥的家眷来了。自正月中旬，兄弟俩在陈州别过，子由回到南都（河南商丘），带着两房家眷，下汴河经泗水渡淮河，从广陵（江苏扬州）溯流而上，历金陵、宁国一路，到达九江。子由将自己家眷安排在舟中等待,然后亲自送嫂嫂和侄儿等人去黄州,等回来再从九江,带领史夫人等赴自己的贬所筠州(江西)。

古人有很多的时间都留在了路途上,可谓辗转辛苦,也正因如此,对人生和旅途的体悟就格外深刻,对山川风物的感怀也格外动人,因为这些都曾一寸一寸地渗入到生命的里层。朝辞烟霞,暮宿烟霞,朝朝暮暮,烟景之中,人是跟自然相融相生的,在自然中获得灵感,在自然中获得生趣。诗的兴盛不是没有原因的,随便一截旅程都要经旬经月,这漫长的寂寞需要一个有趣的活动来助兴,诗是旅途的小酒,不妨慢慢斟酌。诗人们还喜欢到处题留,也欣赏着别人的题留,没有比诗更好的旅途搭档了,路要一步步行走,诗得一字字斟酌,二者真是合拍。在现代,古体诗没法不式微,人们基本上没有了旅途,太快的旅行,连时间都不要了,还要得起高度浓缩了时间的诗吗?

这天苏子早早地就赶到距黄州四十里的巴河口去迎子由,已至五月下旬,自从上一年七月二十八日在湖州任上被捕,苏子已有十个月没见到家人了。终于见到了,都是笑眼,都满溢着清光。朝云已经十八岁了,美人如月,苏子一定感觉到了那一种光亮,让人心动的光亮;而对于朝云,他就像太阳,照得她有点眩晕。但太阳和月亮都在各自的轨道上,不动声色。激动都给了孩子,给了兄弟,给了天气。一路上,大家都拽着离别这么长的时间,抽着彼此包在里面的反反复复的思量。

兄弟俩在一块儿的时光太难得了,子由在黄州留了十多日。兄弟俩同游了寒溪西山,现在苏子是导游了,趁着这有限的几天,将自己寻得的风景,一一介绍给子由。"与君聚散若云雨,共惜此日相提携",你扶着我,我拉着你,想以此高浓度的聚,为长年的散,留更多值得回味的笑语。"吾侪流落岂天意,自坐迂阔非人挤",你我一同被贬,难道不是天意?是我们自己迂阔导致的,又哪是别人的排挤呢。评价称"诗人忠厚之言"。想到了苏子的应试文章《刑赏忠厚之至论》，文章与人格是和谐的。

五月二十九日，苏子从定惠院迁居临皋亭，临皋亭在黄州城南门外江边，位于定惠院右侧，是一处水驿，又名回车院，是朝廷官员巡视黄州住的官舍。按照宋代朝廷规定，受贬谪的官员是没有资格住在官舍中的，苏轼能迁居临皋亭，一方面是黄州太守的格外关照，另一方面就是鄂州太守朱寿昌从中周旋。

临皋亭的环境真的不错：非常清旷，风涛烟雨，晓夕百变，江南山景，仿佛就在席榻之上，而几席之下，又云涛接天。苏子在诗里说"临皋烟景世间无"，他每天扁舟草履，放浪山水间，此味甚佳，生来还不曾有此适。

人之患在于有身，不只是自个儿的身，还有一家老小的身。精神永远都难以离开身体去做逍遥游，肠肚需要一日三餐的安抚。苏子开始精打细算过日子了。每月初一，他便取四千五百钱，分成三十份，挂在屋梁上，早上用画叉挑取一份，然后藏起画叉，再将没用完的存到大竹筒里，留待宾客。这不是苏子的首创，是一个叫贾耘老的人发明的。照这么花费，苏子也只能应付一年有余。唉，不需预虑，到时再作筹划吧。

好在江淮间岁丰物贱。米一斗二十钱，猪、牛、獐、鹿贱如土，因在江边，鱼、蟹根本就不论钱，村酒醇酽也不贵，柑橘和漆柿也非常多。只要不太挑剔，这身也不难安顿。

苏子也善于居贫。一天他读《战国策》，读到颜处士的一句"晚食以当肉"，不禁笑了起来。是啊，菜羹菽黍，在饿的时候吃，味道跟八珍是一样的。物的好与坏，全凭个人的主观感受，于物又有什么关系呢？庄子就是这样，内心有无穷的能量，来转化现状的不堪。修道，就是要修这种能量。

元丰五年（1082）三月，临皋亭的日子不太好过。每年的这个时候黄州的雨都特别多,而这一年雨势来得猛,江水上涨,好像要冲进小屋,"小屋如渔舟,濛濛水云里",有种风雨飘摇的感觉。"空庖煮寒菜,破灶烧湿苇",连续阴雨导致没吃的,也没烧的,真是走到了路的尽头。"也拟哭途穷",苏子已是万念灰冷。

而奇迹也在诞生,他这个时期书写的《寒食帖》,竟被后人宝为"天下第三行书"。

苏子是一纸心绪,书法就是他内心的图像。心绪低到极点,又愤懑到极点,这让他的书法很有张力。绝望也能导致释放,极端的情绪都有超强的释放力,对苏子来说,是冲破,是突围。如果之前在书写时,有一个书法的准则在规范着他,这时候就全部舍掉了,人生都到这种地步了,还有什么舍不掉的呢?所以他尽情发泄,也似乎在呐喊,从未有过的状态被他写出来了。或许单从字来说,《寒食帖》未必精湛,若按心灵的图像来解读,《寒食帖》就是神品。特定时空的特定意念,被一幅书帖定格了。

> 自我来黄州,已过三寒食。年年欲惜春,春去不容惜。今年又苦雨,两月秋萧瑟。卧闻海棠花,泥污燕支雪。闇中偷负去,夜半真有力,何殊病少年,病起头已白。
>
> 春江欲入户,雨势来不已。小屋如渔舟,濛濛水云里。空庖煮寒菜,破灶烧湿苇。那知是寒食,但见乌衔纸。君门深九重,坟墓在万里。也拟哭途穷,死灰吹不起。

在那首著名的《临江仙》词里,苏子也写到了临皋,而且词的题目就叫《夜归临皋》:

> 夜饮东坡醒复醉,归来仿佛三更。家童鼻息已雷鸣。敲门都不应,倚杖听江声。

长恨此身非我有，何时忘却营营？夜阑风静縠纹平。小舟从此逝，江海寄余生。

从中我们能看出苏子的宽厚仁慈，不是敲不开门，而是不想敲破了童仆的酣梦；我们还可以看到，苏子从不凝滞于物，虽然已是三更，目的是归家，但若归不成，又何不转身去听那江声？苏子不让自己在一件事上撞墙，心中已预备了很多通道。

这一次是归而不得，现实又何尝有自己的归处呢？虽然脚下就是大江，就是路，只是自己不为自己所有。"小舟从此逝，江海寄余生"，这个也只能是幻想，苏子眼下没这个自由。

据说，这首词吓坏了黄州太守徐君猷，他急忙命驾前往临皋亭，若苏子真的像词里说的驾舟逍遥去了，他这个太守就是监管不力，是要被问责的。好在苏子的身还在临皋亭里，已是鼾声如雷鸣。徐君猷放心了。

毕竟临皋亭年久失修，屋顶到处漏雨，加之门面向西，日光西晒，夏日火热难熬。最难堪的是，每当朝廷官员来到黄州，苏子一家必须退出住房，侨寓他处。元丰五年（1082）十月，淮南使蔡景繁巡视黄州，当目睹苏子因自己的到来侨寓他宅的难堪之景时，出于关照之情，嘱咐黄州官员给苏子单独建造几间房子。元丰六年（1083）正月，房子落成，苏子于欣喜中将其命名为"南堂"，并为此写诗五首，以寄情怀。

南堂有屋三间，与临皋亭邻近，门朝西南。

江上西山半隐堤，此邦台馆一时西。
南堂独有西南向，卧看千帆落浅溪。

——《南堂五首·其一》

如今临皋亭和南堂，若还在就好了。诗能留住的，现实往往留不住。

陆游是幸运的，他在《入蜀记》中记述："十八日，食时方行。晡时至黄州。……泊临皋亭，东坡先生所尝寓，与秦少游书所谓'门外数步即大江'是也。烟波渺然，气象疏豁。"

有了临皋亭和南堂，苏子和家人可以安身了，可苏子还要借助别的力量，才能安心。

定惠院的颙师，为苏子在竹下开了啸轩，这倒有点陶渊明"啸傲东林下"的味道。苏子没有表现"啸"的行为艺术，他注重的是心的真正的放旷。

苏子到黄州的当年，还从天庆观借了三间道堂，冬至后，斋居其中，闭门谢客，厚自养练，四十九天后才出来。苏子的斋居，按他自己的话说，"聊自反照而已"，就是自我省思。

生命的意味在于有不同的体验，每一种体验都是新的生活，只保持一种方式，十年也就相当于一年。苏子是方内方外，法内法外，天上人间，都想去经历，关键是他能顺利地打通这些空间，适意游走，并从各处掐取所要的元素，炼就合于自己身心的逍遥丸。

两年后，苏子在给苏辙的信里说："任性逍遥，随缘放旷，但尽凡心，别无胜解。"这句原是唐代禅师道悟教导弟子的话。就是说你逍遥自在地过日子，随缘随分，靠的是一颗凡心，并没有其他的高妙之法。

凡心之悟，对苏子来说非常重要。凡心，也可以说是一颗寻常心，就是把人生落实在好好睡觉、好好吃饭上的一颗心，就是能把纠结在心里的烦难苦痛的症结梳理通顺的一颗心。对于苏子来说，就是能写《猪肉颂》的一颗心，就是能陪卑田院乞儿的一颗心，就是能醉卧溪桥边的一颗心。读苏子，我们常觉得他很接地气，很有生活味、人情味，这都是凡心使然。

苏子对自然有超强的领受力，这也是他能把自己安顿好的很重要的原因。不能在山野中领受丰富的自然之美，那么贬谪就是真正的发落，相反，就是奖赏。虽然也被剥夺了，但也有了补偿，是在显达时领受不到的一种补偿。在朝堂上，苏子可以做那个叫"苏学士"的自己；在江湖，苏子可以做那个叫"东坡居士"的自己：随缘放旷，但尽凡心。

东坡上遇见陶渊明

从这篇起,我要称苏子为东坡了。可那个他躬耕的东坡在哪儿?

还在赴黄途中,苏子就有"山城买废圃"——去黄州隐居事农圃的想法了。开始只是个假想,严峻的现实帮他落实了。

"日用不得过百五十",如此精打细算,也只够维持一年多的时间。元丰四年(1081),谪居黄州刚好一年的苏子因薪俸断绝,生活日益艰辛,故人马正卿心中不忍,便出面向黄州太守徐君猷申请一块土地,以便苏子躬耕其间,自食其力。徐君猷体谅苏子谪居黄州的艰难,便将黄州城内的一块废弃了的军营地无偿地交给他使用。

这片废弃的营地有五十多亩,在黄州城的东南角上,估计是苏子在此辟荒躬耕后,才将其命名为"东坡",并自号"东坡居士",名字源于仰慕白乐天。白居易任忠州刺史时,苦于巴蜀人不爱花,竟亲自上山栽种花树,誓将忠州变作花城。

白居易种花东坡,写了《东坡种花》诗:"持钱买花树,城东坡上栽。"又有《步东坡》:"朝上东坡步,夕上东坡步。东坡何所爱,爱此新成树。"感动于诗人对花对树的挚爱，每天上东坡就是为看这些树，我们还有这么纯粹的游历吗？

现在苏子也有了东坡，当生活中有件事可以跟仰慕的人作类比时，自己在做这事的时候，就有了非同一般的意义，贬谪的苦闷也部分转化成了乐趣。东坡是苏子的一片精神游憩之地。苏子一口气写了《东坡八首》。

这片地荒废太久了，满是荆棘瓦砾，而当年又大旱，垦辟起来十分艰难，真是筋力殆尽，土地又不肥沃，很难指望有什么收成。一大家子齐上阵，荒田终于被整治得有点眉目了。低洼处种稻子，坡地上种麦豆，东原上种枣栗，南坡上种桑果，竹子当然也是要栽的，就担心竹鞭四处横逸。再卜一个佳处，到时好盖几间屋子。好像吟诗作文，东坡拟好了格局。

这一天家童来报，说烧枯草时，发现了一个暗井，想想也对，这里曾是一个军营。东坡自然高兴，瓢饮总算能解决了。除去井沿上茂密的青芹，再将淤泥掏出，洗净井石，青天终于落到了井中，大功告成。东坡吟诗："井在有无中，无来亦无失。"此中有禅意。

农人的命运总是悬在天上，这一年干旱异常，连泉水都枯竭了，浮萍也黏在了塘底。后来南山的云总算有情，终于下了一犁铧深的雨。雨水泫然，循着故渠而来，知道东坡盼望的心。可这陂塘漏水，看来要好好地筑一筑堤坝，再将西北方的山泉拦过来，这样就不怕天旱了。知道东坡囊中无钱，四邻齐上阵，义务打夯筑坝。池塘修好了，决渠可当下雨，这下无忧了，那就痛痛快快地喝酒，醉倒了就枕砖而眠。

抛荒也是在蕴蓄地力。这年种下的麦子还没到一个月，就郁郁苍苍了，赖于这片地力一直在积蓄。可当地的农人告诉东坡，不要让苗长得太旺，想来年丰收，须让牛羊踏啮。这也是农经吧，东坡再三拜谢。

白居易在东坡上种了很多的树，苏子栽得也很豪放，他种了三百株黄桑，这不是虚言，古代有在官舍种桑三百株的规定，东坡也仿这个数栽。

"不令寸地闲，更乞茶子蓺。"蓺是种植。东坡又问大冶长老要了桃花茶栽在东坡上。不知桃花茶是何种茶，据说大冶县南十五里桃花尖下有桃花寺，寺里有甘美的泉水，用来泡茶，号称"桃花艳品"，估计泡的就是桃花茶。

农事忙罢，苏子就坐在东坡上与长子苏迈联句。东坡起："清风来无边，明月翳复吐。"苏迈接："松声满虚空，竹影侵半户。"都是即事即景，而且这景还是自己造的，看着长子迈的长进，东坡认为苏迈已超过了杜甫之子宗武，心里颇感慰藉。

诗人们几乎每天都要写诗，他们是在诗中过日子。

"泥芹有宿根，一寸嗟独在。雪芽何时动，春鸠行可脍。"这是《东坡八首·其三》中的诗句，东坡想不到这会是一代大文豪名字的缘起——雪芹，对，曹雪芹就是这么来的。细心的读者不难发现，《红楼梦》中的贾府有个小书房叫"梦坡斋"。一日，宝玉想去梨香院探视宝钗，可若从上房后角门过去，又怕遇见他父亲，于是便绕道出去，但还是撞见了门下的两个清客，二人道："老爷在梦坡斋小书房里歇中觉呢，不妨事的。"梦坡，梦的可不是东坡？

在东坡，苏子有个重要的遇见，那就是遇见陶渊明。在躬耕东坡的时候，他给朋友王定国的信里就说："近于侧左得荒地数十亩，买牛一具，躬耕其中。今岁旱，米贵甚。近日方得雨，日夜垦辟，欲种麦，虽劳苦，却亦有味。邻曲相逢欣欣，欲自号鏖糟陂里陶靖节，如何？"东坡真搞笑，"鏖糟陂里陶靖节"，说白了就是黄州城里东坡上的陶靖节。陂，指的就是东坡。这片坡地在黄州城内，自己当然还算不上园田里的陶靖节，只能算市井里的陶靖节。

"昨夜东坡春雨足，乌鹊喜，报新晴。"真是喜气，看着眼前的情景，东坡似乎望见了陶渊明眼里的风光。陶渊明曾于某年正月初五游斜川，当时是面对溪流，班荆而坐，瞻顾南山，爱那秀峰特出。而现在自己站在东坡上，南望有亭丘，脚下有溪横，这不正是斜川当日的情景吗？东坡感叹："只渊明，是前身。"

达则兼善天下，穷就做陶渊明好了，人生又有什么可失的呢？陶渊明观赏着田园，亲睦着邻里，品味着日常，把日子的每一页、每一角，都过得自在自得。

东坡也在"尽凡心"，像一个农人一样，细捋着日子里的褶皱，把日子尽可能过得顺顺滑滑。他会关注粮价、肉价，一斗米才二十文，可以用蒸锅和漏锅做成美味的菜汤蒸饭。猪肉价贱，便买了来炖上一炖。"富者不肯吃，贫者不解煮"，东坡解煮。江中鱼多，随便两个钱就能买一堆，他也有自己吃鱼的妙法：选好一条鲤鱼，用清水洗净，细细擦上盐，里面塞上白菜心，放几根小葱白。然后放到锅里煎，半熟时，加几片生姜，再浇上一点儿咸萝卜汁和少许酒，端盘之前再放几片橘子皮。

鱼、肉，煮熟了都能吃，而怎么吃，取决于每个人对日子调理的精细度。东坡尽可能在做一件事情上，自下而上，多层次领略日子的风光。东坡是日常的，东坡也是超越的。

> 雨洗东坡月色清，市人行尽野人行。
> 莫嫌荦确坡头路，自爱铿然曳杖声。
>
> ——《东坡》

东坡不仅领略白日的风光，也静品月夜的清美。月亮升起了，人们回家了，而东坡开始了独来独往，他特别青睐夜行。林语堂说他是"月下漫游者"。刚到黄州时，可能孤闷偏多，而现在自己的东坡上，在白居易的东坡上，在陶渊明的斜川上，多的是自适。他看似独来独往，其实有许多精神上的陪伴者，也包括天地之间的万物。就连这坡头路，荦确不平，在他看来也是自然的特供，因为正可以听拄杖敲在石头上的铿锵之声。自然无不美好，月夜无不美妙。

海德格尔说："诗人的天职是还乡。"回到东坡，从做诗人的角度来说，太正确了，太值得了。东坡收容的是一个贬官，成全的是一个诗人。诗人只有剥离种种头衔，回到天真淳朴，才能做一个好的诗人；诗人只有成为自然的情人，读懂自然的心语，才能做一个好的诗人。东坡是苏子的涅槃之地。

李泽厚先生在《美的历程》中说，苏东坡有很沉重的"人生空寞感"，"他退隐的心绪，不只是对政治的退避，而是对社会的退避"，"是对整个人生的厌倦和感伤"。或许这是东坡诗文中流露出的心绪，可他把这种心绪给了诗文，给予日常生活的却一直是疏狂意趣、风清月朗和快乐平和。

现实中的东坡，没那么空寞。

元丰五年（1082）正月，东坡迎来了自己的盛事，那便是在东坡上盖了五间草屋，堂成之日，适逢大雪纷飞，于是东坡在堂壁上绘满了雪花，名之"雪堂"。是取"雪"之意——"雪为静""静则得，动则失"。他明确表示"吾非逃世之事，而逃世之机"，人生的责任和义务，他不逃避，他要躲避的是世间的机心，"乌台诗案"中，他就深受小人机心之害。

现在他有了两全法，不负如来不负卿。虽然他是戴罪之身，但在庄禅里，在山水中，他实现了精神的逍遥游；虽然他不可能出家，但在日常生活中，保持或具有一颗超脱的心，就是成佛。一道道"悟"的天光把他的心照得澄明透彻，难能可贵的是，他把这一境界实现在日常的耕作和游赏中，而不是对人世的逃避中。"何似在人间"，东坡是深爱人间的，至少他离不开人间的猪肉。

东坡上有了屋，还要有配合屋子的栽植，使之成为家园。

雪堂前是要植柳的,学五柳先生。他在离开黄州留别雪堂的一首词中写道:"好在堂前细柳,应念我,莫剪柔柯。"他对这些柳是寄寓了深情的,柳就是渊明。

雪堂前还植了数株红梅。据说雪堂前有株红梅,后来生长了五百年,如今建在龙王山上的雪堂,依然是梅花疏影。我去的时候是夏天,自然见不到梅花,经一女子指点,我找到了梅,梅根已枯去大半,一旁又发出了新枝,能看出是株老梅。女子是来做义工的,她在香炉里为东坡敬了两炷香。我们坐在雪堂前的台阶上,感受竹林营造的气场,竹林很大,竹节粗壮,满世界里是清逸。

"宁可食无肉,不可居无竹。"东坡的居所始终是罩着竹影的,"林断山明竹隐墙","好竹不难栽,但恐鞭横逸",竹既是生活物资,又是东坡的精神安慰。

东坡还在雪堂的西边栽了几棵橘树,是他有次跟朋友游赏途经何氏小圃时,向人要的。这些花木,都是东坡的精神寄托。

雪堂的附近还有个池塘,既为了蓄水日用,也为了在塘中造一处风景。有一天雨后,岸边的柳枝上蝉声乱鸣,池塘边的青草披离纵横,"翻空白鸟时时见,照水红蕖细细香"。东坡正杖藜徐步欣赏呢。

雪堂就是几间草屋,人们都笑它简陋,有个叫董毅夫的人经过黄州看到雪堂,很是喜欢,有跟东坡结邻的打算。东坡遇到了知音很高兴,就将陶渊明的《归去来兮辞》,改成了合乐的歌词,以赠董毅夫,让家童歌唱。当时董毅夫就跟随苏子在东坡,他们放下农具跟着唱和,并敲打牛角形成节拍,好不快乐。遇到陶渊明便什么都放下了。

苏子躬耕东坡期间,全家仍然住在临皋亭,雪堂建造的目的,一是为了躬耕休息方便,二是为了供来看望他的客人居住。在雪堂住过的朋友,有眉山巢谷、绵竹道士杨世昌、筠州赵吉、杭州诗僧参寥、眉山道士陆惟忠、庐山玉涧道人崔闲、九江道士胡洞微、梁冲道人、黄照道人、陈季常、米芾、张舜民等。①雪堂是东坡的客厅和客房，同时也是书房，是几间敞亮的草屋。

《雪堂客话图》　南宋　夏圭

元丰七年（1084）四月初一，苏子要离开东坡，去汝州任职了。他将东坡与雪堂交给潘大临叔侄照管，他期盼有朝一日能回到黄州，终老于东坡。清代研究苏东坡的学者王文诰称"公无时不以雪堂为归"。东坡身离开了雪堂，精神常游住其中。只要雪堂在，东

---

① 平面居士：古城黄州苏东坡遗迹探寻（上），http://www.360doc.com/content/22/1205/11/225295_1059008828.shtml，2022年12月5日。

坡就不曾荒废，雪堂是这片坡地的灵魂。

可东坡和雪堂都找不到原址了。按说寻访是不会私设难度的，东坡是一个区域，城东也不可能错位，雪堂就在东坡上，误差也只在五十亩范围内。难就难在，东坡早已不是一片坡地，而是城市建筑区，但找到一个范围总不难吧，何况历朝历代的地方志，都标有雪堂的地理位置。雪堂的建筑可以没有，但雪堂的地理位置不会没有，真正的寻访，就是渴望回到原址，对着遗址缅怀。

在读苏东坡诗文时，我产生了一个疑问：东坡在城内还是城外？按《黄泥坂词》所写，苏东坡从临皋亭出来，先向东走，再向北转，经过一段黄泥坡路到达雪堂，那么东坡应该在黄州城东门外，后世也有印证。陆游在公元1170年8月18日晚，从长江下游来到黄州，19日出东门去东坡，他看见的东坡是："冈垄高下，到东坡则地势平旷开豁。"①

而苏东坡有诗《日日出东门》："日日出东门，步寻东城游。城门抱关卒，笑我此何求。"又感觉东坡似在城内，苏子劳作后，常出东门寻游，如果出东门是为了到东坡，守城门的人有什么好奇怪的呢？

据2012年黄州新闻网发布的专家论证结果，苏东坡躬耕的东坡，位于现在黄州城区十三坡至黄冈军分区一带，这说明东坡雪堂在老黄州城内。黄冈市教育局的雷中怀先生是位苏学专家，他比较认可的雪堂遗址在黄州大道上的老市委党校内。可我手中的地图上雪堂遗址被标在八一路东侧，印染社区附近。就在我们奔赴各处寻访的两天后，又在一个政府网站上查到了雪堂的消息，在黄州日报社与黄州中学之间。可到附近一问，人们都摇头不知。

---

① 黄学善：《苏东坡谪居黄州遗址何在，东坡文化源头在哪》，中国新闻网：https:// www.chinanews.com/cul/2010/11-04/2632958.shtml，2010年11月4日。

这就好像有人告诉我们东坡在某地，等我们赶到，他却去了别处，而再等我们赶到那里，他又不知去向。东坡是一只飞鸿，我们怎么都赶不上。

我又翻到一张清代黄州府城图，上面竟将雪堂标在黄州府城的西南一角，这就更与我印象里的东坡雪堂对不上了。没想到本来不太模糊的问题，到了黄州越发模糊。

清代的那个雪堂是东坡雪堂吗？它可能只是建的那个人的雪堂。九百多年来，雪堂一直在重建，难保在地址上是重合的，或许就有一些"旨在存其遗意"而建，与原址无关，所以造成雪堂迷雾重重。今天龙王山上也建有雪堂，它注定成为后人的一团迷雾。

读着苏词"东坡日月长"，我有点想落泪，东坡找不到了，何谈日月长呢？而到处寻找，也给了我一个感觉，就是东坡无处不在，在黄州的哪条巷子都能遇上东坡。

一条泥路的运气

这次最好能找到黄泥坂，走一走。

黄泥坂，是一段黄泥的斜坡，本来只是荒郊野外的一片岗地，可关键是这段斜坡在临皋亭与东坡、雪堂之间，它是苏子每日往返的路，"旦往而夕还"，"黄泥坂"的名字估计也是苏东坡叫出来的。好了，黄泥坂成了名副其实的东坡路。

这是一条路的运气。在文明诞生以前，所有的路都是一样的路，所有的地方都是一样的地方，但后来渐渐有了差别，有了各自的身份，身份高的便是文明的追加，黄泥坂得到的是苏东坡名气的追加。

这条路，我们在《后赤壁赋》里见过："是岁十月之望，步自雪堂，将归于临皋，二客从予，过黄泥之坂。"也因此，我们差不多知道了它的地貌与走向。东坡跟二客是由北向南走的，从高坡往低处走，回到临皋亭——东坡家人住的地方。

本来一条路没什么可写的，在《后赤壁赋》里，它只是一个可以忽略不计的名称，可就在元丰五年（1082）岁末，东坡与诸友往来临皋亭与雪堂间，携酒且饮且歌，东坡大醉后竟躺卧黄泥坂，醒来后，暮云四合，牛羊下来，发觉衣服也全被露湿，东坡不觉文思翻腾，大写了一篇《黄泥坂词》。从此黄泥坂有了自己的大赋，有了自己的正传，有了自己的爵位，堂而皇之地跻身于经典之路。

且看《黄泥坂词》：

> 出临皋而东骛兮，并丛祠而北转。
> 走雪堂之陂陀兮，历黄泥之长坂。
> 大江汹以左缭兮，渺云涛之舒卷。
> 草木层累而右附兮，蔚柯丘之葱蒨。
> 余旦往而夕还兮，步徙倚而盘桓。
> 虽信美而不可居兮，苟娱余于一眄。
> 余幼好此奇服兮，袭前人之诡幻。
> 老更变而自哂兮，悟惊俗之来患。
> 释宝璐而被缯絮兮，杂市人而无辨。
> 路悠悠其莫往来兮，守一席而穷年。
> 时游步而远览兮，路穷尽而旋反。
> 朝嬉黄泥之白云兮，暮宿雪堂之青烟。
> 喜鱼鸟之莫余惊兮，幸樵苏之我嫚。
> 初被酒以行歌兮，忽放杖而醉偃。
> 草为茵而块为枕兮，穆华堂之清宴。
> 纷坠露之湿衣兮，升素月之团团。
> 感父老之呼觉兮，恐牛羊之予践。
> 于是蹶然而起，起而歌曰：
> 月明兮星稀，迎余往兮饯余归。
> 岁既宴兮草木腓，归来归来兮，黄泥不可以久嬉。

写得够华丽吧，把屈子的词采都借来了，当然，这里是南国，离屈子的故里不远，离楚国的故都郢也不远，词采就在南风里，就在江流里，东坡用得得心应手，"信美""奇服""宝璐"，黄泥坂以它大自然的禀赋，一一领受。

这次走的方向跟《后赤壁赋》里的那次相反，东坡从临皋亭出门，先向东行走，经过一所祠庙再折而向北，走进通往雪堂的不平山冈，要经过一段黄泥巴山坡，由南向北，是一段上坡路。

这段黄泥坂有多长呢？按东坡说是"黄泥之长坂"，可林语堂说："那不过是三分之一里的一段脏泥路，却大概变成了文学史上最出名的一条路。苏东坡日日经过黄泥坂，而后到达黄冈的东坡，还写了一首流浪汉狂想曲，名之为《黄泥坂词》。"

你想啊，喝醉了躺在草地上，移一个土块来做枕头，然后就呼呼地进到梦里了，自然是流浪汉的做派。至于狂想，"穆华堂之清宴"就是，大概这天地就是华堂了，这且行且饮就等于是清宴了。以现实的眼光看，黄泥坂就是一张黑白照；以浪漫的眼光看，黄泥坂就是一幅油彩画，苏东坡是画者，用华丽的辞藻。

黄泥坂上的自然，是美的：大江左绕，云涛舒卷，丘山右叠，草木葱翠。能看出黄泥坂在江与山之间，光想象就够美的了。风景在于品鉴，在于遇到有审美力的眼睛，也就是柳宗元说的"美不自美，因人而彰"。美是在人领悟之后彰显出来的，没有人的领悟，也就无所谓美。黄泥坂的美，是被东坡彰显出来的，没有苏东坡，也就没有今人知道的黄泥坂之美。

若当初没被彰显，后又被挖掘机推平，盖上了高楼，那么当初的美，就被彻底地埋藏了。

早上走在黄泥坂上，与白云嬉游，傍晚住在雪堂里，看青烟袅袅。白云、青烟都是寻常景，而一旦入了诗句，就格外美。这条路因为在山水之间，所以既可以看到鱼，也可以看到鸟，而且鱼鸟并不因为东坡的到来而受惊，它们跟四周的草木皆与东坡友善。海南东坡书院里有一块匾，上书"鱼鸟亲人"。所以这条路，也是可以遇见庄子的小路，因为在这条路上，万物与我为一。

黄泥坂连接着临皋亭和雪堂，一端是东坡俗世里的家，一边是东坡精神世界的家，白天出走，夜晚归来。东坡是要出走的，而东坡也是要归来的，有了黄泥坂，去两头都不难。对一条路的感念，总有它的理由。人有很多问题都是在路上想通的，而每天都走的路，也容易产生感情。一条可以让你躺在上面熟睡的路是什么路？一定是能让你放心和安心的路。

东坡在黄泥坂上醉眠，是被农夫叫醒的，一是因为天黑了，再者农夫担心东坡被晚归的牛羊踩踏了。东坡感念父老的怜爱，醒来后也意识到自己在黄泥坂上沉酣太久，要回家了，回到有妻子、孩子的家中。或许东坡也感觉到了这条路的特别，它连接着自己最想去的两个方向，当然这条路不能通达他很想回到的朝堂。

关于这首《黄泥坂词》，还有一段富有戏剧性的经历。当时东坡在大醉中作了这首词，文稿被调皮的小儿子藏了起来，东坡醒后找不见了，估计小孩子藏过也忘了。一直到四年后，东坡离开黄州回到京城都已经两年了，有天夜里东坡与他的苏门弟子黄庭坚、张耒、晁补之等人座谈时又聊到此文，三客翻倒几案，搜索箧笥，竟意外获得。草稿上的字有一半不可识读，东坡以意寻究，才得到全稿。张耒没有放过珍藏东坡手迹的机会，他将《黄泥坂词》抄写一篇给东坡，然后将原稿名正言顺地归为己有。

《黄泥坂词》的最大价值是一派天真，是林语堂说的流浪汉狂想曲；是元好问说的"自东坡一出，性情之外，不知有文字"；是东坡自己说的"且陶陶、乐尽天真"。

被酒行歌，醉卧坂坡，这是天真毫不掺假的裸呈，就像黄泥坂上的白云，自然飘逸。文学最美的风景，是人性天真的显现。"坡仙"就是这么叫出来的吧。

到黄州，我自然想走走黄泥坂，可这条路在哪儿？如果雪堂和临皋亭不能确定，黄泥坂也就不能确定。对黄泥坂的位置，黄州学者有两派主张：一派主张在东门外，即今八一路东端一段坡路；一派主张在四望亭之西，即今启黄中学至十三坡一段。我倾向前一派主张，在东门外。可具体怎么个走法？我要分别选一处比较认可的临皋亭和雪堂，这样黄泥坂才能由虚到实。两处遗址，我都选了地图上标注的，便于导航，只是临皋亭遗址导航可以搜到，而雪堂遗址导航里没有。我们就拿着地图先走到雪堂，站在雪堂的位置，导航去临皋亭，这样我就探寻到了一条黄泥坂——鲢鱼巷。这名字真好，有"鱼鸟亲人"的意味，这正是东坡在黄泥坂上的感觉。

鲢鱼巷，极窄，大约五百米，是起伏的下坡路，非常符合黄泥坂地形。我打开《黄泥坂词》，先跟铮在巷口念了一遍，接着便愉快地走在黄泥坂上。两边的民居都很简陋，我只将其当成花草树木。有户人家门前有株很大的无花果树，果已青中泛红，我们对着看了很久。继续漫步，路上除了一个扫垃圾的和一个从小门里出来的老大爷，就我和铮，外面实在是太热了。我们猜测东坡是在哪里醉卧的，觉得文物局应该做个大致的标注，这是文化的趣味。其实人生关键就在于寻趣，而文化的趣味，又是所有趣味的核心。

我边走边读《黄泥坂词》，《黄泥坂词》被林语堂称为"流浪汉狂想曲"，将鲢鱼巷当作黄泥坂，铮说是我的"狂想曲"。我告诉她这是有科学依据的，步行导航会为你选一截最近的路，而东坡每天往返的路也一定是两地之间最近的。只是我们今天行经的方向跟黄泥坂词里写的相反，词里写的往雪堂去，我们从雪堂返回临皋亭。

鲢鱼巷在西湖一路上终结，到临皋亭还要走一里多路，我们没有接着走，今天只走黄泥坂。

几天后，我和铮在转悠时又看到了一个巷子，叫"黄泥畈"，当地许多村庄都叫什么"畈",畈是田地、平畴的意思。明知黄泥畈不是黄泥坂,我们还是去走了一趟,这是通向体育路的一条小巷子,只有二三百米长,我却意外看到了一户栽有橘柚的人家,青柚大如瓠,一个个在枝间吊着。这是我一直要寻的人家,东坡在黄州游过许多人家的小园:何氏小园、韩氏小园、尚氏小园等。有回就是从何氏小园要的丛橘,栽到雪堂西边。

这人家是镂空的大铁门,不妨碍我们观瞻,院里是落叶和芳草,屋早已没有人住,但果木葱茏,橘柚、无花果多得一个院子都盛不下;还有一棵枇杷树,果子早在初夏就开售了,现在枝头空空。我姑且称这人家为"何氏小园",这又是我的狂想。

小路、小巷子总能为我们收着一些稀奇,那些还没来得及奔赴大路,或是不屑于奔赴大路的,都落进了小巷旮旯里,风水带不走它们,时间一久就沉淀下来,成为一处老时光,给寻的人意想不到的奖赏。

每天我们早上出来两三个小时,傍晚也是,这种寻访,算不上什么发现之旅,只是为了满足我对东坡以及东坡文化亲近的心愿,是满足心灵的事情。

东坡在黄泥坂上,也获得过心灵的满足。

以味觉入诗

读东坡诗,要能在诗中寻味。

东坡的诗里能糅合各种味道,让你在读的时候,真是津津有味。

首先这味觉是通向生活的,通向餐饮的,有滋有味。有人统计,东坡菜有六十六类,其中三十五类是在黄州烹制的。呵呵,真是"自笑平生为口忙",如果当初"自笑"是自嘲,那么后来烹制菜肴时,这"自笑"就是自乐了。

东坡有篇《猪肉颂》:

净洗铛,少著水,柴头罨烟焰不起。待他自熟莫催他,火候足时他自美。黄州好猪肉,价贱如泥土。贵者不肯吃,贫者不解煮,早晨起来打两碗,饱得自家君莫管。

怎么煮猪肉?这个一般文人想不到去写,也放不下身段去写,而东坡就写了。在东坡看来,什么都可以写,都可以颂,凡物皆有可观,这首先是东坡的观念。再者,东坡能在这不起眼的事情里,寻到真乐真趣。秦观说:"苏氏之道,最深于性命自得之际。"

这《猪肉颂》写得俗,写得实。东坡能大俗,也能大雅,能大雅,也能大俗,雅俗之间,他弹跳自如,或者说雅跟俗原本就是一根树上发出的枝。东坡爱竹,这是雅,可光雅也不行,光俗也不行,他在一道菜——竹笋焖猪肉里,将雅俗炖成了一锅:

> 无竹令人俗,无肉使人瘦。
> 不俗又不瘦,竹笋焖猪肉。

你可以想象,东坡吃着这道菜时的自得,这既是饱腹的大餐,也是精神的大餐,体力足了,精神也足了。

看过这么一段文字:"我偏执地认为,不去菜园或者菜场的人,仅仅是活着,缺少必要的泥和水。男人应该去厨房做一回国王。"东坡是经常下厨房的,他这个"国王"比较"勤政",而且决不偷着乐,要大书特书。食材是最普通的,味道是最最好的。竹笋焖猪肉,各种菜羹,常常是混炖,是众味的聚合,是味道的升级。

东坡最擅长的是糅合,各种味道的糅合。

曾经他将临近四五郡送的酒,合置于一个酒器中,称之为"雪堂义樽"。为什么叫义樽?宋人洪迈在《容斋随笔》中说:"与众共之曰义,如义仓、义社、义田、义学、义役、义井之类是也。"原来这酒是与众共之,一定是味道的升华了。受这个启发,东坡回到京城后,便将驸马都尉王晋卿送他的十余品墨,放在一起研磨,写了几十个字来观察颜色的深浅,如果好,就将它们捣和为一品,东坡说,且称之为"雪堂义墨"吧。

东坡喜欢做各种试验,其中就包括酿酒。谪居黄州四年,酿过"压茅柴酒"和"蜜酒"。后来他到定州当太守,酿出"中山松醪";被贬到惠州,酿出"真一酒"和"桂酒";在儋州酿出"天门冬酒"。

酒不知怎样，诗写得很撩人。

> 真珠为浆玉为醴，六月田夫汗流沺。
> 不知春瓮自生香，蜂为耕耘花作米。
> ……
>
> ——《蜜酒歌》

这写的是蜜酒，是东坡在黄州时，跟西蜀道士杨士昌学酿的一种甜酒，据说"绝醇酽"。当时官酒又劣又贵，于是东坡不免闭户自酿，小室生香，躬耕归来，把盏品尝，全身都是舒畅。东坡酒量不大，但日以把盏为乐，"殆不可一日无此君"，为的是把玩。

东坡还有一个爱好，就是喜欢看别人饮酒，"见客举杯徐饮，则余胸中亦为之浩浩焉，落落焉，酣适之味乃过于客。"呵呵，若没钱买酒，这倒是个好法子——看饮，只是让他写得读者都禁不住要饮了。

再来见识见识东坡羹的做法，通常我们做一道青菜羹，也就是把菜跟米饭或面粉放进锅里，加入油盐煮一煮，做成菜泡饭或菜糊糊。而东坡羹，虽然原料只是青菜和米粒，本色得不得了，但程序是相当讲究和精细：先将青菜进行揉洗，去掉苦汁，再以生油少许涂在锅壁；将一瓷碗菜下到沸汤中，加入生米及少量生姜，用油碗覆盖，不要碰到汤菜上，以免产生油气，还要等生菜气出尽才能覆盖。羹沸涌时，遇到油就下去了，又被碗所压，终究不会涌出来。有兴趣的话，可以读《东坡羹颂》原文。

我只将过程提炼一下，能感觉到东坡再穷也讲究生活的品位，这是认真生活的态度，是努力要将不好的日子过成好日子的态度。有的人富日子过得很粗疏，有的人穷日子过得很精致，不管什么日子，过得精致，是一种境界。

这回我们带了萌煮，煮黄州的猪肉、排骨，慢慢炖，"火候足时他自美"；煮绿豆南瓜汤，我们要靠它解暑；煮长江的鱼，"长江绕郭知鱼美"，要尝尝这鱼美。至于煮菜羹、煮豆腐、煮西红柿面，是我们的小锅最能胜任的事。

东坡经常做的是荠菜羹，食材就取自江边的田野，"时绕麦田求野荠，强为僧食煮山羹"。他在给朋友的信中说"江边弄水挑菜便过一日"，我感兴趣的是东坡挑荠菜，跟我小时候的挑菜对接上了。我们很少读到古代诗人写挑菜的诗，东坡从不回避这些细微的最接地气的生活场景，从而让他的诗和他的人富有日子的温度。

东坡的菜羹，"不用鱼肉五味，有自然之甘味"，他还把菜羹推荐给了朋友。我平时在家，也喜欢做荠菜羹，一定选根又长又壮的，雪白的荠菜根甜香爽口，连春天都被留在口中了。

东坡的后辈陆游就曾如法炮制，并写诗说："荠糁芳甘妙绝伦，啜来恍若在峨岷。莼羹豉知难敌，牛乳抨酥亦未珍。"他认为"东坡羹"比著名的莼菜羹、奶酪都好，味之甘美，实非想象。

甘苦尝从极处回，咸酸未必是盐梅。
问师此个天真味，根上来么尘上来？

——《东坡羹颂》

你一定觉得这是禅味之诗，没错，这是东坡为他的菜羹作的诗，菜羹的天真之味，通向了禅悟的真味。这甘苦酸咸的天然真味究竟是出自菜蔬根茎，还是从尘世间而来呢？

东坡善"味"。有一次在黄州山中看人牧羊，牧羊人把羊赶往贫瘠的草地上。东坡不解，那人道："草短而有味，羊得细嚼，就会肥壮而无疾病。"这给东坡饮食很大的启发：澹食而徐饱，当有大益。黄州这种清苦的日子，又何尝不像短草，关键在人的细嚼。

"废圃寒蔬挑翠羽"，又挑菜了；"小槽春酒滴真珠"，春酒就着寒蔬;"清香细细嚼梅须",五脏六腑都是芬芳。须知日子是品出来的,诗也是品出来的。

这是写食橄榄的诗,"待得微甘回齿颊,已输崖蜜十分甜";这是写食柑的诗,"清泉蔌蔌先流齿,香雾霏霏欲噀人";这是写食元修菜的诗,"点酒下盐豉,缕橙芼姜葱"。诗里都是味,东坡看别人饮酒,酣适之味超过饮者,读东坡写吃的诗,也大大赚了一口酣适之味,津液咽了不少。有人过屠门而大嚼,我等是对着东坡的诗而大嚼。

咯嘣咯嘣,这回嚼的是"为甚酥"。刘监仓家煎米粉作饼子,东坡吃着很酥,就问叫什么名字,主人说没名字,东坡又问"为甚酥",客人说干脆就叫这小饼"为甚酥"吧。还有一种酒叫"错着水",也是缘于东坡的戏谑。因东坡酒量不行,潘长官每每为他准备甜酒,东坡玩笑道:"此必错着水也!"意为这酒怎么是这个味,莫不是想做醋,错放了水?于是嘛,"错着水"就成了酒名。黄州现今还有"为甚酥"和"错着水"吗?

之后的一天,东坡携家酿到郊外赏饮,忽然很想吃那酥饼,于是作小诗求取。

野饮花间百物无,杖头惟挂一葫芦。
已倾潘子错着水,更觅君家为甚酥。

以诗求饼求酒,也算雅求了吧。经由东坡的味觉,我们也算尝了为甚酥和错着水,也领略了东坡凡物凡事都可入诗的佳妙。东坡曾云:"街谈市语,皆可入诗,但要人熔化耳。"对了,关键是这熔化之功,一般人缺这功力,糟米还是糟米,而东坡却能将之熔酿成酒。这靠的是不俗的才情,这才情是那点豆腐的卤水,是那酿酒的酒曲,能将糟味变为醇味,能将俗境变为雅境。

茶是宋人离不了的一味。那时饮茶才兴起不久，但风气已经很盛，《清明上河图》中有众多的无字号店铺，沿河区的店铺以饭铺茶楼为最多。我们读《水浒传》也知道，有专为公人候时、办事的衙门前茶坊，有小镇闲坐的茶坊，也有王婆专门说媒拉纤的茶坊。反正，在北宋，尤其是在开封城内，吏、卒、工、商各色人等，大都以茶坊为根据地，以喝茶为主要聚会方式。

在茶坊里或士大夫们的游宴上，少不了茶的游戏，什么点茶、分茶、斗茶，围绕茶的热闹和文化，在宋代达到了鼎盛。东坡在黄州也热衷于饮茶，也是不可一日无此君，与他来往的人，寄送都离不了茶品。广东人吴子野给他寄来建茗，黄州太守徐君猷、鄂州太守朱寿昌，也时常派人送来酒和茶。东坡还亲自到蕲州天峰麓去采摘著名的"团黄茶"，他还在东坡上栽了桃花茶。

"玉粉旋烹茶乳，金薤新捣橙香"，这是写烹茶的诗。那时茶是煮着喝的，不像现在是冲泡；茶是研成粉末煮的，不像现在泡的是茶叶。这刚刚捣碎的茶，散发出橙橘的香味，看来捣茶就已经是品茶了。

东坡还发明了茶的妙用，就是漱茶。"每食已，辄以浓茶漱口，烦腻即去，而脾胃不知。而齿便漱濯，缘此渐坚密。"茶水既能清洁口腔，又不伤脾胃，还能使牙齿更加坚密。《红楼梦》中的贾府也有这讲究，黛玉初至贾府，饭后见丫鬟捧上茶来，起初还以为是喝的，见捧过漱盂，才知是漱口的。

其实我也早发现了浓茶漱口的妙用，茶要那种老的涩的微苦的，现在多是这种淡茶，反倒少了漱口的爽利。

可以说，东坡时常在品味这种贬谪的清苦生活，并在这苦酸咸辣中悟出了甘味。他在《和黄鲁直食笋诗》中写道："一饭在家僧，至乐甘不坏。"一饭，就是饮食素淡，没有肉类，但东坡感到津津有味，自己就像僧人，可又未出家。别人看到的是失，而东坡看到的是兼得：既像僧人，又不用出家，身心两适。

"小诗有味似连珠"，小诗的味源自生活的味，源自禅悟的味。东坡在生活方式上是僧俗两栖；在思想方面，他又是儒道释三栖。就像他喜欢把各种酒倒在一起装，把各种菜放在一起煮，东坡喜欢这种兼味，实在是一种妙境。

而在东坡，他又能通过心情的折射，将单纯的味，调和成五味俱全。他认为一种味中，就能体现出五味。他的诗歌观是"贵乎枯淡"，那么生活的这种枯，境遇的这种枯，不妨碍东坡从中体味出丰满，体味出至美。

时下有一句话叫"理想很丰满，现实很骨感"。对于东坡却是：现实很骨感，活得很丰满。

生活，生活，关键看你怎么活。

邻里邻外

苏子躬耕东坡，成了一农夫。农人最讲究邻里往来，也就是串门子，这是乡村特有的习俗，城里人不热衷串门，他们的门总是关得铁紧，一副拒绝的姿态。

东坡本来就喜欢热闹，到了黄州，以前的那些朋友够不着了，少数往来的大都是借着书信，传递带着墨香的问候，而那种能听得见的招呼，能一起啜饮的热乎，只有在邻里之间方能感受，东坡很需要能聊得来的邻友。

想到了众星捧月，月也要星星的烘托才更有气场，东坡的那些邻友也愿意围着东坡，有时跟他一起出游，有时听他谈古论今，东坡的兴致渲得就像月的晕圈，他很享受这样的醉意。

东坡喜欢的"邻友"，最好家里有个园子，园子里有花草竹木，有主人营造的一份情趣。东坡跟花木有着特别的亲缘，置身其间就好像与知己晤对，别提有多惬意。

乡间的造访是随性的，"小扣柴扉"，不等主人开，自己就将门推开了。一天，东坡跟朋友造访赵氏的园子，他们家有梅堂，一会儿东坡又像一阵轻风似的，蹚进尚氏的宅第，去看他们家的老枳木，"老枳偃蹇，如龙蛇形"。

尚氏的居处极为修洁，竹林花圃都很喜人，东坡就醉卧在小板阁上，开始梦蝶了。忽而醒来，闻座客弹琴，铮铮然，似作悲风晓月，东坡感觉已不在人间。

又有一回，东坡很晚了才步出城东，沿着小沟岸而行，进了何氏、韩氏的竹园，何氏叫何圣可，韩氏叫韩毅甫。当时何氏正在竹林间建堂，就是为东坡建的，何氏真是深得东坡之趣，此刻见东坡来了，就置酒竹荫下，还有比这更美的吗？这些邻友确实给了东坡情谊和审美的满足，让东坡不至于失去乐园。

当一个人对自然美有着非同一般的渴求时，他的幸福感也就仰仗自然的恩赐了。东坡在自然美之外，还贪恋居家的营造之美，是自然与情趣的相互发挥。东坡为何氏堂命名"寒碧堂"，并赋诗，作画竹石。席间有个叫刘唐年的主簿，送了东坡一些油煎饼，就是东坡曾写诗向人索要的"为甚酥"，味道真是美极了。身边的人饮兴正酣，东坡却突然觉得兴尽，便径直归去了，就像雪中访友的王子猷（王羲之之子），到了朋友门前却突然要返回，因为已经尽兴。王子猷也是个竹痴，有一次经过吴中，知道一个士大夫家有个很好的竹园，就一定要去看，看完竹子想走，可主人想看的是王子猷，便关上大门不让他出去。东坡这一时期，魏晋人也经常在他的心室里不停地串门吧，都率性洒脱，他们很投脾气。

作为黄州的普通民众，竟能如此营造家居环境，对美有着不一般的心得，并能实地实景创造出来，你能感觉到当时人的那份清雅，不是简单的一个"清洁"可以概括。这就是宋人，凡事都讲究一个"品"字，表现在生活上就是精致、雅致，就是意味、趣味。

东坡的黄州诗景，用得最多的一个字就是"清"：有东坡月色清，有海棠更清淑，有"睡味清且熟"，有"江云有态清自媚"，有

"清诗独吟还自和",有"熟稻鱼肥信清美",等等。真是清景无限,别的清,倒罢了,连诗味和睡味都是"清"的,这也是宋人偏好的审美吧。

一日东坡又得了这清趣,便迫不及待地写了一纸信札,给何圣可送去,信里说:"岁云暮矣,风雨凄然,纸窗竹屋,灯火青荧,辄于此间得少佳趣。今分一半,寄与黄冈何圣可。若欲同享,须择佳客,若非其人,当立遣人去追索也。"

这封信写于元丰六年(1083)底,当时东坡还在黄州,却饶有兴致地要将这"佳趣",分一半寄给何圣可,并说何圣可若想与人分享,一定要选择佳客,如果分享的人不对,他就要立即派人把这佳趣追要回来。东坡真是好玩,这么有趣的灵魂,世间还有几个?好在东坡也总能找到那么几个与自己对脾对胃的佳客。

你们一定想到了承天寺夜游,张怀民也算一个解赏的人。知交的关键,就是你的想念,他正好也念,东坡月夜不能寐,怀民也是,于是两人步月中庭,在竹柏影中驰骋诗情。

东坡在黄州的邻友自然不少,他跟谁都能相见甚欢,包括那个将羊赶到贫瘠之地的牧羊人,包括那个告诉他为什么在荒地上种粮也会有好收成的老农,还包括那次醉卧黄泥坂将他叫醒的老者。在这些邻友中东坡经常提及的是潘、古、郭。潘是潘丙、潘大临叔侄,潘大临,当时就住在离黄州不远的樊口;古是古耕道,侨居黄州定惠院南坡;郭是郭遘、郭药师。

在《东坡·其七》诗中,东坡将潘、古、郭放在一首诗里写。潘子"沽酒江南村",是开酒店的;郭生"卖药西市垣",是种草药的;古生有侠肝义胆,关键家里还有一亩竹,容东坡随时叩门观赏。"我穷交旧绝,三子独见存。从我于东坡,劳饷同一飧。"人生之交常如影随形,一旦你的前途没有了光明,影子也就不见了,而这三子却是东坡上的影子,在他们心中"东坡日月长"。

元丰四年（1081）正月二十日，东坡前往黄州北的岐亭，潘、古、郭三人将东坡送到女王城，并约定，每年正月二十日出游女王城，每次都用前韵写诗，这成了定律。

在东坡每年写的诗里，都用到了"温"字。

"数亩荒园留我住，半瓶浊酒待君温。"是不是有点荒凉中遇到温情的感叹，这是第一次约游写的；第二次写的这首，我们比较熟悉。

> 东风未肯入东门，走马还寻去岁村。
> 人似秋鸿来有信，事如春梦了无痕。
> 江城白酒三杯酽，野老苍颜一笑温。
> 已约年年为此会，故人不用赋招魂。

这苍颜一笑，是否有一种看淡看通的意味，凡事看通了，便剩下淡淡一笑，觉得世人的脸也都是笑。

"沧海一声笑，滔滔两岸潮……"《笑傲江湖》里唱着。

"岂惟见惯沙鸥熟，已觉来多钓石温。"这是第三次寻春写的，这个温很特别，是石头的温度。东坡说自己谪居时间久了，岂止与江边沙鸥熟悉，自己钓鱼所坐的石头也觉得温暖了。有时世间的温暖凉薄，在于自己的感觉，在于你能否感觉到其中的"温"，而你又能不能使之变温。东坡能，这样人生哪里还有荒寒凉薄呢？而若一切的不如意都不在自己的忧虑之中，哪还有什么不如意呢？

女王城遗址现在是一片庄稼地，废墟都有1700年了，"彼黍离离"是岁月正常的痕迹，地里仍散有一些瓦砾、陶片。我们便朝着一个寺庙建筑走去，寺旁还有几间矮房子，像是村干部办公用的。

有个年轻人微笑着过来招呼，很热情地为我们介绍。寺叫邾城寺，从江边迁建过来的。他又将我们带到荷塘边，指着说，这就是当年的护城河。从他口中，我还得知了女王城最初的名字——女儿城，它是楚宣王给女儿的一座封邑。年轻人还熟知苏东坡与女王城的诗缘，知道他每年至女王城寻春并作诗的故事。

今天我们问到的每个人，都知道曾有这么一座城。

埃科说："尽管万事万物都会消亡，我们依旧持有其纯粹的名称。"

对历史，这算是难得的拥有了。

东坡爱去的还有一个地方——樊口，潘生在樊口开了家酒店，樊口跟黄州一南一北，中间隔着大江，东坡一苇杭之，就到了店下，几年间他竟百次去樊口，是樊口的什么这么有吸引力？除了人，还有村酒醇酽，能想象东坡把酒临风的样子；再有樊口的物产，樊口柑橘、椑柿极多，大芋头一尺多长，米也很便宜，猪、牛、獐、鹿都不值钱，鱼、蟹就更不用说了。这对东坡是好事，过江，交游了，家人的食物也有了。

我们自然也想去樊口看看，乘黄鄂公交，过鄂黄大桥，二十分钟就到了樊口镇。潘家估计没人知道了，问"有没有樊口春酒"，答"有"。我们便买了半斤，携酒去东坡最爱去的西山。"忆从樊口携春酒，步上西山寻野梅"，东坡当年从樊口携着春酒，跟朋友一起到西山上寻野梅，我们这次除了季节，其他的都对上了。

进山不久就遇到一个亭子——九曲亭，亭壁上书有苏辙的《武昌九曲亭记》和东坡的《武昌西山》诗。我和铮坐在石凳上，一同读苏辙的亭记。从中了解到，这里原先有个三国的废亭，亭址狭窄，周围有几十株古木，都有百围千尺。一日大风雷雨，劈断其中一株，东坡认为这是上天成全建亭的美意。这里因松径羊肠九曲，故名"九曲亭"。苏辙还借亭记表达了"适意为悦"的人生观，这也是东坡的思想。

在九曲亭我们敬了东坡一杯樊口春酒；第二杯敬苏辙，他送哥哥家眷来黄州时,东坡曾携他一同游过西山;第三杯敬与东坡同游的二三子。

潘、古、郭中的古耕道,家在南坡,应该离东坡最近,他家有一亩竹园,修竹数千竿,大的有七寸围,进到里面,盛夏也不见日头,蝉鸣鸟呼,有山谷气象。东坡时不时就转到竹园里,当一回竹林隐士。竹林的西边,又有几亩闲地,种着桃李杂花,延续着东坡的游兴。归来时东坡还顺便捡了些竹衣,给苏夫人找一些做鞋的衬里,竹真是从头到脚熨帖着东坡。东坡既仰望天上的"月亮",也拾到了地上的"六便士"。

农历十二月十九日(阳历一月八日)是东坡生日,古耕道与郭遘等在赤鼻矶为东坡祝寿。

人生的小宇宙就是你跟邻里之间的世界,这里的温度虽然敌不过大气候的冷暖,但在一定程度上,决定你幸福的指数。东坡虽遭贬,但在黄州的幸福指数不低,这多半仰仗黄州的山水和黄州的邻友。东坡在信里给秦观书写自己的小确幸时,还想象秦观读自己的信,一定会"掀髯一笑"呢。

元丰七年(1084)四月,东坡要离开黄州了。行行重行行,离开的那天,潘、古、郭等一大帮邻友,一直送东坡,依依惜别至磁湖。从网上搜了下,黄州到磁湖约四十五公里。

此后想念黄州邻友成了东坡的一种情结。

> 为向东坡传语,人在玉堂深处。别后有谁来,雪压小桥无路。归去,归去。江上一犁春雨。
>
> ——《如梦令·有寄》

别后常有人来,九百多年后,我们也来了,并且还交到了黄州朋友雷中怀先生。我们一起聊东坡,聊东坡的冷知识,像东坡乳母任采莲的墓碑,巢谷从眉山带来种在东坡上的元修菜等。访东坡找不着北了,我就问他,我称他"雷顾问"。看我们找到了东坡的遗迹,他就为我们点赞,在黄州的十多天,他时刻关注我们寻访的进展。

他请我们吃了东坡肉、武昌鱼,席间雷夫人还送了我们英山云雾茶。饭后带我们逛遗爱湖广场,这里铺陈的都是东坡文化,刻石蔚为大观,诗词俯拾即是。而我们今天践行的是东坡的交友文化:特喜结交,且待人宽厚,"所与游者","皆尽欢而后去"。

另类交往

人的精神可以通向很多路径，从而抵达不同的空间，只是常人习惯了在俗世里行走，他们的价值也就构建于俗世，在俗世里构建整个人生的意义。从未抵达的空间，于是就成了壁垒，只是有的人还有可能破壁，有的人将不再认可俗世以外的其他价值。

东坡的精神几乎可以通向任何一个方向，这也是人们对他特别感兴趣的一个原因吧，一个人的生态怎可如此多样，与之相比，今人太单薄、太单向了。东坡对任何方面都表现出了极大的兴趣，儒、道、佛、俗、异、自然等，没有他抵达不了的，没有他不感兴趣的。他在俗世的日子过得很烟火，可这并不妨碍他进入其他的空间，而在黄州他的异趣疏狂得到了充分的发展和满足。

光州、黄州多异人，但不是能轻易见到的。东坡自己就是个异人，他的一个兴趣点，就是寻找异人并与他们结交，从而完成心灵深处的碰撞。他在被贬赴黄的路上，就一路留意了，一听说异人奇事，就浑身来劲，单论贬谪地，东坡会不会说，真是贬对地方了。就像吃菜，对上胃口了。

贬谪途中要经过岐亭，就在亭北二十五里的山上，东坡意外撞见一个人——陈季常，他不禁想：这不是我的故人吗？怎么会在此地？与此同时，对方也吃惊地问东坡"为什么会到这里？"呵呵，接下来他们会不会说"原来我们都在这里"？

说陈季常是自己的故人，那是因为他们都是蜀地人，而且在陕西凤翔彼此还相从过两年。那时东坡任凤翔签判，季常的父亲是凤翔的长官，后来陈季常迁居洛阳。

陈季常也是一个异人，他们家世有勋阀，园宅壮丽，但他却舍弃富贵，独自来到穷山中，庵居蔬食。东坡到他家中看到的是环堵萧然，可是妻子奴婢都有自得之意，这是让东坡感到惊异的地方。

陈季常、陈慥、龙丘子、方山子、静安居士，乃一个人也。

对方山子，我们很熟悉，因为东坡作了篇《方山子传》，这篇文章中学教材里有。"方山子，光、黄间隐人也。少时慕朱家、郭解为人，闾里之侠皆宗之。稍壮，折节读书，欲以此驰骋当世，然终不遇。晚乃遁于光、黄间，曰岐亭。"

贬谪途中的东坡去了岐亭，陈季常要用盛宴来招待朋友：催人赶快斟酒，这酒黄黄的，就像小鹅的颜色，东坡称之为鹅黄酒；快快杀鸡宰鹅，结果绕着村子捉，惊动四邻。桌上还有一道菜——熊白，熊背上的白脂，也是珍馐。不多时，东坡醉了，坐着就睡了，包头发的巾帻也掉了。此次相遇，对彼此都是莫大的安慰，有一位故人做自己的邻居，真好！虽说岐亭离黄州有一百四十里，可总胜过天涯吧，骑着马，不紧不慢，一天就到了。

我们都熟悉一个典故"河东狮吼"，说的是陈季常的夫人。典故源于东坡的一首诗：

龙丘居士亦可怜，谈空说有夜不眠。
忽闻河东狮子吼，拄杖落手心茫然。

诗把陈季常刹那间的神情写绝了。陈季常跟东坡在那谈空说有，觉都顾不上睡了。而陈季常的老婆有意见了："都什么时候了，还不睡觉！"这突然一吼，惊得陈季常手中的拄杖都落在了地上，突然间竟不知所措。

河东狮孔，就这么出名了，人人都以为陈季常的老婆是个悍妇，实际上这是东坡一个很智慧的玩笑。陈季常的老婆姓柳，河东是柳姓的郡望，杜甫有诗"河东女儿身姓柳"，说的就是一个郡与一个姓氏的关系。狮子吼也是有典故的，佛家用来比喻威严。佛说诸经，常说"作狮子吼"，是说佛音震动世界，让外道慑服，有如狮子吼，百兽慑服。陈季常好谈佛，东坡便以佛家语为戏言。

柳夫人听了这么个譬喻，应该不会生气，因为佛在说经，也被说成狮子吼。只是时下人不知典故，只知是悍妇的代名词。东坡能开这样的玩笑，也说明与陈季常的情谊非同一般，而柳夫人也是个开朗好逗趣的人吧？还真是！

元丰五年（1082）十一月，东坡又去岐亭访陈慥，这是他第四次去岐亭了，陈季常准备了名贵的酒——压茅柴，这是宋代黄州著名的白酒。东坡反复惊问："何从得此酒！"结果是醉饮三日，头发也顾不上梳，乱蓬蓬的。美酒就是吸引人，夜晚东坡恨不得躺在酒瓮边，学古人毕卓盗饮。东坡这馋相遭到了柳夫人的打趣："哎呀，看你这头，都快秃了；看你这牙，都要豁了，咯咯咯！"东坡摸着乱发回道："怎么，三年来了四趟，年年遭遇恶客，烦了是不是？"在斗嘴上东坡也是不让人的，嘴说了还不够，还要用诗来写，就是要让全天下人都知道你柳夫人的狮子吼。

陈季常第一次至黄州探望东坡，是在元丰三年（1080）六月，黄州郡的诸豪争着邀请陈季常，人们对异人都很好奇，而那个时代也给予了异人很大的尊重。后来东坡又多次去岐亭，他担心陈季常又要为他杀鸡宰鹅的，就以之前的"汁"字韵作诗，每访岐亭，他都作"汁"字韵诗一首,以劝陈季常不杀生。"汁"字韵跟不杀生有什么关系?蒋勋在讲"彼黍离离"时说,"离"的韵母是"i",这是个闭口音,共鸣音很小,有点哀伤和低沉。那么东坡用这个韵写诗,也就有对杀生的哀伤和不忍了。

元丰四年(1081)九月,陈季常第二次来黄州,这时东坡上已种了十亩的麦子,"东坡有奇事,已种十亩麦"。苏东坡的招待很简素:"但得君眼青,不辞奴饭白。"饭白意味着没有什么丰盛的肴馔来配。

在黄四年,东坡共四次去岐亭,陈季常七次来黄州,加在一起,他们彼此相从的日子,有一百多天。这一百多天,穿针引线似的织入了四年的时光里,让客居和贬谪都有了一份额外的赏赐。

我们也去了一次岐亭,看隐居地气象,看东坡去了四次的踪迹。岐亭属于麻城市,在黄州北八十公里处,古时处于洛阳至黄州古道上,所以苏子赴黄途中才会经过那里。为了赶凉,我们起了个大早,可班车不着急,一路上经团风和新洲,每站必停,还必到车站接人。

到了岐亭才知道,陈慥的隐居地在杏花村,离岐亭镇还有三四公里。我们就雇了辆小车,沿蜿蜒的村道向里深入,渐进山林,野味渐浓,隐居地的气象也逐步显现。这里是丘陵地貌,绿植葱茂,湖泽明媚,透着一股仙气。司机将我们送到一个广场上就走了,是杜牧广场,原来这个杏花村跟杜牧有关——"牧童遥指杏花村",怪不得陈季常会选择在此隐居,好好的洛阳不待,跑到光州、黄州间,一定有理由,这理由与诗有关,与酒有关,与美有关,还与光、黄间多异人有关。

广场北是个寺院,叫杏花古刹,据说乾隆皇帝曾御赐巨匾。南面是个湖,凡是东坡常至的地方,都以"东坡"命名,比如东坡湖、东坡垂钓处、东坡桥,东坡无处不在。

陈慥家在湖东北大约一里处。远远就见到数椽瓦屋，静静地跟这一大片自然相守，周围见不到其他人家。屋的西边有棵大树，树荫里有条小径通向陈家的院子，小径一边散放着几盘石磨，因为没有别的游人，很容易进入久远的时空。

看门的是一对夫妇，女人残疾。屋里的陈设很有古韵，木门木窗，木桌木椅，既讲究又不失古朴，关键是分寸感极好。陈慥过隐居生活，可又不是环堵萧然，器物讲究而不奢华，简单而不寒酸，按现代说法叫"轻奢"。这屋里的一切用具，皆按宋时仿制，但又不像仿制，都是旧样子。这十来间房屋，皆黄泥墙、灰瓦顶、木窗棂，配上蓑衣、簸箕、石臼，再配上院里院外的豆子、芝麻、南瓜，确有宋时乡村原味。

堂屋桌子上陈列着"河东狮吼"结婚誓词的白话版，全文如下：

从现在开始，你只许疼我一个人，要宠我，不能骗我，答应我的每一件事都要做到，对我讲的每一句话都要真心，不许欺负我，骂我，要相信我。别人欺负我，你要在第一时间出来帮我，我开心了，你就要陪着我开心，永远要觉得我是最漂亮的，梦里也要见到我，在你的心里面只有我，就是这了。

我不知道原话是怎么说的，总之这个柳月娥，河东柳氏，堪称脂粉队伍里的英雄，就算是你苏东坡来了，勾着他夫君陈慥"谈空说有夜不眠"，影响了人家夫妻的正常生活，她也要吼一声给你听。

离开前，我们吃到了陈季常家地里的西瓜。

东坡跟陈季常共同的地方都是"平生寓物不留物，在家学得忘家禅"。他们把情寄托在外物上，可又不黏滞于外物，都过着有妻室的生活，但在家又如同出家。只是陈季常彻底放下了功名，而东坡没有放下而已。东坡与陈季常交往，实现了自己实现不了的，所以交往也是一种抵达。

东坡在黄州还结交了一个异人叫庞安常，庞是麻桥一带的名医，善医而聋。东坡在元丰五年（1082）三月去黄州东南三十里沙湖看田患疾，便打听到了庞安常。庞虽聋，但颖悟过人，东坡用写字代替说话，只几个字，庞就明白深意。东坡说，他们两个都是一时的异人。他们一起游了清泉寺，东坡写了著名的"山下兰芽短浸溪"，之后他们顺兰溪下到长江散花洲，又顺巴河上至乌龙潭（罗田县治西五里）游览。

清泉寺遗址在哪儿？根据《东坡志林》记载："寺在蕲水郭门外二里许，有王逸少（王羲之）洗笔泉。"问雷顾问才知，清泉寺遗址在浠水县城闻一多纪念馆所在地，距黄州四十多公里。我们坐了去巴河的车子，再转到浠水县城。巴河，名字很熟，东坡曾至巴河口迎子由和自己的家眷。

一进闻一多纪念馆便看到一个大池子，上书"羲之墨沼"。沿池一周的石壁上，刻满了清泉寺不同时期的诗词。我们找兰溪，就是"门前流水尚能西"的兰溪。问一工作人员，答"不知"。我就将东坡的词翻出来，我们对着一句句去研究，她忽然有所领悟，说纪念馆墙外倒是有一条沙路。

这是树丛间的路，路边有一潭清水，潭被草树抱着。兰溪，这一定是兰溪，"下临兰溪"，只是现在不流了。再看，小路尽是白沙，被草根固着，"松间沙路净无泥"。

这时有个人挑着担过来，满头是汗，他是来浇菜的，听我们谈论，来人背起了《浣溪沙·游蕲水清泉寺》，我们就一起背了起来。他说这就是兰溪，原先西流，现在被高速路切断了，古时这水叫蕲水。东坡词序里，第一句就是"游蕲水清泉寺"。

兰溪沙路

顺带问起了绿杨桥，他说，有绿杨桥，后来被大水冲了。回到闻一多纪念馆，我们在"羲之墨沼"那儿敬了三杯酒：第一杯敬羲之；第二杯敬东坡，第三杯敬闻先生。

有闻一多纪念馆在这镇着，清泉寺遗址丢不了。兰溪或许会干涸，但兰溪和沙路的地理不会错乱，有心人会找到的。

忘了敬庞安常酒，不知他喝不喝。

应该说庞安常触动了东坡心底最柔软的部位，让东坡心生怜惜。而从庞安常身上，东坡也看到了命运的捉弄：如此高明，居处却如此荒僻；如此善医，却治不了自己的聋疾。而"安常"这个名字，也有着安时处顺的意味，颇有庄子笔下那些生了怪病，却又不以为意的达人的状态。庞安常应该就像他的名字一样，对乖舛的命运安之如常，这为东坡的内心又注入了一份旷达。

东坡的交往里向来不缺僧人，称方外之交，这是他精神游览和人生安顿的需要。在黄州，他交往的除了定惠院、安国寺、乾明寺等本地寺院的禅师，还有黄州之外的参寥子和佛印等。我们似乎更熟悉佛印，除了知道一些他跟东坡之间逗趣的段子，当年我们还从一篇《核舟记》的文章里，了解到苏东坡、黄庭坚、佛印曾一起游过赤壁，"佛印绝类弥勒"，我们都记得很清楚。其实跟东坡一起游赤壁的，没有黄庭坚，也没有佛印。

东坡谪黄州，佛印住庐山，常相往来，但都通过他人，他们自己这一时期，好像没有见过面。元丰五年（1082）五月，东坡以黄州怪石送佛印，后又送参寥子，并作《怪石供》两篇。怪石供，就是奉献怪石，以供陈设玩赏。这种怪石像玉，黄州的江边上常能捡到，多红黄白色，纹路像人手指上的螺，精明可爱。东坡自己捡的有限，大都是从黄州小儿

《苏轼留带图轴》　　明代　崔子忠

注：根据苏轼的一段轶事所画，东坡与佛印是好友，称"忘形交"。一日东坡来访，直入方丈室。佛印正欲为僧众说法，玩笑道："此间无坐处。"东坡随即答："暂借佛印四大为座。"佛印想难难他，提出如果答出问题就请他坐，答不出就把玉带输掉。佛印问："既然四大皆空，五蕴非有，居士向哪里坐？"东坡一时语塞，便解下玉带。

那里得到的,他们在江中游水,时常捡到,东坡就用小饼跟他们换。

佛印接受了怪石,并将东坡作的《怪石供》刻到石头上。东坡听了,又开始逗他说:"我这是用小饼换的石头,以有用换了无用,佛印刻了;我若将饼献给佛印,佛印保管不刻了。"这时参寥说话了,大意是:供是虚幻的,受也是虚幻的,刻这些文字,也是虚幻的。他又举手示意东坡:拱手为作揖,中指指人为责备,前者人喜,后者人怒,同样是手势,喜怒不同。如果你能知道"拱"与"指",皆为虚幻,那么喜怒的根也就没有了。"刻与不刻,无不可者。"

东坡大笑,原来参寥也想要怪石供呀。东坡就又把攒得的二百五十枚怪石,以两个石盘盛放,献给了参寥。

参寥不像佛印那么喜乐,他比较肃穆和内秀,有江南人的气质。东坡是在徐州任上结识参寥的。东坡谪居黄州时,参寥又不远千里,专程从杭州来访。

参寥是历史上著名的诗僧,东坡爱他的诗,也赞他这个人,看参寥就像看山。参寥在雪堂住了一年,元丰七年(1084)三月,东坡与参寥等人同游定惠院,并作了《记游定惠院》。当时人们都饮酒,参寥以枣汤代酒。

居黄四年,东坡结识了不少异人,这当然有兴味相投的原因,有情智碰撞的需求,还有就是跟这些人在一起,东坡感觉很放松、很安全、很自在。现实世界他很想靠近,可又让他烦恼不断,时时有挫败感,而与方外之人交往,话语系统、生活习惯都超离了俗世,从而独自形成了一个磁场,形成了一个与俗世完全不同的价值系统,这里没有得失的困扰,没有荣辱的纠结。虽然东坡生活的空间并没有这么纯粹,他也频繁地跟俗世往来,但方外之交,一定程度上可以让他避开俗世的烦恼。

与异人的交往,也让他找到了暂时的皈依。陈季常对世间荣利如此干脆地放下，让东坡放不下的心释然了许多；参寥等人对佛道修行的虔诚，又让东坡超然了许多；庞安常安时处顺的人生，更触动了东坡对命运的思考：从这些人身上，东坡得到的是或安慰或共鸣或启发，因此即便在沙洲，也不太寂寞和凄冷了。

是游之乐也

贬谪是不自由的,一般不能出贬所地界,但东坡居黄期间,经常游鄂州的西山、麻城的岐亭,还游过黄梅五祖寺,看来他有一定的自由。

游是东坡的生命形式,就像鱼游于水,东坡游于山川大地。

自古诗人都好游赏,但比得上东坡游兴的人不多,好比是饮酒,东坡也是不可一日无游。

东坡喜欢结伴游,"所与游者,也不尽择,各随人高下,诙谐放荡,不复为畛畦。"畛畦,是界限、隔阂。东坡的个性是随和的,不是别人迁就他,而是他能合上别人的节拍。如果别人是不同的锁,东坡就是那把万能钥匙,把每个人的游兴开启。

住在长江北岸,望对岸武昌诸山,看鸥鸟明灭,游兴早就在梦里启程了。于是与朋友相约,一苇杭之。风浪很大,就以高谈破之,而风泉的声音就像奏着两部音乐。这次游览的重点是寒溪西山寺,当年慧远高僧,曾挂锡于寒溪寺。东坡的偶像陶渊明的祖父陶侃,也镇守过武昌,倡导种柳,看来五柳先生有遗传基因。西山还有当年孙权、刘备的试剑石，有唐代诗人元结的陂湖。七月时一山槲叶，荷花极盛，东坡很喜欢寒溪西山，第一次来就催生了买田的想法，这里不仅有山川竹林好风景，还有适合酿酒的好水。

后来东坡多次游西山，通常是几日游。在三年后苏辙写的文章里，我们知道，每每风止日出，江水伏息，东坡便拄杖载酒，乘渔舟乱流往南。山中有几个人，好客而喜欢游览，他们听说东坡来了，就笑着去迎接，相携着徜徉而上，任兴致与山比高，与壑比深，直到用尽气力才肯歇息。扫去树叶，以草为席，酌酒把欢，东坡意适忘返，常常留宿山上，因此住在黄州几年，东坡没感到时间漫长，时间大都被风景买断了。

东坡是真心喜欢西山，喜欢春江绿，追忆陶公柳，流连樊口潘家的醇酽和西山幽独的野梅。于是在元祐元年（1086），他任翰林学士时，写了首关于武昌西山的长诗，引来黄庭坚、张耒、晁补之等三十一人唱和，蔚为壮观，这是西山文化的大事件。可我们到西山，除了看到与东坡有关的九曲亭，其他的大都是三国文化。

东坡游得比较远的，是到蕲州天峰麓采摘团黄茶。东坡可能受了唐代诗僧皎然采茶诗的影响，"由来惯采无近远"，所以干脆也跑远一点，有点今人农家乐采摘的味道。这一次也没有出黄州的辖境，属于标准的"境内"游。东坡还顺道去游了黄梅五祖寺（在今湖北黄梅县），在白莲峰下崖壁上书"流响"二字，遗迹至今尚在。东坡回来作了一首长诗《寄周安孺茶》，纪晓岚称之"此东坡第一长篇"。皎然的茶诗也很长，东坡的更长。可见，东坡的游兴要有一定的距离来驰骋，诗兴要有一定的长度来抒发，方能畅快圆满。

我们自然会想到东坡的《游沙湖》。元丰五年（1082）三月，东坡要到黄州东南三十里的沙湖去买田。途中遇雨，也有了那首著名的《定风波》，"一蓑烟雨任平生"，将旷达之语喊得声振林木，响遏行云。

身体斗不过精神，雨中只顾吟啸徐行，结果东坡生病了，但因病而结识了一个异人——名医庞安常，遇出一段游程，催生一篇美文，就是《游沙湖》。病好后，东坡和庞安常游了蕲水的清泉寺，寺临兰溪，溪水西流。东坡不禁唱道："谁道人生无再少？门前流水尚能西！"自然中有反常的现象，人生或许也可以，这是东坡在为生命打气，注入年轻之气，其中有他渴望有番作为的诉求吧。

沙湖是我此行要寻的，一直在等一场雨，可只有酷暑没有雨。据《游沙湖》一文，"黄州东南三十里为沙湖，亦曰螺师店"。"亦曰"给了我们寻找的双重保障。问了一些人，既不知有沙湖，也不知螺师店。看来双重保障也会失效，变迁真是我们左右不了的风水。

"黄州东南三十里"，按现代城市的建设进程，沙湖一带应该被新城占领了，至少是郊区。依我的经验，即便这些地方"失守"，往往也是失地不失名，名字还会以各种形式叫下去，这是地理和习惯上的固执。就像定惠院、临皋亭不在了，但还有定惠院巷和临皋路，总有一个叫"××沙湖"或"沙湖××"的地方吧。

村上春树说："希望你下辈子不要改名，这样我会好找你一点。"

在高德地图上，果然搜到一条"沙湖大道"，在黄州城东南差不多三十里处，没错，就是那里，以地理为证，我就权当那里为沙湖道中了。沙湖道中，只能是个区域，不是某个定点，我要找的就是一个范围，而现在恰好有一条叫"沙湖"的路，走在上面名正言顺，连东坡都不会反驳吧。

沙湖大道离黄冈中学新校区不远，路边都是沙土，生有一蓬一蓬的像剑麻一样比人还高的植物，一查，是蒲苇，标准的水生植物。这儿的人说，这一带都是填湖造的。

我们穿行在蒲苇丛中，能把今古密切相连的，是这些蒲苇。铮还吟了一首诗：

> 沙湖道旁芦荻长,烈日炎炎暑气旺。
> 为寻东坡当年意,路边吟诗不荒唐。

寻东坡当年意,正是。

在黄州四年多的时间里,赤壁、安国寺、浠水兰溪、麻城岐亭、蕲春天峰麓、黄梅五祖寺、武昌西山等名贤胜迹,都成了东坡经常与友人携酒共游的好地方。可更多时候东坡是"居游",也就是在他住的附近,开发旅游的新天地,是"苟日新,日日新,又日新",那些每天都见的风景,在东坡眼中天天都是新的,这是跟陶渊明一样的眼睛。

忙完当天的农事,东坡就出东门游玩一番。在《日日出东门》一诗中,他写道:"日日出东门,步寻东城游。城门抱关卒,笑我此何求。我亦无所求,驾言写我忧。意适忽忘返,路穷乃归休……"这首诗写于元丰六年(1083)正月,来黄已有三年了,不是初来乍到的日日,而是一年又一年的日日,连守城门的士卒都搞不懂,东坡为何要日日出东门,他想求什么呢?真是"不知我者谓我何求",他为的是游。

东门外有柯丘,柯丘上有海棠、老枳木,有春草亭、韩氏竹园。"平生所向无一遂,兹游何事天不阻",平生没什么事是遂心的,但游却能遂心遂意,老天才不会阻拦我呢。

东坡的心里存在一个自然王国,出游是在巡视亲近这个王国。

而每次游,都有遇。遇到竹间盛情的老人,遇到面若桃花的少女,会送他一碗玉叶羹,陪他喝几杯卯酒。东坡喜欢农家游,闲逸、散漫、淳厚,很适合他的性情,他的爱唠嗑,也在闲游中获得了满足。

东坡附近也有他常游的路线和看不够的风景。这首诗的题目就记了他的游踪,《雨晴后,步自四望亭下鱼池上,遂至乾明寺前东冈上归》。而他每天往返的黄泥坂，也是日日游，日日新。能品不是风景的风景，才是善游，才有至乐。

对于东坡而言，人生无处不可游，人生无时不在游，我游故我在，游了才感觉到生命的畅达与饱满，就像庄周说的："鲦鱼出游从容，是鱼之乐也。"

现代科学也证明，游可以产生快乐。当我们看到新奇事物时，大脑便分泌一种"快乐激素"多巴胺，这就是为什么探索新事物让我们更开心，因为我们期待新鲜的奖励。

游也是一种交往，与天地万物往来。康德认为，人可以通过审美来达到自由解放。东坡也在游赏中达到了自由解放。

东坡还有个爱好，就是月下漫游。游东坡，"市人行尽野人行"，这坡头路崎岖不平，常让东坡行走起来磕磕绊绊，可这些已不能让他扫兴，听，那敲在石上的铿然的拄杖声，多么有性格，多么有风度。

当崎岖坎坷已被东坡轻松地踩在脚下时，东坡的脚下便有了广阔的天空，无往而不可，无往而不安。

元丰五年（1082）三月的一个夜晚，东坡骑着马行走在蕲水边上，蕲水在湖北浠水县境内，离黄州有几十公里。经过一个酒家，东坡喝醉了，他是"饮少辄醉"。这时明月高悬，照亮旷野，东坡乘月到了一座溪桥上，已经不忍心再走了，哪能踏破这一溪月色？于是他解下马鞍，曲肱而枕，不知不觉就睡着了。待到醒来，天已大亮，乱山攒拥，流水锵然，感觉自己已不在尘世之中，于是东坡在桥柱上写了一阕《西江月·顷在黄州》：

照野弥弥浅浪，横空隐隐层霄。障泥未解玉骢骄，我欲醉眠芳草。

可惜一溪风月，莫教踏碎琼瑶。解鞍欹枕绿杨桥，杜宇一声春晓。

这首词胜在哪里？胜在性情。东坡文字的魅力，缘于这种性情，与他的旷世之才结合，便是旷世才情。

东坡醒来在桥柱上题词，说明那时文人随身带着笔墨，就像现在的人随身携带手机一样，只是呈现的风光已大不相同。

绿杨桥还在吗？那天在兰溪，听说被大水冲走了。雷顾问让我们先坐车到洗马镇问，我们到浠水车站看到有这么一班车：浠水—洗马镇—绿杨桥。顺利得有点让人失望。大约在过了洗马镇六公里的路上，司机把我们放了下来，他说桥到了。路上有座石板公路桥，天干，桥下无水，我们看到了桥的名字：蒋家桥。

这给了我认错人的感觉，有时名字真的很重要。虽然庄周说"名，实之宾也"，可若没有"名"，"实"在何处？就算找到了桥，可若没有名，你敢确定它就是你要找的桥吗？

我们只好沿路问，问了半天无人知晓。这时一对中年夫妇骑着摩托过来，听我们问，男的说他知道，离这里一公里。我请求他带我去。在一条溪水上，还真找到了一座叫"绿杨"的桥，以桥碑为证，碑记简介了绿杨桥及重建的情况：

> 山溪自东北而下，至此汇集始成绿杨河，为蕲水之正源。向南入长江而归大海……先人曾设浮桥被水毁，后建石拱桥，于2009年亦被水毁……

有碑记真好，我忽然生出了感激的心。我在桥上走着，桥下是弥弥浅浪，四围是乱山攒拥，太兴奋了，有一种穿越千年终于找到东坡的感觉。

我点开导航，绿杨桥离黄州68公里，东坡真会跑啊，我们也就跟着他跑了。

他怎么敢在桥上睡一晚上？这就是苏东坡，我们都成不了的苏东坡,他的气场太强大了。

他是真正做到了庄子说的"与天地精神往来",而我们只能当一句名言念念。

不知东坡那一晚,梦到了什么?是"乘云气,御飞龙,而游乎四海之外",还是……

夜游成就了东坡之大,两篇《赤壁赋》就缘于两次夜游。第一次夜游是初秋时节,白露横江,水光接天,东坡生出了关于水月的问答,旷达如同月光照在江面上,也照亮了世人的心。

第二次夜游是时隔三个月后,这次还加入了历险。东坡先瞄上了攀岩,脚踏险峻的山岩,手披杂乱的野草,登上虬龙般的树枝远眺,高攀栖着鹘鸟的危巢,凭着冲劲他竟把两位客人甩到了身后。这个时候就听到"划然长啸,草木震动,山鸣谷应,风起水涌",想着都害怕,夜景不是常人能消受得了的,常常风吹草动,就能把人吓得毛骨悚然,可东坡能游且能赏。

攀岩结束后,东坡三人便回到了小舟上,任其在江中漂荡,一场奇遇即将开始。夜半时分,四顾寂寥,有孤鹤掠江而过,翅膀如同车轮,像穿着白衣黑裙,戛然长鸣,掠过小舟。真是神秘至极,惊恐至极!

东坡,我想知道你的个性中装着多少历险的能量,竟然有如此的疏狂异趣。

我们还记得,东坡到承天寺寻张怀民的那次夜游。"何夜无月?何处无竹柏?但少闲人如吾两人耳。"是兴致让人看到了风景,景是有了性情的观照才显现出来。

受东坡影响,我们也想来一次承天寺夜游。"庭下如积水空明,水中藻、荇交横,盖竹柏影也"。其实这样的夜景很平常,平时只要留意,就能看到。但经典的神奇在于,它能让寻常事物发亮发光,你一看就被它的非凡攫住了,我们都被承天寺的月色攫住了。

承天寺在哪儿？书上注"在黄州城南"。从网上搜得：妙乐大师将捐资一亿元，原址恢复北宋名刹——黄州承天寺（今黄州青砖湖东侧西湖一路，黄州区审计局至供电所）。审计局、供电所好找，但不知能否找到遗址碑。为了合乎夜游，我们准备傍晚前往。

如今的承天寺

在林立的高楼间，在青砖湖边，我们看到了一个黄色的小房子，小得像个玩具，但上书"承天寺"，旁边有湖北省佛教协会立的遗址碑，这是我希望看到的，一碑定乾坤。寺门前有个小香炉，上面刻着《记承天寺夜游》全文。我知道这个小房子只是在占位，为那个宋时名刹在现代的楼盘里占一席之地，我向小房子拱手作揖，有它看守，承天寺丢不了了。

我们绕湖走了一会儿，等月亮。再回承天寺时，月已升起，只是城里的月色早已不像月色了。即便有竹柏，也难见到如水中藻荇交横的竹柏影了。作家王开岭说："我们已没有合格的黑夜。人类应干两件好事——一是点亮黑夜，一是修复黑夜。"黑夜照亮思想，黑夜凸显诗意。

此次寻找没有什么故事，细想东坡当年夜游，也没什么故事，只是两个闲人跟自然诗意地互动了一次，可能再外加一夜的无眠。环湖散步的人很多，但少有像我们两个这样的闲人。此刻，不关心世界，只关心东坡的一次夜游。

我又臆测了下承天寺与临皋亭的距离，大约有一公里，正符合游记里写的"解衣欲睡，月色入户，欣然起行，念无与为乐者，遂至承天寺寻张怀民。怀民亦未寝……"说明两地不会太远，东坡能够遇到对方的兴致。

返回时，我们又特意途经定惠院，两地相距也就五六百米，经我们这么一连，感觉两个寺院有了呼应，似乎一起回到了宋时，听到了东坡来往两地的脚步声。在这样一个现代的时空，估计今晚心里只装着苏东坡、承天寺、定惠院的，只有我和铮两人。一幢幢大楼，对于我俩都不存在，存在的是宋的那个黄州城，是元丰三年至元丰七年的黄州城。

林语堂称东坡是"一个月夜的漫步者"，也有翻译成"一个月夜的徘徊者"，一开始是徘徊，继而便是漫游了。人们一见到他月夜漫步，

《承天夜游图》　　清　任伯年

便诠释为被贬的苦闷,这对于解读东坡,真是大煞风景。

　　对于自然界的一些生灵来说,月夜也是它们钟情的王国,动物们喜欢在夜间活动、鸣唱,连花草经过了夜露滋润,都更显得明媚、精神。

　　月夜是东坡的自由王国。

　　我更愿意相信,东坡是在享受伟大的孤独感。

赤壁情结

到黄州，人们最想去的，可能还是赤壁。

东坡与赤壁是不可分割的人文地理。

赤壁，原名赤鼻矶，又名赤壁矶，因断崖壁立，石色如丹，故名赤壁。赤壁在今黄冈市偏西，长江北岸。这里江水深碧，波流浸灌，与海相若，离黄州守居和东坡住的临皋亭，也只有数百步。

"遇风浪静，辄乘小舟至其下"，对赤壁，东坡情有独钟。据东坡言，赤壁上有两只鹘鸟筑巢，壁间还有两条蛇，这是有人亲眼见到的。就不知这猛禽与蛇是怎样地相克相生了。奇险，这是东坡喜欢的。你能想象东坡在赤壁下，在小舟上，是怎样的神情，他一定是凝神观望，感受江流之浩浩，崖壁之崔嵬，并汲取山川之浩气。

东坡是得了山水精神的，宋代米芾的长子米友仁说："山水心近自得处高也。"什么意思呢？我的理解是人只有站在心的高处，才能得山水的精神。能得山水精神的人是高人，山水精神是山水的形而上，是大自然的哲学。人只有站在哲学的高处，才能试着去领悟自然；只有站在心的高处，才能与自然沟通。

静静地发呆之后，东坡便舍舟登岸，访徐公洞去了。相传三国时期，人们发现赤鼻山峭壁处有一个溶洞，名士徐邈曾在此洞居住修行。徐邈是魏晋蓟人，初为尚书郎，他嗜酒如命，是当时"志行高洁，才博气猛"的名士。后人将此洞取名"徐公洞"。东坡来访时，没有见到洞穴，只是山体显得深邃而已。

游完"徐公洞"，东坡便开始捡拾那些温莹如玉的细石，石色有深浅红黄，纹如手指上的螺纹，这些都是细节。黑格尔说："上帝惊叹细节。"我们在这些细节里，窥见了东坡精神的饱满丰实。

经典的赤壁之游开始了，这是很长时间的互相浸润后，产生的精神激荡。

跟东坡赤壁夜游的"二客"是谁？《赤壁赋》里有"苏子与客泛舟游于赤壁之下""客有吹洞箫者""客曰""客喜而笑"，等等。东坡没说几个客，但至少一个。《后赤壁赋》明确了是"二客"，"二客从予，过黄泥之坂""盖二客不能从焉"等。

因受了《核舟记》的影响，我之前认为"二客"是黄鲁直（黄庭坚）和佛印。"苏黄共阅一手卷，东坡右手执卷端，左手抚鲁直背"，"佛印绝类弥勒"，事实上二客不是他们。之所以说不是黄鲁直，因为东坡从未写到他来过黄州，再者我查了黄庭坚的年谱：元丰三年（1080），黄庭坚改知吉州太和县（江西泰和县）；1081年春黄庭坚到了太和；元丰六年（1083）十二月，黄庭坚又移监德州德平镇（在今山东省），几年间没看到他有黄州的行程，只是在庐山有食笋诗寄赠东坡。想想也是，黄庭坚受到了"乌台诗案"的牵连，跟苏轼同时被贬，政治上应该有诸多的不允许吧。当时苏辙也被贬江西，离黄州不算太远，但除了那次送兄长家人至黄州，之后几年他们兄弟都没能相聚，只有诗词唱和，书信往来，这跟贬谪的禁令有关。

佛印与东坡的交往开始于黄州，大约是在元丰三年（1080）六、七月间。元丰五年（1082）正月东坡曾到庐山拜访佛印（不知怎么被允许去的），佛印也多次派人看望过东坡，至于其间佛印是否到过黄州，东坡诗文没有记载。而前赋里的吹洞箫者，后赋里的举网捕鱼之客，都不太可能是佛印。

两篇赋里，东坡对客故意虚化，就像汉赋里的"子虚乌有"先生，这便于他下文展开主客问答，客也是东坡，是他思想的另一面，这是行文的需要。而现实中的客，从他别的游赤壁的文字里，可以见到一些眉目。

元丰五年（1082）十二月十九日，这天是东坡生日，距写《后赤壁赋》已过去两个月。为了庆生，东坡与"二客"置酒赤鼻矶下，这里交代了"二客"是郭、古二生，就是我们前文提到的黄州市民郭药师和家有一亩竹的古耕道，他们是东坡最亲密的游伴，踞高峰，俯鹊巢，他们又重复了《后赤壁赋》里的动作，乐此不疲。这次还有一个人，很艺术地出场，在东坡他们酒酣之际，闻笛声起于江上，大家都赞这笛声有新意，非俗士所奏，一打听原来吹笛的是进士李委，他听说东坡生日，便作了新曲《鹤南飞》献上。李委真是深得东坡之意，东坡属意的形象就是道的化身"鹤"，而他不正是南"飞"了吗？这样二赋中的客就多少有点眉目了。

说到赤壁怀古，我们都说东坡怀古怀错了地方。至于黄州赤壁是不是三国周郎赤壁，东坡也怀疑过，但他又说"今赤壁少西对岸，即华容镇，庶几是也"，他根据赤壁附近有华容镇，便判断差不多是吧，但又不敢肯定。是不是，不影响他怀古，何况黄州、西山这一带曾是吴国的重镇，东坡宁可当它是周郎赤壁，这样在心理上他感觉跟仰慕的英雄是同在的。故国神游，他需要这个磁场。我估计东坡并不想证实"不是"，而是希望它就是。

我们多么希望"乱石穿空，惊涛拍岸"的景象还在。我曾计划于"七月既望"这一天游赤壁，文化的魅力在于，它足够将时隔久远的你，代入其中，让你跟那一天的情景同频共振。

夜游赤壁看来已不可能，赤壁晚上拒绝你进入，以景点的名义。

白天我们买票进入赤壁公园，穿过幽竹，看过碑廊，凝望东坡塑像，接下来便去寻大江东去的那个赤壁，这是诗歌给我们的审美预备。我们由文物区入口，一个个看过，酹江亭、坡仙亭、睡仙亭，最后停在了放龟亭——石壁伸到江里的最后一站，亭下就是水域。亭子里陈列的都是东坡的信札、诗词歌赋手书影印件，以及后代文人与东坡或赤壁相关的作品，我们的心在奔着游赏的目标，但目标迟迟没有出现。

这时有个小伙子拿着门票，对着上面的导游图，问我们赤鼻矶在哪儿。他说他想看到当年东坡站在小舟中仰望赤壁的情景。跟我们想法一样，可我只能告诉他，诗里的景象看不到了，因为大江已经改道。他一个劲儿地在找赤鼻矶，因为导游图上明明标着赤鼻矶的位置，就是我们所在的放龟亭，可这儿哪有赤鼻矶呢？

我们下到了对面的观景台，看能不能看到一点赤壁大江的意味，待我们穿过石径快至观景台时，又遇到了刚才的小伙子，他是从山东专门来看赤壁的。他指给我们看，原来我们刚才所在的放龟亭就建在赤鼻矶上，现在可以看到壁上书的"赤壁"和"赤鼻矶"了。原来赤壁竟如此低调而无声地缩在一隅，我还以为它有乱石穿空的高调呢。站在对面还可看清，赤鼻矶就是一块大石，当年大石伸进大江里，如今大江不再，只一个水潭静静地陪着离水面只有几丈高的赤鼻矶怀古。

江山是相互借势相互发挥的，失了江的山，已哑然无声，寂然无诗。料东坡重到，定会大惊。当年他时隔三个月游赤壁时，就曾感叹："曾日月之几何，而江山不可复识矣。"时隔九百多年，在"变"的哲学里，赤壁早已沧海桑田，而没有江山的相互发挥，又怎能发挥诗的想象？

小伙子说，"乱石穿空，惊涛拍岸，卷起千堆雪"，恐怕也是苏东坡的想象，本来就不是实景。我心下一沉，或许我们都被诗人的想象吸引着，都被诗人的想象"欺骗"了，有一种美只在诗文中，只在画中，那是文人的梦境，他们的使命就是完善现实抑或重塑现实。

法国诗人波德莱尔说："整个可见的世界，不过形象和符号的库藏。这些形象和符号，该由诗人的幻想来给他位置和价值。"苏东坡用幻想给了赤壁位置和价值。

即便大江不在了，赤鼻矶还在，一个准确的地理位置还在。我举起手机拍照，惊起一滩鸥鹭，按东坡描述，赤壁上有许多栖鹘，栖鹘没见到，鸥鹭却成阵。

夜游赤壁，永远成了历史事件。

望着并不高耸的赤鼻矶，我在想，是东坡的豪气为它增了高度，增了奇崛。这是东坡内心的需要，更是赤壁怀古的动因。

叔本华说解脱人生的方式有两种，一种是自杀；另外一种就是审美。赤壁是以审美对象进入东坡视域的，无论是景还是人事，显现的都是崇高之美。如果说细致的生活之美、柔弱的花草之美，充实了东坡的"凡心"，那么大江赤壁、三国英雄的壮美，又扩充了他的"壮心"。壮心不已，是东坡精神世界的基调，他以词的形式把它进行了发挥，而赤壁是他借以发挥的具象。

东坡游赤壁，游的是一颗壮心，是被朝廷强行贬抑而不得不收敛的壮心，他也给自己一万个理由抛开，但面对赤壁，面对奔流的大江，那颗心便又开始雄壮。

赤壁，隐喻的是一段光荣与梦想。这么想，你就看到了诗里的赤壁。

《赤壁赋》的诞生

元丰五年（1082）是苏东坡不寻常的一年，因为它催生了震烁古今的"二赋一词"。它们是东坡一生的巅峰之作。

这是在东坡被贬黄州两年之后，也只有经历了情感与山水的反复磨合，才能诞生那光彩照人的明珠。先来说说二赋。

元丰五年（1082）七月十六日的晚上，苏子与客泛舟游于赤壁之下。这是一个初秋的明月夜，为这次泛游，大家作了一番准备：酒食杯盏，关键是酒，要够沉醉；洞箫一支，月下江上吹箫，单想象便美感无限；诗词歌赋，这是存在他们心里的，无须准备，随时就有。于是这月夜下的小舟，满载着美酒、辞章，满载着箫声、问答，融入了这水光接天的赤壁夜景中。

"纵一苇之所如""飘飘乎如遗世独立，羽化而登仙"，这是乐的起点和顶点，是栖在道家思想中的乐。乐甚也容易转悲，悲的根子在于，一切的存在都是短暂，都是一瞬。英雄如曹操，是一瞬，"固一世之雄也，而今安在哉"；渺小如我等，也是一瞬，"寄蜉蝣于天地，渺沧海之一粟"：于是只能"托遗响于悲风"。

苏东坡的悲里也有贬谪虚度人生之悲。"况吾与子渔樵于江渚之上，侣鱼虾而友麋鹿……"，看似闲适实则虚空，看似虚空又实则闲适，自适中有自失，自失中有自适，人生永远是个矛盾。

苏东坡的苦闷，道家的顺其自然（纵一苇之所如），解不掉；佛家的四大皆空（而今安在哉），更解不掉，反而增加苦闷；而儒家的建功立业，似乎能让生命永恒，可贬谪的现实与功业无关：他被苦闷深埋。

苏东坡又是善于救自己的，要超脱，要快乐，这才是活着的本质。他在"变"与"不变"的水与月中，终于悟到：永恒之道在于心的领悟。"自其不变者而观之，则物与我皆无尽也。"

说到底，儒道释都不能让他超然，让他超然的是他自己的智慧。这是苏东坡伟大的地方，他凭借思想超乎其上，而这超然的外在表现，便是"客喜而笑"，快乐是苦难最实质性的超然，快乐是生命最金贵的红利。

东坡是时常矛盾的，只是这一次，旷世才情催生惊世名篇的时机到了，情、景、智正在他的大脑中孕育着一场喷发，终于江上之清风与山间之明月，携着东坡的辞采哲思，喷发成那响亮的《赤壁赋》，东坡的人生观，再一次迈向旷达。

当代研究苏东坡的学者梅大圣说："借赤壁风光，用道家思想作形上超越，在黄州又一次暂时走出无法解脱的人生苦闷循环圈，把本是苦涩的悲歌，奏出了旷达调。"

为什么会强调"再一次""又一次"，因为想通难以一劳永逸，有些烦难总会不停地来袭，或者它就深潜于内心，需要你不停地排解，不停地开释。所以你不必疑惑为何在前一篇里已转向旷达，后一篇里仍在努力超脱。

旺盛的喷发，常常是持续的。时隔三个月，东坡与二客再次夜游赤壁，又一篇《赤壁赋》诞生。这次的游赏加入了历险，"山高月小，水落石出"，他们瞄上了攀岩，这个前面写过。还有一奇，就是夜半时分遇到了玄裳缟衣、掠舟而过的孤鹤，东坡又将这一情景移植到梦里，梦见一名道士与自己对话，原来道士就是夜半横江而过的那只鹤。

后一篇《赤壁赋》是前一篇"羽化登仙"的情景再现，即发展了前一篇中的道家思想。如果说前一篇是着眼于怎么在现世将自己安顿好，那么后一篇就是超离现世，在神仙境界里逍遥于四方，这是通过神幻的描写来诗化作者的人生沉思，以审美造型呈示于艺术，传示给读者。

两篇赋互相映衬，共同表现作者谪居黄州时深沉的心理。但两篇的风格和思想又有很大的不同。前一篇"赋"的特征要明显一些，后一篇近似散文；前一篇辞采犹如绽放的芙蓉，惊采艳艳，后一篇就像半敛的菡萏，句短意长；前一篇入世，后一篇出世。就像一根藤上的两个瓜，先结的那个饱满一些，而且是结在现世里的。

都说是赤壁成全了东坡，如若东坡被贬而至的地方不是黄州，而是筠州、柳州这些地方，还能写出类似《赤壁赋》的赋吗？我想是可以的。

黄州的幸运在于它遇到了东坡的"井喷期"，一个创造的人往往会有那么一个时期，是创造的巅峰期。比如，归来后的陶渊明、漂泊时的杜甫、南渡时的李清照等。

在黄州期间，东坡四十四岁到四十八岁，这个年龄是生命的成熟期，也是转折期，像是季节的初秋阶段。初秋呈现的是生命的多样状态，有的已经成熟，有的正在新生，而这个阶段的人生也有了复杂的况味。既想通了人生，又慨叹生命将至老境；既收获了一些智慧的成果，又容易感叹一事无成；既迎合了身体的变化放慢脚步，又时常心有不甘，要发愤励志。总之，这个年龄是"多事之秋"，更是多思之秋，心里很矛盾，思想很活跃。

黄州的幸运还在于，它恰好接纳的是遭遇人生第一次大难的苏东坡，高压之下，必有井喷；大难之后，常有奇文。一向口无遮拦、自视甚高的东坡，突然遭受牢狱之灾，还差点送了性命。初到黄州，他是"惊起却回头，有恨无人省"，曾一度三缄其口，"多难畏事，多难畏人"。暗流在胸中涌荡、挤压、回旋，蕴蓄着喷发的势能。

虽然贬谪对东坡的打击很大，但他对人生还不至于绝望。黄州离汴京不算太远，而且还在长江边上，舟楫便利，随着文化中心的南移，黄州一带已不算偏鄙，相反，颇有文化的气象。就拿赤壁来说，唐朝，赤壁山巅建有四望亭；北宋初年，赤壁山上建筑物鳞次栉比，府城西南楼台耸立，煞是壮观。韩琦赞曰："临江三四楼，次第压城首。"诗中的三四楼，即栖霞楼、涵晖楼、竹楼、月波楼。如今月波楼、栖霞楼，仍在赤壁附近。"月波楼"名为东坡所书，栖霞楼多次出现在东坡的诗文里，那是他跟太守徐君猷经常饮酒览胜的地方。

东坡虽然感叹自己早生华发，但他还是怀着能被朝廷重用有一番作为的希望，这样的生命状态最有张力。人若处于悲观绝望状态，就很难蹈厉奋发，才气就被绝望压制了，而东坡不是，他这个时期的思想，可以向任一个方向发力。

黄州的幸运更在于，与多种思想碰撞、和解的东坡，是在黄州诞生的。人的思想的形成与发展是有过程的。苏辙在《亡兄子瞻端明墓志铭》里写道："（苏轼）初好贾谊、陆贽书，论古今治乱，不为空言。继而读《庄子》，喟然叹曰'吾昔有见于中，口未能言，今见是书，得吾心矣'……后读释氏书，深悟实相，参之孔老，博辩无碍，浩然不见其涯也。"从中可见儒、道、释是先后入主其心的，东坡起初喜好贾谊、陆贽的文章，议论古今成败，不说空话。后来东坡读《庄子》，感慨万千道："我过去心中有所得，但不能说出，今天看《庄子》,说出了我的心里话。"后来东坡又读佛书,深刻地感悟了宇宙人生,再融合儒道,广博雄辩没有阻碍,知识渊博,无边无际。

我们一向只看到几家思想共处一体的矛盾,岂不知它们在东坡那儿是融合的,就像百川汇成了海一样,境界宏大,无边无际。陈寅恪先生说过:"外服儒生之士可以内宗佛理,或潜修道行,其间并无所冲突。"中国士人双重的品格,内在并未形成真正的冲突。从中古时期以来,特别是陶渊明《形影神赠答诗》中的说法,恰恰构成了一种和解。

东坡的这种融合儒道释的境界,是在黄州真正形成的。这一时期,东坡与道士、禅师交往频繁。他在给弟弟苏辙的信里说:"任性逍遥,随缘放旷,但尽凡心,别无胜解。"黄州让苏东坡思想升华到一个新高度。

一部经典作品的诞生,自然还要有适合它的风水,尤其是这种在自然山川景物的基础上构建的文字殿堂,山水景物是它的环境,也是它的灵魂。不知其他作者是怎样的感受,如果让我写一个地方,一定是我特别想写才行,一定是我深爱这个地方非要表达才行。我感觉到我的生命情感已经与这个地方深度互融。我若进不了它的灵魂,它自然也进不了我的心,我就没法去表达。

东坡是爱黄州山水的,因黄州在长江岸边,住的地方离大江只几十步,因对岸就是武昌诸山,他经常躺在榻上看窗外的烟涛浩渺,层峦耸翠,窗就是一幅会变幻的画。这里的闾里乡村,他也特别喜欢,竹木幽茂,都是那么修洁,尤其是竹,都是成片成片的竹园,这对东坡的精神是多大的抚慰啊。他整日整日地待在竹林里,待在他精神的世界里。

中国文人的精神也是大江大河养育出来的,自古就有"仁者乐山,智者乐水"的雅教。山水在内是德,在外是景。所以文人无论是得志还是不得志,都喜欢徜徉山水,寄情山水,尤其是失意以后,山水就成了他们精神的皈依。东坡整天就面对着浩荡的长江,它从他的家乡岷峨奔腾而来,它从屈子、昭君的故里奔腾而来,它从三峡的传说一路奔腾而来,它更带着孔子的浩叹"逝者如斯"奔腾而来,长江太有气势,太有力量,太有文化的气度了。

长江,是母亲河,它本身就是文化的发祥地,它有文化的宿命,它有文化的基因。面对它,你的文化良知,你的生命感怀,你的创造欲望,就被它激荡出来了。杜甫的诗,李白的诗,王勃的《滕王阁序》,都有长江催生的记录,那么东坡,当他面对着跟自己个性、跟自己文风这么相近的大江时,自然是文思浩荡,情思浩渺,而"大江东去"也就成了东坡的词风。

中国文人对历史文化向来用情很深,一个地方的历史越久远,文化越厚重,越能让文人找到置身其间的价值。将他们贬到荒凉之地,痛苦的不仅是政治上的失意,生活上的困顿,还有文化上的失落,东坡后来被贬到岭南、海南都有这种自失的感觉,因为一旦离开文化的气场,就会感到自己像无根的浮萍。

中国文人的写作,向来有用典的喜好,有的竟是句句用典,比如王勃的《滕王阁序》,让在场的宾客称赏不已。即便不是句句用典,你的文章也要有点来由,要能就古人说事,把它说开,最后归结到说自己。东坡的两篇赋,在这方面有所突破,用典不多,语言有散文化倾向,但《赤壁赋》和《赤壁怀古》,都是由历史人物发端的,一是曹孟德,一是周公瑾,他们是建功立业者的代表,一个是一世之雄,另一个是英雄年少,东坡跟他们一比,落差感来了,临时构建的平衡被打破了,这在怀古词里尤为明显,而在前赋里通过几股思想的调适,最终达到平衡。后赋干脆就不提月明星稀,乌鹊南飞了,而是想象出一只孤鹤,他想超离这个世界了。

文化,建功立业的文化,遁世飞仙的文化,都帮了东坡的忙。

是什么成全了《赤壁赋》和《赤壁怀古》，是大难，是文化，是山水等综合起来的关乎生命、关乎人文、关乎自然的一种气场。

说到山水，我想再强调一下它对中国士人精神构成的重要性。在现实世界里，他们不能只有政治、社会和经济构成的总体史，还有一种存在于人的内心之中的自然王国，而作以平衡和矫正。钱穆先生说："如果说传统中国有'社会'的话，可以从城市、乡镇、江湖和山野四个系统来理解。政治和社会的关系，不足以解决完整的士人的理想，我们还需要山林。"

最近还读到渠敬东的一篇文章《"山水"没落与现代中国艺术的困境》，很有同感。他说："古人讲什么叫胸中沟壑，什么叫胸中气味，什么叫胸中磊落，讲的都是人的境界……山林中的那份自然，是士人全心的构造，是超越性的，是纯粹精神性的。他们永远不会只在现实里去关照，中国人没有了这种内生性的心意心境，我们的文明便早就覆灭了。"由此想来，东坡这种在黄州几乎每天都进行的山水之游，实际上就是在做"全心的构造"，而他的诗文，就是他全心构造的图像。

《赤壁赋》不像我们想的那样，一诞生便万人争诵。直到一年后东坡在给朋友的信里还说："轼去岁作此赋，未尝轻出以示人，见者盖一二人而已。"《赤壁赋》藏在"深闺"，说明东坡仍活在"乌台诗案"的阴影里。他自然还记得，一出狱时写的诗句："平生文字为吾累，此去声名不厌低。"名声要越低越好，这是"乌台诗案"给他的警示。

可是"青山遮不住，毕竟东流去"，《赤壁赋》一朝示人，便像东去的大江一样，莫可阻挡。

王闰之和朝云

东坡在黄州四年，陪伴他的妻室是王闰之和王朝云。王闰之是他的续弦，是已故原配王弗的堂妹。续娶原配的堂妹，这说明东坡对王弗很满意，于是爱屋及乌，中意于王家女子。

巧的是朝云也姓王，不知这是巧合，还是东坡有"王命"在身。朝云是东坡在杭州任通判时认识的，那时东坡三十七八岁，朝云十一二岁。朝云因家境清寒，自幼沦落在歌舞班中，说她是西湖名伎，似乎早了点。但她天生丽质，聪颖灵慧，能歌善舞，虽混迹烟尘之中，却独具一种清新洁雅的气质。应该说，东坡一见到这个女孩，就对她脱俗的形象，心生怜意，可能是不忍这块璞玉遭风尘染污，于是买来当作侍女。

于是就有人说东坡看上朝云，便纳为侍妾，而又因朝云这时才十一二岁，便打趣东坡老牛吃嫩草。东坡赎回朝云，是缘于一个诗人审美的想法，东坡对美、对真美，有着天生的喜爱，就像对西子湖。一般人也爱美，但没有东坡欣赏的眼力和领悟的深度。朝云太美了，而且美得那么纯，这种美感动了东坡，东坡感动于在这样的红粉之地，竟还有如此清纯的女孩，对这样的天生之美，东坡不能无动于衷。

再说了，古时的官宦人家买侍女男仆，也是常事。《红楼梦》里的那些供使唤的女孩子，大都是买来的；那些唱曲的女孩子，也是买来的。朝云初在苏家的身份是侍女、歌女，操持家务或为主人家唱唱小曲，就像后来分到怡红院里的芳官。隐居岐亭的陈慥家，也有几个能唱词曲的侍女，东坡到岐亭，陈慥还令她们唱曲助兴。

东坡纳朝云为侍妾，是在被贬黄州的时候，那时朝云已有十八岁。朝云本身就很灵慧，再经过诗书的熏沐，更出落得芳洁美雅，关键是善解人意，与东坡心有灵犀。东坡在黄州几年，有佳人相伴，感情生活是美满的，可连梦都当作个人正史来记的东坡，却闭口不言他的婚姻生活，这是古代文人比较普遍的对待婚姻生活的态度：羞于或不屑于言谈。

不仅如此，东坡在黄州几年写的诗文信札，都很少提到朝云。读完他的黄州诗文，我的发现是：王闰之露了几回侧脸，王朝云没有露面，东坡对她采取了暗写。

先看王闰之露侧脸的几回。《后赤壁赋》里，东坡感叹有这么美的夜景，可是"有客无酒，有酒无肴"，于是回家跟夫人商量，王夫人为夫君自然是早有准备："我有斗酒，藏之久矣，以待子不时之需。"一个会持家的贤妻露了一回脸，从中还可看出，东坡对夫人是很尊重的，他要"归而谋诸妇"，就是回家跟夫人商量，而不是回家拎酒就走。虽然已纳朝云为妾，但东坡跟夫人的关系还是很和谐的，起码很尊重夫人。

再就是东坡称"老妻"的两次。元丰五年（1082）夏，东坡上的大麦丰收，收了二十余担，大麦的价格很低，当时正赶上大米吃完，于是就舂麦为饭，嚼时啧啧有声，小儿女们调笑说像在嚼虱子。后来东坡又叫厨人，掺杂小豆煮饭，颇有滋味。"老妻大笑曰：'此新样二红饭也。'"东坡写了一篇《二红饭》来记此事。

另一件是东坡给章惇的信札里提到的。大意是：我住在东坡，有田五十亩地，身耕妻蚕，姑且逍遥地度过年岁。昨天一头牛差点病死了，连牛医也不识病情，但老妻识得，说这牛得了豆瘢疮，医治的法子就是给它喂青蒿粥，果然牛被医好了。这是青蒿素早期的使用案例吧，不知屠呦呦有没有从中获得启发。你不得不佩服王闰之的务实能力，在东坡被贬的日子里，她能放下身段，将并不富裕的生活打理好。

东坡称其为"老妻"，其实王闰之这时也就三十五六岁，这称呼里是暖，是爱，是彼此扶持共患难的情。"老妻"的称呼估计受了杜甫的影响。杜甫称呼妻杨氏，统统是一个特别没有美感的词——老妻。"老妻书数纸""老妻忧坐痹""老妻寄异县"……安史之乱时，杜甫四十多岁，他的妻子三十多岁，杜甫称之为老妻。东坡在黄州时，跟王闰之也近乎这个年龄。东坡是很感激老妻的，甚至将她比作孟光，在和参寥的诗里写道："芥舟只合在坳堂，纸帐心期老孟光。"孟光与丈夫梁鸿举案齐眉，是贤妻的典型。

当然，贤妻也很难满足一个诗人对女人的所有梦想，比如情趣，比如才艺。今人王开岭说："爱情的核心在于务虚而非务实。"王闰之很务实，她不太能进入东坡的精神生活，对东坡诗书的价值缺少认识的眼光。东坡记过这样一件事：诗人陈师道的兄长陈师仲为他编了《超然》《黄楼》两个集子，这是东坡在密州、徐州所作的诗集，东坡很是感动。东坡在给对方的信中说："从来不曾编次，纵有一二在者，得罪日，皆为家人妇女辈焚毁尽矣。"是说东坡在湖州任上被捕后，家人担心再搜出什么，就将他的诗词文稿焚毁殆尽，注意是"家人妇女辈"，自然是王闰之的主意，别人也不敢呀。虽然这是情急之中所为，难以深责，但我想若换成朝云定不会付之一炬，那一刻，朝云的心也在被焚烧吧。

对朝云，东坡一直在暗写。在写花中，倾注了对朝云的爱情，我是这么认为的。在黄州东坡最倾心的花是海棠和梅花。先看海棠，它生在定惠院东边的小山上，是名花幽独，天姿高秀。东坡用了"嫣然""佳人""天姿""朱唇""翠袖""绝艳""清淑"等词来写海棠，海棠俨然一个妙龄女子，是淡妆浓抹总相宜的西子。别人将花当美人来写，心里未必有真人，而东坡的真人就是朝云。

若这个不足为证，再看海棠诗后面的几句："先生食饱无一事，散步逍遥自扪腹。不问人家与僧舍，拄杖敲门看修竹。忽逢绝艳照衰朽，叹息无言揩病目。陋邦何处得此花，无乃好事移西蜀。"扪腹的典故，就是东坡跟朝云的故事，别人都说东坡满肚子都是学问，只有朝云说是一肚子的不合时宜，东坡便引朝云为知己。"绝艳"与"衰朽"，暗指朝云和自己。

纪晓岚评价这首诗"纯以海棠自寓"。他从海棠身上只看到东坡，我还看到了朝云。

在那首名为《海棠》的诗中，你是不是也看到一个美人——月下美人，"只恐夜深花睡去，故烧高烛照红妆"。这两首海棠诗都用到了"海棠春睡"的典故，那是李隆基形容杨玉环的。朝云就是东坡的海棠。

还有梅花诗，东坡写了许多咏梅诗，其中不少首专写红梅。且录一首：

> 怕愁贪睡独开迟，自恐冰容不入时。
> 故作小红桃杏色，尚余孤瘦雪霜姿。
> 寒心未肯随春态，酒晕无端上玉肌。
> 诗老不知梅格在，更看绿叶与青枝。

——《红梅三首·其一》

当然这首诗也被看成是夫子自道，毕竟有"不入时"，有"梅格在"，我不否认这些，但东坡在写红梅时，一定想到了朝云。

东坡爱红梅，还有个原因，那就是朝云爱梅花。此时的朝云袅袅婷婷十八九，刚刚做了东坡的侍妾，这首诗中的"桃杏色""雪霜姿""春态""玉肌"，又何尝不是在写一个妙龄女子？朝云不喜化妆，却美得出色。东坡曾让她向少游乞词，少游作《南歌子》赠之。"蔼蔼迷春态，溶溶媚晓光，不应容易下巫阳。"秦观把朝云比作巫山神女，说明朝云是个有仙气的女子。

再联想一下，东坡将居室取名为雪堂，是不是也有护花的用意？雪是为梅而降的，梅又是朝云的最爱。他在一首梅花诗里有"不如风雪养天姝"，风雪是养护梅花的，所以他的雪堂也有这么个情分。

在其他诗里也能看到朝云的影子，比如那首《续丽人行》。"心醉归来茅屋底，方信人间有西子。"诗人先是写了周昉画中的丽人，然后写怀着沉醉的心回到家里，才相信人间也有西子。请问这家中的西子是谁，自然是朝云。这首诗写于元丰元年（1078），苏轼被贬之前，这时朝云已经十六岁了，是长大的西子了。

还有这首写于元丰三年（1080）的《菩萨蛮》。七夕的晚上，女子们都对月乞巧，也有乞求夫妇团聚的，当年李隆基和杨玉环就曾对月密誓：在天愿作比翼鸟，在地愿为连理枝。苏东坡的《菩萨蛮》下阕是："佳人言语好，不愿求新巧。此恨固应知，愿人无别离。"是说佳人不愿乞巧，唯愿一家人不再别离。这里的"佳人"，不可能是王夫人，只可能是朝云。之前东坡在湖州被捕，与家人分离，这一年的五月才在黄州团聚，继而全家一起过了在黄州的第一个七夕，所以她要乞求无别离。从中也可推断东坡这时已纳朝云为妾。

朝云就是这么在东坡诗词中出现的，"来似朝云无觅处"，不这么联想，你很难从黄州的诗文里找到朝云。东坡为什么暗写，而不明写，是顾及正室夫人的情面吧，只能偷着喜欢，只能放到心里。

而在写那首"十年生死两茫茫"时，东坡又似乎没什么顾忌了，毕竟王弗是他的原配。不为朝云写诗，这中间有些隐情，一夫多妻的婚姻本来就很微妙，也很复杂。身有份，情也有份，想一个大家庭和谐，就得各安其分，就不能让夫人受到委屈。

东坡在给朋友蔡景繁的信中，提到过朝云："然云蓝小袖者，近辄生一子。"是说朝云生了个儿子，竟然称朝云为"云蓝小袖"。

这孩子叫遁儿，小名干儿，为东坡第四子。干儿生于元丰六年（1083）九月二十七日，也就是诞生二赋的第二年。

干儿满月时，东坡作了首《洗儿戏作》：

人皆养子望聪明，我被聪明误一生。
惟愿孩儿愚且鲁，无灾无难到公卿。

让人痛心的是这孩子夭折在东坡赴汝州任上，当时他们一家已舟抵金陵。东坡自然是"老泪如泻水"，深责是自己的恶业夺去了孩儿的性命。东坡是最中意这个小儿子的，他在诗里毫不掩藏自己的喜爱："幼子真吾儿，眉角生已似。"丧儿，对朝云的打击是致命的，"母哭不可闻，欲与汝俱亡"。朝云真是命苦，此后再也未能生育。

朝云虽然美若海棠，但她的春天不在黄州，而在惠州，只是太短暂，这是后话。

东坡以不同的方式爱着她们：爱王闰之，以文；爱王朝云，以诗。她们互补了东坡的情感世界。

仁心有术

仁者，爱人。

我们知道，中国有两千多年士大夫精神的传统。"士大夫"这个词，其实包含两个词：一个是士，一个是大夫。"士"到后来成为读书人的泛称，而"大夫"是官员的泛称。"士大夫"合起来就是书生加官员。作为士大夫，志向是什么，使命是什么，子曰"士志于道"，曾子曰"仁以为己任"，孟子曰"忧以天下，乐以天下"。总之，士大夫要有担当天下的精神。

历史演进到宋代，出现了一种新的士大夫精神，叫作圣贤气象。什么叫圣贤气象？张载有句名言，是我们现在经常引用的："为天下立心，为生民立命，为往圣继绝学，为万世开太平。"就是说，宋代士大夫精神表现为特别推崇圣贤气象。他们提出要回到先秦"士志于道""心忧天下"的思想传统，宋代士大夫有一种深切的文化忧患、社会忧患的意识。

范仲淹"先天下之忧而忧，后天下之乐而乐"；王安石以"天变不足畏，祖宗不足法，人言不足恤"的勇气，进行社会变革。他们有很强的忧患意识,有迫切的经世治国的强烈愿望。所以,东坡即便被贬,即便才刚刚到达贬所,他也将心目投向了苍生万民。

东坡是元丰三年(1080)二月初到黄州的,三月就连写了《与朱鄂州书》和《黄鄂之风》等倡导革除陋习的文章。当时黄州、鄂州一般老百姓,惯例只养活两男一女,超过了就以冷水浸杀,"以手按之水盆中,咿嘤良久乃死",东坡"闻之辛酸,为食不下",于是给鄂州太守朱寿昌写了封长信,希望通过官府和法令来强制变化民风。东坡深知积习难改,也知道有些是因为养活不起,所以他有针对性地提出了变革措施。有的是用法令可以解决的,而有的需要救助,可毕竟官府财力有限,东坡便发动民间力量,成立了育儿会,育儿会由古耕道负责。

古耕道,黄州人,进士出身,为人诚实,喜欢做善事。东坡让他动员黄州富人积极募捐,每户每年出十千钱,当然上不封顶。东坡虽然很穷,也拿出十千钱。十千钱是个什么概念呢?我们知道,东坡一家刚到黄州时,是实行"计划经济"的,他每月之初拿出四千五百钱,分成三十份,这样就能保证一家二十来口一个月的温饱。十千钱是他们家两个多月的生活费,东坡也是尽了最大能力了。

古耕道用这些钱买来米布绢絮,安国寺僧人继莲负责记账。育儿会的人走村串户,有针对性地进行育儿扶贫。东坡说,若每年能救活百个小儿,也是闲居的一大乐事。

仁者在于行动,救儿行动是东坡每到一地的一份特别的爱心。在密州时,遇到荒年,百姓也弃婴。东坡就从义仓备荒的粮食中,拿出数百石特别保管,作为救儿的专项物资,而随着孩子慢慢长大,父母也就舍不得丢弃了。

东坡深得这份民情,在官府财力人力有限的情况下,要紧的是救这"人之初"。初生的婴儿,还未与父母建立深厚的感情,父母容易丢弃,而一旦抚养一段时间,"养者与儿,皆有父母之爱,遂不失所"。这很像《小王子》里说的"驯养"——你要是驯养了我，我俩就彼此都需要对方了。"驯养"就是建立感情联系，驯养之后，你是他的独一无二，他也是你的独一无二，否则生命就毫无关联。东坡救的是感情薄弱期，待感情稳固，救助的任务也就基本完成，然后再从头救起，这工作做得"深入人心"。

"何时眼前突兀见此屋，吾庐独破受冻死亦足。"这是杜甫的仁心，只是唐代的文人不像宋代的文人受重用，杜甫没有能力去践行仁道。东坡非常推崇杜甫的人格，在《与王定国》中写道："杜子美在固穷之中，一饭一食，未尝忘君，诗人以来，一人而已。"

仁者的心里装的永远是天下人，而不只是自己的富贵财利。

元丰四年（1081）十二月，苏东坡种麦的东坡上，恰逢大雪盈尺，此乃丰收之兆，东坡自是欢喜，可是他忧虑雪中的百姓："舍外无薪米者，亦为之耿耿不寐，悲夫！"想到屋外大雪中无柴没米的老百姓，真让东坡烦躁不安，难以入睡。自己的利、贫民的窘，是乐是忧？还是忧主导了他。我想到了白居易的"心忧炭贱愿天寒"，这是卖炭翁的心理：担忧炭卖不上价钱，所以希望天再冷一些，可贫者又最怕天冷，真是两难。

白居易的体察、东坡的体察，都是仁人之心才会有的体察。东坡在给李公择的信里说："我侪虽老且穷，而道理贯心肝，忠义填骨髓。"正是这份仁爱情怀，使东坡虽身处厄境，而能尽力为黄州人办好事，"不以大小为之"。下面这件又是人命关天的大事。

元丰六年（1083）前后，黄州发生了寒疫，东坡用"圣散子"药方救民，"所活不可胜数"。药方原是眉山人巢谷的秘方，拒不传人，包括他的儿子。东坡苦求，巢谷不得已传之，但彼此约定不再传人，并指着长江水盟誓，这等于为自己的言行打上了一款天地的禁令，违禁是要遭天谴的，这向来是约束人的最高指令。但发生了瘟疫，总不能见死不救吧，东坡私下违背了盟约，拿出了药方，并将它传给蕲水名医庞安常,希望此方不朽。七年后"圣散子"在杭州抗疫中,又发挥了效力。

只要是利民惠民,东坡便不遗余力,不计后果。"天命不足畏",这是不寻常的勇敢,有大善大爱在心里垫底,又有何畏!作为一名团练副使,他是发挥不了什么大的作用的,但作为一名有担当的大文豪,作为一名心忧天下的士,责任与名气让他的作用不再受限。

在其位,谋其政;不在其位,不谋其政。位和政基本上有了大小和范围上的对应,而中国文人的这种"士"的精神,让他们在"政"的范围和大小上有所超越。流惠后世、流芳千里,就是超越的效应。

据说,东坡一日在雪堂读杜牧之《阿房宫赋》,凡数遍,每读彻一遍,即再三咨嗟叹息,至夜分犹不寐。叹什么,为何夜深还不能寐?自然叹的是国事,忧的是黎民。东坡给人看到的是他的放达洒脱,我们又何曾听到他的叹息呢?他的放达为他的人生洒满了看似快乐的光辉,我们也就在这光辉中去认识东坡了。

"许国心犹在,康时术已虚。"为国效力的心还在,匡正时弊,可是政见不被采纳,成为虚有。这是东坡于宋哲宗绍圣元年(1094)八月写的诗句,那时他已经五十九岁,在流放惠州的途中,是他在黄州用"圣散子"救民的十一年后。

东坡一直给人的感觉,是超脱人世的,这是他思想的一面,是应对苦难的妙招;事实上东坡又是入世怜世的,他的仁心不仅体现在"忧心"上,更体现在"有术"上。对东坡来说,积极行动,努力去做,才是真正的"士志于道"。

有个词牌叫"黄州"

现行人教版高中教材中,选有"苏轼词两首"——《念奴娇·赤壁怀古》和《定风波·莫听穿林打叶声》,一谈到背景,都是苏轼在黄州所作。还选有苏文两篇——必修中的《赤壁赋》、选修中的《游沙湖》,都创作于黄州,创作年代都是1082年。于是学生就有个印象:苏轼最有代表性的诗文都诞生在黄州。

东坡是到黄州以后才大量写词的。据王兆鹏、徐三桥统计,得出"相对而言,贬居黄州时期,是苏轼一生的创作历程中词作最多而诗篇最少的一个时期"的结论。当然不是从绝对数量上说的,是从相对于各个时期诗词的比例上说的。东坡在黄州开始躬耕稼穑,也开始在词的领域大笔挥洒。

任何现象的出现都有它的原因,东坡大量写词自然也有,首先是政治的原因。"乌台诗案"后,东坡心有余悸,不敢轻易写诗,可是又不能不写,于是不得不改变创作路数。词是诗余,是话语不太正规的一个渠道。相比来讲,诗像大路,通向朝堂,通向志向,通向官方话语体系;而词像小路,通向歌馆,通向艳情,通向私聊空间。现在大路上已是风声鹤唳,你随便的一句,都有可能会被翻出你对朝廷和新政的不满。而词还没怎么进入官方审查的视野，连小人们都不屑拿它作筏子。东坡想表达时就进入这个空间，而不见得词比诗的空间小，关键看它进入谁的视野。

词属游戏文字，作"小词不碍"。即便内容触及了谁的敏感神经，也不能当真。就像玩笑话，即便得罪了人，可毕竟是玩笑呀。东坡确实创作了一些小词和回文诗，花花草草，莺莺燕燕，仿佛女子的娇嗔微微。游戏形成了保护层，可东坡未必全当游戏，他也"假戏真做"，认认真真地作起词来。他深知词的未来，只要略加改造，词的路上也可跑马。他真的改造了，以诗为词，打通了词与诗的壁垒，让词不再是诗余，不再是小词，而成为在文学上有一席之地的词。

政治气候也影响了东坡交往方式和生活方式的转向。东坡到黄州后，不少故人患有世态炎凉综合征："我谪黄州四五年，孤舟出没风波里。故人不复通问讯，疾病饥寒疑死矣。"又说："平生亲友，无一字见及。"于是东坡的交往便转向民间，他交了一些黄州市民朋友，这些人有的擅长酿酒，有的擅长种药，有的擅长整治小园，当然他们中不乏有文趣雅趣者，他们喜欢游赏。这种交往让东坡进入了一个全新的空间：真诚、淳朴而美好。东坡也在享受这么一个空间。离开黄州后，他还充满感激地写信，对黄州的朋友说："某向者流落，非诸君相伴，何以度日？"

生活方式的最大改变，就是东坡开始躬耕了，他也关心粮食、蔬菜和果园了。向老农取经怎么种稻种麦，从邻家移种橘柚果蔬，在村民帮助下作塘筑陂，等等。还有更具体的日常生活：挑菜、酿酒、尝试制作美食。日子的细碎，仿佛与词的关系更为密切，是词的优良土壤。生活方式引领创作方向，创作方向也在引领生活方式。总之，词与寻常生活联姻，让彼此都觉得找对了方向。

要问东坡留给后人最宝贵的精神财富是什么，我们自然想到他的诗、词、文、书，再一想就是他旷达的人生观。准确地说，东坡追求的是旷适：政治处境使他不得不"旷"，与黄州市民游处，又让他获得精神上的"适"。旷适，是东坡词的精神内核，让他的词呈现出了独步古今的风格。读者也需要旷适，来安顿自己的生命，并让生命呈现出别样的光辉。所以我们的教材也青睐这样的风格，把它作为传承的精神来教育影响下一代。

"适"，适中也。一切过度，都不再"适"。东坡喜欢交往，小酒不断，但他不是为了逞口腹之快，在饮酒上东坡追求的是"适境"。东坡饮酒，量小而瘾大，"不可一日无此君"，他不像李白那样喝得酩酊大醉，也不只是借酒浇愁，他在体认酒的意味，他在借助酒进入飘然欲仙、恬适畅达的境界，从中获得陶冶和美感。

这种状态，是他作词写字的最佳状态。在半酣中，东坡以艺术家兼哲人的心灵，摄捉人世间的真情，摄取大自然的真美，于是一首首佳作，在他的笔下生成。他在《跋草书后》说："仆醉后，乘兴辄作草书十数行，觉酒气拂拂，从十指间出也。"这气便是才气，有酒气的催发。

且看东坡词中的酒气：

　　一尊还酹江月——《念奴娇·赤壁怀古》
　　夜饮东坡醒复醉——《临江仙》
　　我欲醉眠芳草——《西江月》
　　料峭春风吹酒醒，微冷——《定风波》
　　佳节若为酬，但把清尊断送秋——《南乡子》
　　……

饮酒的适境，将东坡带入作词的佳境。

东坡虽然与酒神亲密，但他的精神却是日神。日神精神和酒神精神，是尼采创造的两个术语。日神精神是阿波罗的法则，是理智的、逻辑的、道德的；酒神精神是狄奥尼索斯的狂醉，是感性的、狂放的、迷醉的。

日神精神维持日常的秩序和伦理，酒神精神则使个体生命洋溢在高度的欢畅和自由之中，人的生命因而获得了彻底的解放。

如果说李白接近酒神精神，那么东坡接近日神精神，是理智的、逻辑的，虽然他也渴望获得自由和解脱，但只是在理性控制下的超越。一个好饮的人，能将饮酒控制在半酣状态，这就是理智。东坡说荠菜有"味外之味"，他的饮酒，除了享受饮中之适，还有饮外之适，这包括创作之适。

东坡追求生活的"适境"，对他的创作，起到了催化、升华的效果。适，创造了新高度。

"君子不以命废志。"东坡在黄州实现词的突破，也跟他自幼秉承的自强不息的文化有关。初到黄州时，东坡是很自卑的："不惟人嫌，私亦自鄙。""每自嫌鄙，况于他人。"他在给友人的信中，不断说着类似的话。贬谪让东坡的自尊心备受打击，而自卑恰恰是因为自尊。我想，在黄州几年，看似随性的东坡是憋着一股劲的，一定要超越，一定要赢，在人生的低谷创造诗文的高度。在黄州，他写了九卷《易传》、五卷《论语说》；在黄州，他写了生平最有代表性的赋——《赤壁赋》《后赤壁赋》；在黄州，他写出了被后人誉为"天下第三行书"的《寒食帖》；在黄州，他写出了一系列被传唱千古的诗词。

这个时候的苏东坡输了现世，输了政治，可是一定要赢了美学，他要弥补输掉的部分，他要在美学里建功立业。

一谈到东坡词，我们便吟诵"大江东去，浪淘尽"；吟诵"一蓑烟雨任平生"，"也无风雨也无晴"；吟诵"谁道人生无再少，门前流水尚能西"；吟诵"拣尽寒枝不肯栖，寂寞沙洲冷"；吟诵"小舟从此逝，江海寄余生"；吟诵"明日黄花蝶也愁"……

这些名词名句，它们有一个共同的词牌，叫"黄州"。

杭州刊本《东坡集》 南宋

"但尽凡心"的修炼过程

苏东坡的人生是不断修炼、不断自渡的人生,他人生的总体走向,是愈老愈难,他人生的最后七年基本上都是在流放中度过的。他必须能为自己练就一枚救心丸,不然怎么能"莫听穿林打叶声,何妨吟啸且徐行",又怎么能"日啖荔枝三百颗,不辞长作岭南人"。这枚救心丸通常被称作"旷达",黄州的诗文里多表达这种思想。

东坡的人生修炼,如果要找一个开始,我认为是他到密州以后。之前的四十年人生,包括在杭州的几年,都可以视为经历和感悟阶段,是思想的储备期。到了密州,这些思想的土壤要开始催生大树了,帮他搭建人生的框架,形成生命的筋骨。

为什么会是密州?首先是四十岁的东坡已经到时候了,加之密州是个荒贫的小州,没法跟繁华的钱塘相比,到密州做官,是从米箩掉到糠箩里了,再加上他对变法的反感,朝廷对他的不容,初到密州的苏轼心情郁闷。他开始重读庄子,在庄子的顺应自然和齐物思想里获得逍遥。这在他的《和蒋夔寄茶》诗里有充分的体现。

"我生百事常随缘,四方水陆无不便",一旦随顺自然,感觉都是通途;"人生所遇无不可,南北嗜好知谁贤",不要对物存有喜恶之心,凡是所遇没有不可,对南方、北方,为何要存有偏好呢?

在密州时他作了《超然台记》,记录了他思想修炼的成果,是他认识的一次精进。"凡物皆有可观",未必非要是怪奇伟丽之物,酒糟、薄酒,同样可以使人醉,果蔬草木,也都可以充饥,这是齐物思想带给他的超然。在审美上他看的是不同,在自我安顿上他看的是同,何处春江无月明,南北都一样能让人安适。

他把这份心落实在了具体的生活中,整治园圃,种植果蔬,捞取池鱼,酿造秋酒,即便吃着糙米,也不亦乐乎。超然并非远离人世,而是在寻常的事物里寻求至乐。这可以看作是他最初的"但尽凡心",如此无往而不乐。

他将这时的思想表述为"超然",超乎得失的困扰,超乎贫富的怨乐,能"游于物之外也"。

"游"就是想超离,与不快乐、不美好,保持距离。隐居就是对现实的超离。在徐州任上,他写的《放鹤亭记》,就大赞了隐居之乐。他说隐居之乐,即便拿君王的位子,也不跟他换。东山下的那个隐者,"黄冠草屦,葛衣而鼓琴。躬耕而食兮,其馀以汝饱"。

虽然苏轼并没有隐居,但能看出他的思想受道家影响很深。与道家对话的结果,也让他为人生寻到了不同的进退之路。生活中的苏轼,永远都不是一根筋。

元丰二年(1079)在赴任湖州的途中,苏轼经过灵璧张氏园亭,应主人之邀,他写了篇《灵璧张氏园亭记》,他在记中说,筑了这个园亭,可以"使其子孙开门而出仕,则跬步市朝之上;闭门而归隐,则俯仰山林之下",进可以"行义求志",退可以"养生治性",真是"无适而不可"。

苏轼认为,人生完全可以同时行进在不同的路上。仕中可以有隐，隐在园亭，隐在仕的途中，至少意念可以出去串个门。人生兼容了仕与隐，真是无往而不乐了。

被贬黄州，是他人生首次遭遇的重大打击，"乌台诗案"差点送了他的命。在东坡上他算是被迫"隐"了，但是他也不忘为民办事，东坡上的黄州团练副使，算是亦隐亦仕了。

他在东坡上建了几间茅屋，命名为"雪堂"。在《雪堂记》里，他又开始了儒道间的对话。道说，以"雪"为堂命名，有自励的意味，不如完全随顺自然好。东坡说，他不是逃避世上的事，而是逃避世间的机心。他承认雪堂的命名有所寄托，希望有朝一日还能为朝廷做事。他认为自己这样才是真正的"性之便，意之适"，因为他是随顺自己的本性，本性里想有为，把它表达出来，这就是"性之便"，说明你没有刻意违背本性，而一味强迫自己无为。道家讲无为，那也是顺应了它的本性，顺应了本性，最终才会有"意之适"。

在东坡看来，儒不能离道，道也不能脱儒，出世入世，互相依托，是为一体之两面。儒和道就这么和合了。

到黄州后，东坡开始大量读佛经，在佛、道里修养自己的旷达观。

他在给友人释法言的信里说，黄州这里只有荒山大江，修竹古木，每每饮过村酒，醉后他就拖着竹杖漫行，随性所至，不知远近，"亦旷然天真"。

东坡这时的思想，已由密州、徐州时的"超然"，而渐至"旷然"。超然，是想远离不好的事；旷然，是接受了不好的事，与不好握手言欢。这是在儒、道里又加了"释"，而练就的一枚救心丸。

这一思想修炼的成功以《论修养帖寄子由》为标志，这一年是元丰六年（1083）——东坡到黄州的第四个年头，彼时他四十八岁。

书帖写了他对一句禅宗语录的领悟，是道悟禅师点悟崇信禅师的话:"任性逍遥,随缘放旷,但尽凡心,别无胜解。"

人生要达到任性逍遥、随缘放旷的境界,除了尽凡心,没有更好的方法。"胜解"是佛教术语,指深刻的理解。东坡说:"以我观之,凡心尽处,胜解卓然。"

苏东坡一直都追求"任性逍遥,随缘放旷"的境界,可如何达到,途径是"但尽凡心",可如何才算"但尽凡心"?

凡心未必是要超脱现世的心,恰恰相反,是融入现世的心。就在他写寄给子由的书帖时,墙外有悍妇跟丈夫相互殴打,骂声如飞动的烟灰和火苗。按说东坡这时的心情很糟糕,这般不堪怎叫人逍遥放旷?恰恰相反,东坡顿悟了什么叫"但尽凡心"。他写道:"因念他一点圆明,正在猪嘶狗嗥里面,譬如江河鉴物之性,长在飞沙走石之中。"原来对着这样的情景,才能彻底领悟至高的境界,就像江河具备了照鉴万物的清澈,可是它却时常穿行在飞沙走石之中。

他说,这样的境界,寻常他是静中难求,常担心达不到,今天在这种打闹里,忽然捉住了一些意思。

修炼不是无视,不是避开,美与不美,堪与不堪,都在人生里面,豁达不是剔除了不美和不堪,是你一样地接受了美与不美,堪与不堪。这才是真正的尽凡心。

东坡在一篇《别石塔》的笔记里,用寓言的方式图解了自己的凡心。

    石塔来别居士,居士云:"经过草草,恨不一见石塔。"
   塔起立云:"遮个是砖浮图耶?"居士云:"有缝。"塔云:"无缝何以容世间蝼蚁?"坡首肯之。

              元丰八年八月二十七日

东坡先是自嘲了平生不能免俗,后又以石塔的话为自己解怀。石塔虽然完美,未必有砖塔慈悲。我觉得东坡之前的"超然"有点像石塔,而如今的"旷然"更接近砖塔。

或许有点自惭形秽,但是东坡终于跟世间的一切和解了。这让我想到一句话:万物皆有裂痕,那是光照进来的地方。

惠州篇

不辞长作岭南人

东坡寓惠时期：

绍圣元年（1094）十月——绍圣四年（1097）四月

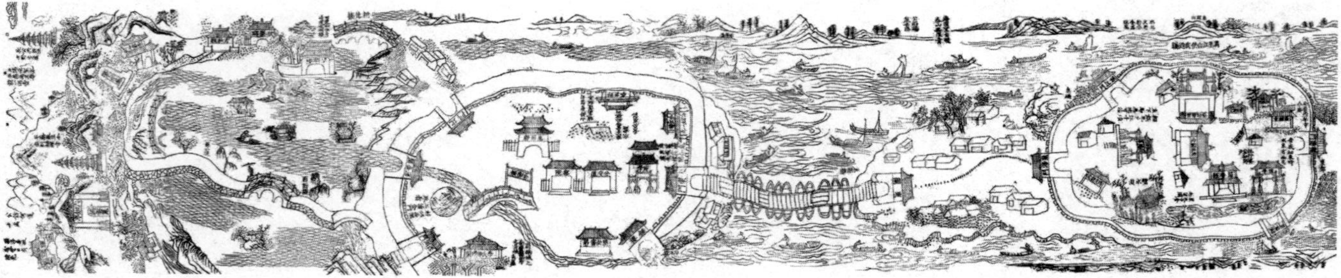

惠景全图

注：绘制于明崇祯四年。图中有东新桥、东坡渔矶、林行婆酒肆。

惠州篇　不辞长作岭南人

南迁惠州

惠州——岭南的一个州，若不是幸会苏东坡，即便它有秀邃的山水，估计也很难从中国众多秀美的州里凸显出来。它被苏东坡的命运提取了出来，"问汝平生功业，黄州惠州儋州"，千百年来，凡熟知东坡的人，都记住了惠州。

元丰二年（1079），苏轼因"乌台诗案"被捕下狱，同年被贬到黄州，直至元丰七年（1084），那是苏东坡人生发生重大转折的四年。之后他生命的风水转向了佳处，不是在高高的庙堂上，就是知任一方，虽然始终都处在党争的颠踬中，但关键时刻总会得到高太后的护佑。元祐元年（1086）到元祐八年（1093），是高太后临朝听政时期，也是苏东坡最有官运的几年，官做到翰林学士、知制诰，守礼部尚书。

元祐八年（1093）九月高太后崩，荫庇东坡的一棵大树轰然倒了，当月苏东坡被罢礼部尚书任，出知定州（河北），依惯例他要向皇帝哲宗亲辞，意外的是哲宗拒绝他陛辞。那意思是：不见，不见，有多远走多远。

哲宗总算可以亲政了。元祐,那是高太后的时代,也是苏东坡等"元祐党人"的时代,哲宗改元"绍圣",意味着他要终结这个时代,他要绍述圣意,重新树起神宗变法的大旗。这也意味着朝廷要有一次大换血,新派人物换掉旧派人物,而一旦政治被一群宵小掌控,政治运动就有可能演变成清算报复行动。果然元祐臣子们被以"元祐党人"的罪名,一一清算,苏东坡自然在清算之列。你曾被高太后护佑而春风得意;你在知制诰期间,曾以哲宗的名义谴责新法;你还曾上书将批评的矛头暗指向哲宗……再加上哲宗对祖母独揽大权的不满,加上章惇与苏轼、苏辙的嫌隙,这次要彻底清算了。最终苏东坡以"讥讪先朝"之罪,被逐贬到蛮貊之邦、瘴疠之地。唐宋以前,岭南山川之间多瘴疠,被视作贬谪的区域。

东坡曾感叹"平生文字为吾累",岂不知不是文字,而是政治,是被党争裹挟的政治,文字只是个借口。政敌们和哲宗皇帝认为贬谪仍不足以惩罚苏东坡,哲宗下诏撤销苏轼端明殿学士与翰林学士官,只以朝奉郎官阶知英州。两学士都为正三品,朝奉郎为正七品,一连降了几级。隔了两天,朝廷认为处分仍不够,又把苏东坡降为从七品的左承议郎仍知英州。可是人尚未至英州,路途上又传来改贬"宁远节度副使惠州安置"的谪令,真是"天意遣奔逃"。

我们乍听"节度副使",感觉官还不小,其实此节度已非彼节度了。节度使是唐初沿隋朝旧制,在重要地区设置的总管统兵。至宋代,节度使一般不赴本州府治理政事,成为一种荣誉性的虚衔。正使已是虚衔,副使可想而知,关键还有个"安置"。宋代立有"安置法",专门惩罚犯了罪的高官。谪令中有"安置"两字,基本是不领实职,授散官,只发半薪,自赁住房。连住的都没有,这哪叫安置?东坡三次被贬都有"安置"的待遇,就是说不是让你去做官的,是找个地方将你闲置起来,至于怎么安顿家小,那就是你自己的事了。

绍圣元年（1094）闰四月，东坡开始了南下的征途，这是东坡伤心的旅程。四十六岁的妻子王闰之，已在上一年的八月离世了，此次随行的是侍妾朝云和幼子苏过，朝云三十二岁，苏过二十二岁，东坡五十九岁。

东坡垂老投荒，而且去的还是这么凶险的地方，那时往岭南，绝对是一条畏途。一些关于岭南的诗句和传闻，早将一种危险的信号放大又放大。杜甫有诗曰："江南瘴疠地，逐客无消息。"沈佺期有诗曰："洛浦风光何所似，崇山瘴疠不堪闻。"这一时期，类似的诗句，应该频频在东坡的脑子里拉响警报，但他不能躲避，而是在往瘴疠里扎。

东坡是从河北定州任上出发的，一路上连日风埃，不曾清晰地看过太行山，气象昏昏，仿佛就是瘴的预警，让人心情如霾。这天到了临城（河北），天气忽而清澈，西望太行，草木历历可数，冈峦北走，崖谷秀杰，东坡心情大好，忽而悟到这是吉兆。当年韩愈曾因得罪佞臣而被贬到连州阳山，两年后遇赦，改任江陵，赴任途中幸运地看到了衡山诸峰。东坡觉得自己见到的景象，有衡山之祥，他在诗中写道，自己不可能像柳宗元那样长期被流放在南蛮之地，而会像韩愈一样在岭南作短暂的滞留，很快会被皇上召回汴京。东坡一路上在想着返回的事，而抓住了这点祥瑞，前途光明了许多。

八月七日，进入江西，过惶恐滩。"七千里外二毛人，十八滩头一叶身。"二毛人就是头发有黑有白的老人，过惶恐滩，东坡惶恐。东坡的惶恐，除了来自自然，还来自人事。政敌们之所以把东坡由英州改贬至惠州，就是出于章惇、蔡卞之流的小人心理——借刀杀人。他们知道巡按岭南的大员程正辅是东坡的表兄和姐夫，但也是苏家的仇人。当年东坡唯一的姐姐苏八娘嫁到程家，被虐待致死，作为父亲的苏洵非常愤怒，宣布与程家绝交，至东坡贬谪岭南，两家已有四十二年老死不相往来。现在程正辅被任命为提点刑狱派往岭南，这就是章惇等人的阴谋。

东坡初闻，有些不安，好在程正辅不是落井下石的小人，故事没按章惇编排的惶恐剧情发展，而是发展成皆大欢喜的结局，这是后话。东坡一路行走，一路调整。九月船行至清远县（广东），东坡遇到了一个人——顾秀才，他向东坡谈到惠州风物之美，结果未至惠州，东坡咏惠州的诗就出来了："江云漠漠桂花湿，海雨翛翛荔子然。闻道黄柑常抵鹊，不容朱橘更论钱。"桂花、荔枝、黄柑、朱橘，岭南的这些佳木佳果，将带来视觉、嗅觉和味觉的盛宴。

绍圣元年（1094）九月二十七日，东坡未到惠州府，先游罗浮山。罗浮山，道教名山，东晋的葛洪曾在这里隐居炼丹。一向对道教、神仙感兴趣的东坡，自然对罗浮山向往之至。

山上有寺有观，这些寺观通常都是逐泉而建。东坡在宝积寺饮到了卓锡泉，就是被他认为"水中之水"的山泉，到冲虚观他又看到了葛洪的炼丹灶。也就在这次，东坡结识了一位很重要的道士朋友邓守安，让我想到了黄州麻桥的庞安常，都有一个"安"字，"守安""安常"都与东坡的处世态度相合。东坡称邓守安是"山中有道者"。

这个"道"，不只是"道士"的"道"。邓守安虽是隐者，但凡利民之事，他都全力参与而不取分文，这就是东坡称的"有道"。所以说东坡表现出对访道的兴趣，不能看作消极态度，他认为即使一个道士，都于世有补，更何况他这"方内之人"呢？一个时时处处都想着怎么造福于民的人，又怎么可能消极处世呢？

罗浮山不高，可从山下看，蛮有气象的，云雾腾升，是一座有仙气的山。我们按东坡《题罗浮》的路线走，先去宝积寺，寺在罗浮山下，这是座新建的寺庙，规模不小，泉声喧嚷，可寺里没什么人。想找到卓锡泉，东坡说一路上喝的水都比不上卓锡泉，为此东坡还专门写了篇《书卓锡泉》。

在一个水潭里，我们看到"宝积飞泉"的刻石，问茶室里一位先生,他说这个就是卓锡泉。我个人觉得还是立一块"卓锡泉"的刻石为好,最好还能刻上《书卓锡泉》全文,这里刻石很多,不多这一块。深感不解的是,怎么都不知宝贵呢?

接下来东坡去的是长寿观,在东三里处。地图上导航,没有找到。"又东北三里,至冲墟观。观有葛稚川丹灶。"那就直接去下一站冲虚观。

冲虚古观,灰白建筑,很是古雅。进到里面,我在找葛稚川丹灶,穿过几个小门,看到几个道士正坐在白玉兰树下吃午餐,真让人有穿越感。

葛稚川丹灶

葛稚川丹灶是石块垒成的有宝塔顶的这么个丹灶,下方有洗药池,洗药池旁边有东坡亭,亭前有一棵300年的木樨花树。我们到亭子里坐下歇凉,仿佛又遇见东坡。如果东坡在这儿,我们问:"您是东坡先生吗?"他会说:"相逢莫相问,我不记吾谁。"

游完罗浮,东坡于十月二日到惠州,整个赴惠行程用了半年时间。没想到这个陌生的地方,就像梦里游过一样熟悉;没想到这个曾让他惶恐的地方,竟让他一下子有了归属感。岭南的父老们竟相携着迎接他，这是让东坡感动的场面。"天下不敢小惠州"，在人们看来是因为东坡在惠州住过，我想还有一个原因，就是惠州民众竟然懂得善待我们落难的大文豪。高处每每让东坡不胜寒，而底层总能给他意想不到的温暖。虽然这时节北中国正是秋天，可"岭南万户皆春色"，这一定有情感上的温暖。

　　　　　十月二日初到惠州
　　仿佛曾游岂梦中，欣然鸡犬识新丰。
　　吏民惊怪坐何事，父老相携迎此翁。
　　苏武岂知还漠北，管宁自欲老辽东。
　　岭南万户皆春色，会有幽人客寓公。

　　仿佛那首《初到黄州》，东坡初到惠州的感觉也是好的，每个地方都是这么善待他，都跟他这么有缘分，其实是他的情感早作了预热。这首诗东坡把自己跟惠州的缘，作了绑定，作了黏合。通常我们跟一个地方，是逐渐建立起情感的，像一枚种子，初入土里是发不出芽的，而一旦发出了芽和根须，意味着在情感上已接受这个地方，并愿意融入其中。东坡是瞬间发芽，因为这土壤太给力了，因为东坡早在对惠州的想象里作了预发，就像农人撒的稻芽，先在缸里作了预发，所以一撒到地里就能扎根。

　　"欣然鸡犬识新丰"，这里有个典故。当年汉高祖刘邦见父亲住不惯京城长安，总是思念故乡丰邑，于是他在长安建了个新丰邑，衢巷栋宇，山川风物，跟老家一模一样，再将乡里乡亲一块儿搬来，他们拖男挈女，走到村口，竟都各自寻到了自己的家，连带来的犬羊鸡鸭，在路口一放，也都各回各家。惠州，是东坡的新丰邑，是东坡的新眉州，东坡住在两江交汇处的合江楼。

　　合江楼是东坡抵惠入住的第一处寓所。宋代惠州合江楼是三司衙中皇华馆内的一座用于接待官员的名楼，"皇华馆"之名取自《诗经》"皇皇者华"。东坡身为贬官，按理是不能寓居于此的，但在太守詹范的特殊照顾下，东坡暂栖合江楼。

这里是东江和西枝江的合流处，佳气聚合，美景聚合，"江郊葱昽，云水萏绚"，不是蓬莱，胜似蓬莱。东坡只要有美景，就觉得日子深美。诗人训练出的目光，对美景有着如饥似渴的需求，眼皮饱了，差不多身心也饱了。一路上颠簸了半年，还头一次睡在这么高的地方，"江风初凉睡正美，楼上啼鸦呼我起"，生活在"睡美"里开始，岂不知东坡的惠州岁月，也是在"睡美"里结束的，这是后话。

惠州合江楼

注：东坡在此寓居一年零两个月，楼现移建水东，跟旧址一桥（东新桥）相隔。

"楼中老人日清新"，东坡称自己为"老人"了，好在是清新的。一棵树跟一个地方日渐融合，枝叶上的生机是看得见的。高楼上把酒临风，是很酷的姿势，酒是东坡的家酿，被东坡命名为"罗浮春",又是一个融入的情感符号,东坡很善于在名字里安顿自己。每天端起一杯小酒,一个春天就来照面了,楼上的景、楼上的人都是春天——罗浮的春天。

惠州府城合江楼　刘汉新

注：眼前的浮桥为东新桥,桥对岸即合江楼（惠州府城东门）。府城西,西湖也。沿西新桥走到头,即泗洲塔,栖禅寺、罗浮道院在旁边不远。

合江楼如今仍是惠州的地标建筑,2020年7月我们去时,刚刚建好,不容登临,而且是建在水东,原址是在水西,两处隔着一座东新桥。东坡寓居惠州住过三个地方：一是合江楼,相当于现在的政府招待所；二是嘉祐寺,一个破寺庙,离归善县衙不远；三是白鹤新居,东坡在惠州的家,也在水东,且在东江边上。三个地方相距都不远,合江楼距嘉祐寺和白鹤新居大约都一公里,白鹤新居跟嘉祐寺彼此挨着。

"海山葱昽气佳哉,二江合处朱楼开",这是东坡寓居合江楼写的诗句。如今江在、楼在,而江边的小山不在了。

朝云的好时光

没有惠州，也就没有真正的王朝云。

当年东坡好友王巩（字定国），受"乌台诗案"牵连，被贬谪到地处岭南荒僻之地的宾州。王定国受贬时，他的歌女柔奴毅然随行到岭南。元丰六年（1083），王巩北归，途经黄州，让柔奴为东坡劝酒，东坡问及广南风土，柔奴答："此心安处，便是吾乡。"东坡听后大为感动，作《定风波》词以赞。

这柔奴眉目娟丽，"笑时犹带岭梅香"，词意妙绝。岭梅的意象，首次在东坡词中出现，仿佛是一种召唤。从柔奴的回答可见，这女子不仅美丽，而且聪慧，跟东坡旷达的人生智慧符契相合，东坡为她作词，也有知己之感。

时隔十一年，朝云也毅然随东坡到岭南，东坡感动到什么程度？我们知道切身的感动总是翻倍的，东坡作了首《朝云诗》以赞。在诗引里，东坡提到"予家有数妾，四五年相继辞去，独朝云者，随予南迁"。离开的无可厚非，毕竟要生存；而不离不弃的，尤为可贵。

到底需要多少爱情，才能让她勇赴瘴疠之地？到底需要多少忠贞，才能让她在患难时只身陪伴？到底需要多少恩情，才能让她觉得付出一切都值？而这所有的爱、忠勇、感恩，都建立在"知"的基础上，朝云对东坡的情感，不是"无知"的爱，而是在深深理解和敬重基础上的真爱和深爱。

朝云是个好女子，恕我无词，只能用"好"来表达。我们古诗文里也常用"好"字来赞美一个人。《陌上桑》有"秦氏有好女，自名为罗敷"；《陇西行·天上何所有》中有"好妇出迎客，颜色正敷愉"。这两处的"好"，为何不用"美""淑""贤"，或其他的词呢？罗敷不是一个"美"或"淑"能概括的；而这位"好妇"，不仅漂亮，联系下文可以看出，她待客热情周到，懂得礼仪进止，而且还善持门户，是"宜其室家"的那种女子，也不只是贤。看来，"好"有更大的表达空间，能将别的字涵盖不了的意蕴，一一收纳其中。所以我只能赞朝云一万个"好"。

东坡在诗里赞朝云是天女，"天女维摩总解禅"，你不得不承认朝云是有慧根的。不仅在歌舞方面有悟性，还能解玄之又玄的禅，这让她更能深入地走进东坡，爱着他的爱，痛着他的痛。

到了惠州，他们的生活内容都发生了根本的变化，朝云的日常是什么呢？"经卷药炉新活计，舞衫歌扇旧因缘"。朝云也随着东坡将兴趣调向读经学佛，调向煮药养身，这是她到惠州的新活计；舞衫歌扇，那是她的老本行，是她的艺术范儿。东坡生命的艺术领域，有一片是交给朝云耕耘的，朝云知音，也成了东坡的知音。在岭南的某个秋日，东坡让朝云唱那首《蝶恋花·春景》，朝云依言展喉，而唱着唱着，竟然泪流满面。问原因，她说："奴所不能歌的是'枝上柳绵吹又少，天涯何处无芳草'也。"东坡听完笑道："吾正悲秋，而汝又伤春矣。"这就是情意弦上的同频共振——灵魂深处的共舞。

日子，一具体到吃喝拉撒，就是细碎，就是一地鸡毛。到岭南，朝云的艺术之美能不被日子染得满面烟尘？在东坡给陈慥的信里，我知道了此次同来岭南的还有两个老婢，"独与幼子过及老云并二老婢共吾过岭"。想这二老婢，一定有擅长厨酿的，有擅长织补的，这样我就放心了，朝云可以分身与东坡颉颃，可以分身去做美的事情。

东坡竟然称朝云为"老云"，这是我第一次听他这么叫朝云，就像我们称呼自己喜欢的兄弟姐妹为"老兄""老弟""老姐""老妹"，这"老"字里，是旧相识，是长相依，是跟岁月一起走过来的"亲"。老云，也有东坡的信口诌，我们给自己的爱人和孩子，也诌过许多称谓，比如叫自己的小小孩"老疙瘩"，越难听，越深爱。

虽说岭南是东坡的患难期，朝云也陪着共患难，但在爱情上她是幸福的，只有在这一个时期，东坡才完全属于她。之前朝云是不敢有任何奢望的，即便是夫人王闰之，也不敢有爱的专享，丈夫的爱，被众妾分去了。在一夫多妻的婚姻制度下，没有哪个女人是幸福的，现在朝云是幸福的，他们都是彼此的唯一。而东坡也不再像黄州时期，游得夜不归宿；也不像在汴京时期，或知制诰通宵达旦，或忙交游诗酒流连，或陷"党争"义愤填膺。那时朝云通常是东坡人生的旁观者，她进不得前，她只是个小小的侍妾，在东坡的眼里心里，朝云的光艳也曾一度黯然了吧，因为他的身边不缺莺莺燕燕，不缺姹紫嫣红。

只有笑语盈盈暗香去，那灯火阑珊处的伊人才会被注意。也可以说岭南之贬，才让东坡看到了朝云真正的美、深刻的美。其他的美像花，香艳之后，又纷纷落去，而朝云的美是水晶，美丽和深情折射成日月之光，恒久不变。

在惠州，东坡为朝云写了许多诗。有了全身心的爱，也有了全身心的表达。到惠州，东坡成了闲人，有闲心去歌吟对朝云的爱情，这在之前从未有过。现在两个人的关系，变得再简单不过，谁都不用考虑太多，爱就可以最真地表达出来。

东坡写了首《殢人娇·赠朝云》。这个"殢"字，乍看有点吓人，查了下有"纠缠"之意，又看了网友对"殢人娇"词牌的解释："黏人的小妖精"。东坡的真性情出来了，朝云的真情态也出来了。在惠州东坡外出的时候不多，通常是宅在家中静养，像一座青山，朝云终于可以整天守着爱人了，她像彩云一样飘来飘去。

"明朝端午，待学纫兰为佩。寻一首好诗，要书裙带。"《殢人娇》写于五月四日，而朝云的生日是五月五日，也就是端午。这天朝云自会佩戴兰蕙，像屈原诗里写的"纫秋兰以为佩"，而作为先生，会送朝云什么呢？当然是一首好诗，而且还要书在裙带上，够不够潮？

东坡寻到了两首好词《浣溪沙·端午》，其一为：

轻汗微微透碧纨，明朝端午浴芳兰。流香涨腻满晴川。
彩线轻缠红玉臂，小符斜挂绿云鬟。佳人相见一千年。

词里写了惠州的习俗：浴芳兰，挂小符，彩线缠臂。朝云一介入，习俗就美得有了香气，有了光泽，有了情态。香，那是满晴川的，"涨腻"动用了杜牧写《阿房宫赋》时的夸张；挂，那是斜挂，挂在绿云鬟上，"绿云"又动用了杜牧的辞藻；彩线，那是缠在玉臂上的，不知谁为谁增色。东坡借杜牧的辞藻，我感觉有豆蔻词工、杜郎俊赏的意味。而用词牌《浣溪沙》，也在赞朝云就是西子。

"欲把西湖比西子，淡妆浓抹总相宜"，总觉得这词里有朝云的影子。这么说，西湖还要感谢朝云呢。

"佳人相见一千年"，让我想到了一首流行歌曲《爱你一万年》。东坡祈求的不是百年，我们对姻缘最高的祈求也就是百年好合，千年，那是仙缘。

又是一年端午，不觉东坡到惠州已有三个年头，这次他送给朝云的是一首生日歌《王氏生日致语口号（并引）》。什么叫致语口号？口号是颂诗的一种，致语是口号前的一段骈体序文。在当时这种颂词多是用来进献给皇帝或皇后、妃子等身份尊贵的人。东坡在朝廷当翰林学士知制诰时，曾撰写过这类文体。现在他要写一篇类似的文章，来祝贺朝云的生日，可见朝云在他心中是何等的地位。

引，是一篇用典颇多的骈文，东坡要调动辞藻，调动典故，来盛赞朝云。我最喜欢"海上三年，喜花枝之未老"，这句没有典故，是素面的朝云，让东坡高兴的是"老云"未老。且看"口号"：

> 罗浮山下已三春，松笋穿阶昼掩门。
> 太白犹逃水仙洞，紫箫来问玉华君。
> 天容水色聊同夜，发泽肤光自鉴人。
> 万户春风为子寿，坐看沧海起扬尘。

这时的东坡住到嘉祐寺，松笋穿阶，给人遗世的感觉，这曾是东坡追求的。他的心里是少不了邻居的，这不，李白和玉华仙女即是，现在朝云陪着他，他们就是宋朝的李白和玉华仙女。

"万户春风为子寿"，这句太漂亮了。单是"春风"，就够浩大的了，万户春风，有自然和万户同贺的意味。春风带来的是自然的暖，万户带来的是人情的暖，惠州的风爱朝云，惠州的人更爱朝云，万户春风围着朝云同祝她生日快乐！

东坡是个长情之人，这在古代男人中并不多见。一般男人有了新欢，便忘了旧爱，情的长度连她生前都顾不了，更不要说死后了。东坡一生挚爱着三个女性，她们三个接力陪伴东坡，都只陪了一程，苏辙的史夫人，就有幸陪了苏辙全程，苏辙也是一生挚爱她。

我们知道王弗离世十年后，东坡为她写了首《江城子·乙卯正月二十夜记梦》，痛悼爱妻。在岭南，有佳人相伴，东坡也不忘为亡妻王闰之写《蝶恋花·同安生日放鱼取金光明经救鱼事》。一些人总误解，东坡对王闰之感情平淡，很少为她写诗。东坡对王闰之的爱更多的是日子里的嘘寒问暖，是宦海浮沉有汝陪伴的慰藉与感戴。东坡对妻子充满感恩，在给王闰之的祭文里，他写道："三子如一，爱出于天。"东坡共有三子，长子迈为王弗所生，王闰之视如己出。这在别人看来，理所应当，因为王闰之毕竟是苏迈的姨母，可东坡却被这一视同仁的爱感动，并因此感恩。

这些朝云都看在眼里，或许正因为这样，她才更爱东坡，他让她看到了可靠，看到了长情，看到了幸福彼岸的花。

郦波教授用林徽因的一句诗"你是爱，是暖，是人间的四月天"来分别概括王弗、王闰之和王朝云三人给东坡的感觉，真是太精妙了。

朝云是东坡的人间四月天，为朝云写诗，成了东坡在惠州的感情修炼和审美课程。李商隐有诗："我是梦中传彩笔，欲书花叶寄朝云。"东坡一定常常念叨吧，这句简直就像东坡自己写的。爱，在惠州得到了升华，升华到更高的精神境界；美，在惠州得到了升华，由"天容水色""发泽肤光"，而升华到散花何碍的维摩境界。

东坡一定常让朝云唱那首为柔奴作的《定风波·南海归赠王定国侍人寓娘》："万里归来颜愈少，微笑，笑时犹带岭梅香。试问岭南应不好，却道：此心安处是吾乡。"

这笑时带着岭梅香的女子，不是柔奴，而是朝云。

游寻诗现场

黄州的东坡喜欢游,白日游,月下游,游是他的存在方式。

惠州的东坡,也喜欢游,可游兴没那么大了。他寓惠三年,罗浮山去过一次,白水山游过三次,平时一般在惠州府城江郊或是到丰湖幽寻。

位于惠州东北二十里的白水山,对东坡的最大吸引,一是佛迹岩,一是温泉。

佛迹岩,就是留有巨人大脚印的石头,"胜地钟灵传异事,巨人留迹寄苍苔",东坡向来对这些异事异闻很好奇。大自然喜欢将奇迹汇聚在一起,以谜的形式呈现给世人。

温泉叫"汤泉",东坡游完佛迹岩,便去泡温泉。来一趟白水山,身心都得到了舒展,洗浴后"身轻可试云间凤",东坡很享受这样的飞升感。

第二年三月再游白水山,这次是受詹使君邀请。"浴于汤泉,风于悬瀑之下,登中岭,望瀑所从出。出山,肩舆却行观山,且与客语。晚休于荔浦之上,曳杖竹阴之下,时荔子累累如芡实矣"。

这是记游白水山的文字，语言极简，几乎没什么描写，但是意蕴没减，反倒因为繁词丽句少了，意味更丰富了，正所谓言简义丰，真是"豪华落尽见真淳"。但这需作者意丰，还要言辞的适度导出，你读起来才觉得像抽丝一样，意味绵绵不绝。

比如洗罢"风于悬瀑之下"，能让你联想到嵇康的名句："采薇山阿，散发岩岫，永啸长吟，颐性养寿。"东坡这也是散发岩岫，慕名士风流，嵇康善于养身，东坡也是。有意味的文字就是作者不去"坐实"，而能留给人很大的玄想空间。东坡的简，不是凝缩，而是发散，读者可以在他文字的空间里舞蹈。

这次是惠州市作协陈雪主席开车带我们去的白水山，他说："现在的白水山承包给了开发商，很多地方都变了，反正你又不是来考证的，找找感觉就行。"

经过朝京门，陈主席指着旁边的码头说，当年苏东坡就是从这里上的岸。我问水北荔浦，他指了指对岸大桥下一带。从他的话中，我还了解到，惠州仍有一些古老的荔枝林，且存念。

不多时，车到温泉别墅大门口，陈主席报了一个朋友的名字，保安就允许我们进去了。

我的身边就是"岭南第一汤"石刻。飞瀑是能够看到的，"悬水百仞"，瀑在山岩上折了八九折，一折一潭，最后跌入我们面前的深潭里。东坡曾测过潭的深度，用绳子拴石坠入潭中，五丈长的绳子不能到底。

佛迹岩，还在上面，估计佛迹也奈何不了时间。

东坡从白水山回来，要经过水北荔浦，这里有码头，过江就到了对面的惠州府城。如今东江上有许多大桥，水北现在成了新城区，而沿江是个公园，码头的痕迹已不太明显，但朝对岸的合江楼望去，大致能寻到东坡过江码头的位置。

惠州古树真多，看到一棵长满疙瘩的古树，一看树名"水翁"。

莫非他就是水北老者，一直站在这里，等着对岸的东坡？东坡在荔浦遇到了一位家有三百株荔枝的老翁，老翁待东坡淳厚。

对着百年大树，我对惠州民众升起了敬意。如果说寺庙里的树木，得益于保护可以长存，那么在这乡郊野外，大树有一百个理由，以"使用"的名义被正当砍伐。一棵百年大树，意味着它躲过了无数次自然灾害，也意味着无数柄刀斧对它敬而远之。仅靠自然法则，树是留不下来的，一定有个人们尊崇的法则，树才可以比一个人活得更久。一个有大树的地方，文明的根也深。

到哪儿，先得为自己寻几处可游的地方，东坡在惠州归善县治的北边，寻到一处江郊，江郊葱眬，云水蒨绚。稍西有磐石和小潭，是个垂钓的佳处。东坡欢喜，于是铺设座席，闲闲垂钓，游鱼往来，清澈可见。这时，东坡意在钓而不在鱼，乐得像庄周一样持竿，优哉游哉，玩味这万物之变。东坡就是从这变与不变中，让思想大开天窗，所以不管人生有多少阴云聚拢，他的心界都一片光明。

这次我们特意住在东江边上，离东坡住过的合江楼只五十米，距东坡的白鹤新居，也只有八百米。读着东坡的《江郊》诗，我们在江郊行，行走在云水间，就是跟自然深处。而走熟了，每一次再走，都像是重逢老友。

江边码头边停了些小船，船民过来赶早市，他们就在码头上卖鱼。

惠州江郊

我边走边留意一样东西——东坡钓矶，就是《江郊》诗引里提到的"磐石"，是东坡垂钓处。他在诗里不止一次写到这块钓石。

"传呼草市来携客，洒扫渔矶共置樽"，太守詹范携着酒肉看他来了，东坡赶忙打扫渔矶，把酒食摆到渔矶上享用。渔矶成了餐桌，江景也可餐了，本来秀色就是可餐的嘛。

"先生亲筑钓鱼台，终朝弄水何曾足"，渔矶真是他的乐园，钓矶上有他的寄托。东汉隐士严子陵的钓台、庄周知鱼之乐的钓竿，就在东坡身边。东坡钓矶也隐含着一种人生态度，关键是在钓矶上，他与他们相逢了，所以才会"意钓忘鱼，乐此竿线"。

如今东江边垂钓的人仍很多，问他们钓矶的位置，有人摇头，有人说就在这儿的水里。东坡纪念馆里有钓矶照片，至少说明几十年前还能够见到，现在江边修得这么好，怎么就不能救起一块带有东坡志趣的大石头呢？至少要立一个标记。

我们有幸结识了惠州东坡的邻居——民间艺术家刘汉新先生，刘老师把宋时的惠州和东坡的故事，都画在了他的作品瓷盘上，他家所在的巷子里挂满了瓷盘。他带我们来到东江边上，把东坡钓矶的位置指给我们，他说，钓矶每次露出水面时他都能看到，这要讲缘分的。2020年5月26日出水24小时，他录了视频。

江中游着许多小鱼，"初日下照，潜鳞俯见"，今天在江边我们仍能见到东坡《江郊》诗境，只是见不到"碕岸斗入"的景象了。原先江郊这一带，都是小山，有的地方很陡，倒影入水，洄潭轮转。后来小山都被削平了，给路让道了，给楼让位了。我们以一种需要替换了自然的存在，只是我们再想要回自然的存在时，却难以"轮转"了。

行走江郊，能看到许多蹦上岸的小鱼，可惜生命在一蹦的快乐里瞬间为零。看到一个人在用草棒将走错世界的小螃蟹，赶回江里，很是感动。

东坡是喜欢夜游的。一天，东坡夜起登合江楼，然后与客游丰湖，入栖禅寺，叩罗浮道院，登逍遥堂，不知不觉便到四更，咏了五首《江月》诗。

> 一更山吐月，玉塔卧微澜。
>
> ——《江月·其一》

我们也想按东坡的诗意游一回西湖。晚上八点，从合江楼出发，东新桥上挨挨挤挤，都是夜钓者，等到了白玉兰盛开的步行街，我们被不知从哪儿冒出的这么多人惊到了，莫非像白兰花，到了某个点上，霎时就开了。我们这才知道晚上游湖是惠州人的习惯，来时我妹妹还担心西湖里没人呢。

夜晚西湖的景都交给灯光了，不知今晚有没有"山吐月"。沿灯光铺设的苏堤走，过西新桥，再往前就是泗洲塔，它就是东坡诗里的"玉塔"，眼前正是"玉塔卧微澜"。我们又上了几个小岛，也有灯火阑珊处，可再昏暗的地方都有人。曲桥、亭台、小岛、灯光，不知不觉就分享了我们一个时辰的时光。有人喊要闭园了，我们只能游到"二更山吐月"了。蓦地，撞见了逍遥堂，看到了门窗里的模特衣装，店主正在锁门。有时有一个名字也是好的。埃科说："尽管万事万物都会消亡，我们依旧持有其纯粹的名称。"

东坡在惠州最喜欢幽寻。幽，既是客观环境，也是心理环境。

"幽寻本无事，独往意自长。"在绍圣二年（1095）农历年底的某天，东坡一个人出去了，在丰乐桥边垂钓，在逍遥堂前采杞。东坡是生活的东坡，喜欢采摘。当年在黄州何氏竹园里散步，回家时他总不忘带几张干竹衣，给家人做鞋垫。

一路上，自然是"处处野梅开，家家腊酒香"，真是让人向往，什么都没遇到，什么也都遇到了。就这么走着寻着，东坡不经意遇到一个盲人道士，东坡想跟他聊上几句，又疑心他是神仙幻化，一搭话自己也跟着成仙了。算了吧,何似在人间,朝云和过儿还在家等着自己呢。

一天东坡沿着江边的城墙,顺着弯弯曲曲的小径漫步,不一会儿他就到了湖边,信步走到栖禅寺。禅堂空荡荡的不见人影,原来老的少的,都掩门而睡。这太自然,太真实,也太动人了。东坡当时一定是看呆了,还有比这更适意的境界吗?

东坡的幽寻,让他跟自然跟人事,不期而遇,不惊不扰,轻轻地我来了,就像梦一样。若是携众而来,自然是一路喧杂,寺里的僧人也早就醒了,出来迎接,那样他还能看到"老稚掩关睡"的一幕吗?

幽寻,就是不惊扰一切,让大自然原封不动,让人事原封不动,你像一个梦莅临现场,你见到了它们的原样,而它们对你的到来差不多没有知觉,这是怎样的妙境?

看了刘汉新画的《惠州府城图》,我才弄明白东坡《残腊独出》里的这条线路:"江边有微行,诘曲背城市。平湖春草合,步到栖禅寺……"微行,就是城墙下的小径。诘曲,弯弯曲曲。宋城墙依江而筑,随江弯曲。

在东江边,我们上到一个城墙上,城墙只有一段,就又下到城墙下,沿里侧屈曲而行,这儿是府城北部江边,古时多山地,已经"背城市"了。不一会儿就到了西湖,原来从这儿走到西湖也不远,还幽静。喜欢幽寻的东坡,自然爱走这条路。

"林下寻苗荜拨香",东坡又在桄榔林里幽寻了,他寻的苗,是菜,也可能是药。荜拨,现名"荜茇",是一味草药,很对东坡脘腹冷痛的症状,东坡诗里不止一次写过寻"荜拨",如"独倚桄榔树,闲挑荜拨根"。

惠州有很多奇特的树,我叫不上名的树太多了,真想长住下来,好好认认这些树。

钓鱼丰乐桥,采杞逍遥堂。

——《残腊独出·其一》

幽寻恐不继,书板记岁月。

——《与正辅游香积寺》

相比于黄州时期,惠州的东坡喜作五言诗,简洁平淡,更有深味。人生到了一种境界便是以简驭繁,写诗也是。他尽量去掉形容词,去掉藻饰,把干扰视听的都去掉,只剩下清风明月,只剩下疏林淡痕,向陶渊明靠近了,向追求枯淡的自己靠近了。

感觉东坡不是在写诗,而是在跟自然和日子聊天。

人报我善，我报人仁

在惠州，东坡的日子不算好过。他被朝廷恶意欠俸，又加上惠州市场萧条，东坡时常面临断粮的窘境。

绍圣三年（1096）十二月二十五日，也就是年前的几天，家酿喝完了，东坡准备取米酿酒，可米缸也见底了，当时吴子野和陆道士，都作为客人住在东坡这里。于是就有下面这首除夕夜烧食芋子的诗：

> 松风溜溜作春寒，伴我饥肠响夜阑。
> 牛粪火中烧芋子，山人更吃懒残残。
> ——《除夕访子野食烧芋戏作》

真是个穷年。除夕夜，松风溜溜伴饥肠辘辘，东坡与吴子野在牛粪火中烧食芋子，真是人生的所有困苦都经历了。

"蔬饭藜床破衲衣"，这是东坡生活写真兼自画像，好在不时有官员来接济，这不，来的这位叫周彦质，时任循州知州。循州，惠州附近的一个州。"时叨送米续晨炊"，周循州知东坡窘境，总能雪中送炭，东坡在等米下锅呢。

还有这位章质夫，听起来很熟悉，他就是东坡《水龙吟·次韵章质夫杨花词》中的这位。

> 似花还似非花，也无人惜从教坠。抛家傍路，思量却是，无情有思。

章质夫《水龙吟》原词，写得满纸形色，清洒可喜，只是人们见了和词，忘了原词。原词上阕为：

> 燕忙莺懒芳残，正堤上、柳花飘坠，轻飞乱舞，点画青林，全无才思。闲趁游丝，静临深院，日长门闭。傍珠帘散漫，垂垂欲下，依前被、风扶起。

东坡在惠州时，章质夫任广州知州，有次他给东坡送来六壶酒，可信到了，酒还没到，一打听原来给送酒的邮差弄丢了，东坡便作了首小诗调侃他。

大意是：听说白衣使者送酒来，我喜得手舞足蹈，狂歌五柳，忙打扫小室，清洗破盏，岂料美酒化为乌有，唉，害得我白白地左手拿着新鲜的螃蟹，只能没东没西地绕着东篱去嗅那落英。东坡化用了陶渊明的典故，晋代王弘重阳节遣人给陶渊明送酒，酒左等不到，右等不来，陶渊明只好坐在菊花丛中，餐秋菊之落英，聊胜于无。

东坡真是好玩，沮丧的事，被诗趣一扫而光，被行为艺术扮成了一出喜剧。

无意中得知，章质夫，竟然是宰相章惇的兄长，现在兄弟俩一以东坡为敌，一与东坡为友，不知这兄弟俩还是不是兄弟？想到柏拉图一句话："你可以用爱得到全世界，你也可以用恨失去全世界。"章惇，原也是东坡好友，恨，最后使一个人成为孤家寡人。

德不孤，必有邻，即便是到了瘴蛮之地。东坡到惠州才几天，就"冠者五六人"，逍遥于林下了。下面要说的这一位官员叫詹范，时任惠州知州。东坡很幸运，被贬到哪儿都有当地的长官照拂。在黄州有徐君猷、徐大正兄弟俩，惠州的詹范是徐大正的好友，徐大正特嘱咐他关照东坡。

时值战乱之后，野多曝骨，詹范筑公墓掩埋，东坡称他是"仁厚君子"。他们都是仁厚君子，这件事詹范也亲自到东坡住处，商议过多次。每次去都手里有携，东坡在诗里叫他"携客"。所携一定是酒肉米粮了，草绳系着，布袋提着，比揣着金子银子，感觉更热乎，更有情谊氛围。一会儿锅里热辣，满室飘香，"洒扫渔矶共置樽"，看来要野餐了，尽可能让日子过得有趣，尽可能让自然美景全方位参与这难得的有酒有食的好日子。

东坡也不时地回访詹范，他也做了回携客，在绍圣二年（1095）二月一个春光明媚的日子，东坡携着白酒、鲈鱼去了，这送去的就是一个吃的信号。主人以枇杷、桑落酒、槐芽饼、藿叶鱼，热情款待东坡。食物简单，但能看出做得精细，酒、饼、鱼都各有绝配，这就是待客的用心和情调。东坡的关注点常在这里，美食首先诉之视觉，首先是美感。"枇杷已熟粲金珠，桑落初尝滟玉蛆……青浮卵碗槐芽饼，红点冰盘藿叶鱼……"都是色彩，都是辞藻，东坡用诗将美食修饰了一番，色香味俱全，自然是醉饱。

东坡虽是贬官，却得到周边官员的爱戴，说明这些官员的心态都很健康，官场的风气也很健康。夸美纽斯说："对于事实问题的健全的判断是一切德行的真正基础。"至少这些官员能判断最起码的是非，能不因遭遇而看低一个人的价值。而势利的冷眼，便是不健康的心态，然后以自己的不健康造就别人的不健康，很难想象一个遭遇世人冷眼的人，还能以健康的心态看待这个世界。

那时的人们除了权势外，还能看重人本身所拥有的才情风度，真令人追慕。正是有了这股风气，被贬的文人们，才有信心去治理一方。东坡贬谪岭南，后又贬谪海南，仍然造福一方，这与人们撇开世俗的爱戴之心是分不开的。若世人皆以势利冷漠之心待之，再大度的东坡也无法超旷。他一肚子的不合时宜，让他仕途之路艰难，却没让他的声名受损，反而更成全了他的声名，得向那个时代的风气致敬。

东坡来惠州快半年时，给他的老友陈慥写信说："来惠将半年，风土食物不恶，吏民相待甚厚。"吏，我已说了几位；这"民"最有代表性的，就是东坡在诗文中多次提到的水北的那位八十多岁的老人。

> 老人八十余，不识城市娱。造物偶遗漏，同侪尽丘墟。平生不渡江，水北有幽居。手插荔支子，合抱三百株。莫言陈家紫，甘冷恐不如。君来坐树下，饱食携其余。归舍遗儿子，怀抱不可虚。有酒持饮我，不问钱有无。
>
> ——《和陶归园田居六首·其四》

东坡这时的诗，既像渊明，也像老杜，质朴而又温暖。绍圣二年（1095）三月，东坡与友人再游白水山，回归途经水北荔枝浦上时，遇见了这位八十五岁的老人，老人指着累累如芡实的荔枝问东坡："等荔枝可食时，你能携酒再来吗？"东坡欣然答应，回来后便作了这首诗。

这老人有些像《庄子》里的老者，一生不知有城市，只与自然共守。他的高寿让东坡惊叹，被造物遗漏了。东坡平时喜欢研究长生之道，而这老者的道在哪儿呢？东坡应该在心里想着这个问题。不过从老者这方面来看，压根就"忘道"，也许忘道，才是最高的道。

你看，他还能劳作，这"合抱三百株"的荔枝林，就是他一生寄托的地方。他是种植的高手，这方面不输柳宗元笔下那个种树高手郭橐驼。据说，善养树的人，容易长寿。想想也对，表明他是懂生之道的。老者让东坡感动难忘的，还有他的古道热肠，他让东坡坐到树下，尝他的荔枝，还喝了老人的家酿。临走，老人还让他带上一些荔枝，理由是回家给儿子吃，不能见了儿子怀里是空的。

这真是一位至纯至朴的老人，他的温良的天性，让他能善待一切人，感知人内心的亲子之爱。我们能推知他也是这般待自己的儿孙，待自己的邻里，待遇见的每个人，而亲人邻里也是这般待他的。人的至善至美的天性，在老人身上得到了最好的保全和发挥。仁者寿。

贬谪之地是蛮荒之地，却也是温暖的情谊场。高层的政治气候，对东坡不利，而这底层的民情气候，让东坡处处逢春。

东坡很珍惜与吏民间的这份情缘。想想若不是被贬到此，又怎能与惠州的风土人情结缘？有时我们不想开启的生活，说不定就是美的错过，怀着一颗懂得而珍惜的心去遇，你才不会觉得被亏待。

> 共惜相从一寸阴，酒杯虽浅意殊深。且同月下三人影，莫作天涯万里心。
>
> ——《次韵惠循二守相会》

珍惜彼此相从的每一天，天涯虽远，此心安处是吾乡，温暖的情谊场，让万里天涯的东坡如归。

东坡也在回馈温暖，当然"人给"与"我馈"不分先后。东坡常得一些好药,储存起来,有求的,就给人家;他喜欢酿酒,可自己好饮而不善饮,每天有二升五合的酒,都入了村人、道士的腹中。人家说他无病而多蓄药,不饮而多酿酒,劳己以为人,为的是哪般?他就说,生病的人得了药,我便为之体轻;好饮的人得到了酒,我便为之酣适。这哪是为别人,简直就是为自己。东坡把为别人看作是为自己,这是他不管到哪儿都深得爱戴的根本原因。

东坡最大的回馈,就是流惠于惠。

一个自身难保的人,还能惠民,靠的是什么?除了一颗仁心,他还要有将仁心付诸实施的智慧和行动。许多人的忧民,只停留在"心"的层面,而"智"和"行"显得苍白无力,尤其是一介贬官。

在流放惠州途经湖北时,东坡就被农人骑秧马插秧的情景吸引了,他觉得这个农具值得推广。一路上他都在想着秧马的事,到江西时便写下《秧马歌》。

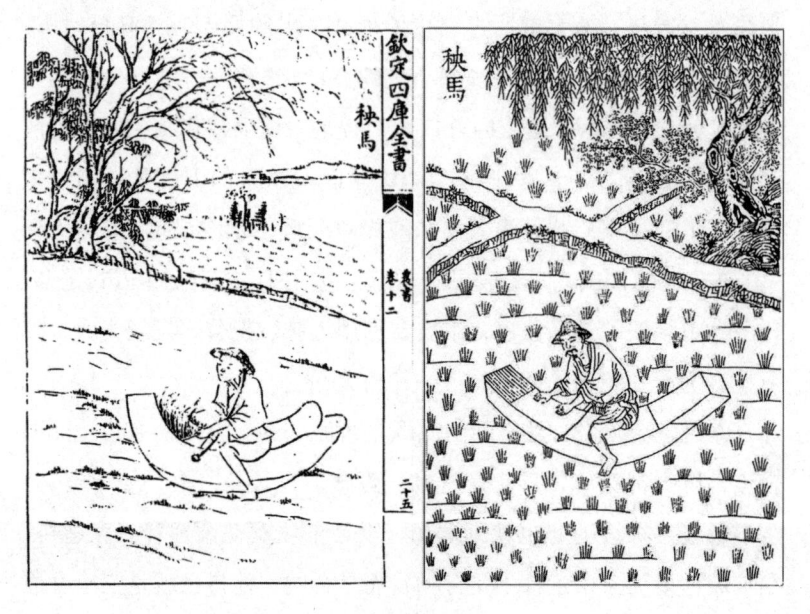

古代秧马图

这就是东坡,心里有什么,眼里才能看到什么,心里有百姓,眼里自然能看到百姓的需要。他当然清楚自己作为贬官的权限,可他关注百姓的心不会随权限的伸缩而伸缩,永远不会缩到一点——只关注自己。

在东坡的倡导下,博罗县令林抃率先推广,秧马大受百姓欢迎。将去龙川任县令的翟东玉,听说东坡在博罗推广秧马,便专程跑去参观,他也被吸引了,就讨要图样,东坡亲自绘制,还谆嘱他"以古人为师,使民不畏吏"。

游也是察看民情。一次东坡游博罗县境内的香积寺,看到"夹道皆美田,麦禾甚茂",很是欣慰。当看到寺下的溪水时,他立马想到可以建造水碓、水磨,造福百姓,于是嘱咐县令林抃来督成此事。

没有权力,可以借力。惠州太守、循州太守,还有周边的一些县令,都钦慕东坡,东坡也就顺势借力发扬了自己的恤民之心。不张扬,不造势,他大都通过书信的形式,单线联系,并叮嘱对方,阅后即毁,因为怕流出去遭到小人的算计。

东坡的表兄程正辅,时任广州府提刑。前面我们提到苏、程两家结怨有四十多年,程正辅本是章惇借刀杀人的刀,可是剧情生变。程正辅视察广州,派人向东坡先致问候,东坡很感动。

东坡寓惠期间,写给表兄的书信(包括回信)有七十五封之多,其中有很多谈的都是公事,东坡要利用人脉,把公事发扬光大,其中就有为惠州申葺营房、减赋、建桥之事。

惠州是个水城,最实际的问题是桥路交通。惠州的东边,江溪合流,桥大都废坏,只能靠舟渡;西湖上有长桥,也是屡建屡坏。路不通畅,东坡的心也就不通畅。于是东坡发动儒道释三家建桥,在东坡这里三家永远都不是分的,而是合的,他自己就是三家合成的,是三家的受益者,那是在思想领域,在现实民生的问题上,他也发挥了三家之利。

东坡带头助施犀带,还动员他的弟媳史夫人,捐出当年朝廷所赐的黄金钱数千。

终于在东江之上建了浮桥,是用舟船加铁锁、石碇链起来的,称"东新桥";西湖上的桥,用石盐木建成,坚若铁石,称"西新桥"。两桥都在绍圣三年(1096)六月竣工,东坡喜作《两桥诗》:

> 往来无晨夜,醉病休扶携。使君饮我言,妙割无牛鸡。
> ——《东新桥》

> 父老喜云集,箪壶无空携。三日饮不散,杀尽西村鸡。
> ——《西新桥》

而这个时候,东坡现实的处境是怎样的呢?朝云已逝去数月,接下来自己能否在惠州安居,都很难说定,但这不妨碍他济世。

东坡在惠州共待了二年零七个月,前后四个年头,从绍圣元年(1094)十月到绍圣四年(1097)四月。他的思想是悲观的,他的意志是乐观的。他将自己无限收缩,回归内心;又让自己保持惯性,不忘初心。他在不同的维度上安顿自己,实现自己,他给世界以诗,给世人以仁,给朝云以爱,给得浪漫,给得实在,给得具体。世人爱东坡,不分阶层,不分智愚,皆因人们在不同层面都能感受到他作为一个仁者智者的光辉。

我想用一个字来概括东坡思想和性格的特征,想到了"和"字。思想层面,他融合了各家;文化层面,他也是诗文书画无所不精;个性层面,他能上达下达,与人皆和洽。就像他试验的"义墨""义樽",他喜欢将不同的墨放在一起研磨,不同的酒放在一个樽里调和，万物在他心里都是可以"和"的，而且"和"以后，品质更好，境界更高。他到一个地方，即便是贬谪，也能很快与这个地方的民亲和，与这个地方的物亲和，所以即便没有权力，他带着这种"和"的性情，也能汇合力量，造福于民，流惠一方。

这就是苏东坡，一个大文豪，一个好邻居，一个百姓的亲人……

东坡到处有西湖

惠州西湖之前叫丰湖，是一个让当地人丰产的湖，原是东江支流西枝江古河道。古代惠州城一直建在丰湖边上，湖在城的西面，从地理位置上讲自然是西湖，但惠州西湖的名字是东坡叫出来的。有诗为证："西湖北忘三千里，大堤冉冉横秋水。"都说东坡是在这首《赠昙秀》诗中，第一次将丰湖称作西湖，这是惠州西湖名称最早的来源。可这首诗的写作时间是绍圣三年（1096）三月，东坡到惠州的第三个年头。而东坡另一首《减字木兰花·西湖食荔支》，我查了下，写于绍圣二年（1095）四五月间。我觉得西湖的名字叫得不会太迟，至少在心里口上东坡早已叫它"西湖"了。

据说杭州西湖也是东坡叫出来的。东坡之前杭州西湖无定名。郦道元注《水经》，称明圣湖；唐人传说湖中有金牛，称金牛湖；白居易治湖，筑石涵泄水，人称石涵湖；宋初称放生湖。不断易名给人的感觉是，湖还没有真正找对自己的名字。等到苏子的"欲把西湖比西子"诗一出，湖总算等到了自己的名字——西子湖。从此名便定了下来，再也未变。

也有不少的湖叫东湖、南湖、北湖,但西湖会给人不同的感觉,文化的、诗意的、美的,又感觉西湖是很女性化的湖,"西"本意就是西子嘛,所以"秀邃"就成了西湖的特质。

东坡在写惠州西湖时,常常诗笔就进入了杭州西湖。"一更山吐月,玉塔卧微澜。正似西湖上,涌金门外看。"(《江月》其一)他说此时看到的景,如同在杭州涌金门外看到的西湖美景。而在《赠昙秀》诗中,写完惠州西湖,就紧跟一句"诵师佳句说南屏"。南屏晚钟,杭州西湖胜景之一。总忘不掉杭州西湖,不知惠州西湖更像杭州西湖,还是杭州西湖更像惠州西湖。这是两个湖的缘分,东坡是媒人。

这更是两个人的缘分。当年在杭州,东坡几乎天天游西湖,或许就是在西湖游船上遇见歌舞班朝云的吧。二十多年过去了,风流云散,可朝云朝朝暮暮守在自己身边,成了陶渊明诗中的"停云"(原句是"霭霭停云,蒙蒙时雨",巧的是秦少游写朝云,有"霭霭迷春态"),成了现在唯一的爱人。惠州西湖,又将那时的梦照进现实,也将两个人的爱融进了山水。

东坡常与朝云游西湖,能够想见的是他们一边游一边跟杭州的西湖比对。这儿像孤山,这里似断桥,这是曲院风荷,这是平湖秋月……在这样的关联中,也将自己放进了杭州西湖,还将自己放进了二十年前,抑或几年前(东坡第二次为官杭州是1089—1091年)。不同的是,现在东坡单独跟朝云游西湖,惠州西湖成了两个人的西湖。

惠州西湖也有孤山,也有平湖。"平湖春草合,步到栖禅寺",杭州西湖虽不叫平湖,但有"平湖秋月"的胜景。栖禅寺就建在孤山上,这里后来成了朝云永恒的归宿地。不知"孤山"和"平湖"之名是否始于东坡,既然与杭州西湖有关,我觉得应该是。

惠州西湖、西新桥　刘汉新

　　命名的意义，就是期待山水的情感呼应。"丰湖"，好像唤着别人的名字，她应答了一声，便埋首做自己的事情；"西湖"，这是唤爱人的名字，她一听唤，便回到他的怀抱。惠州的西湖、孤山，在东坡和朝云的轻唤中，也回到了他们的怀抱。

　　法国有部著名的小说叫《偷影子的人》，主人公小男孩为每个偷来的影子找到点亮生命的小小光芒。东坡偷杭州西湖的影子，为惠州西湖和自己"点亮生命的小小光芒"。

　　"东坡到处有西湖"，这是人与湖的缘分。游赏，是接受湖的馈赠；建造，是跟湖商量怎么更像湖。有实用的考虑，也有审美的讲究。当年在杭州疏浚西湖，修造苏堤，就是在解决实用和审美的问题。在惠州，为解决西湖两岸交通不便的问题，东坡倡议在西村与西山之间筑堤建桥。后人为了纪念东坡的功绩，将堤命名为苏公堤,简称苏堤。

那时惠州毕竟是蛮荒之地、瘴疠之乡,东坡跟朝云确实难以安适,但一定要想办法将身心安顿下来,这是东坡一贯的理性使然。现实不尽如人意,那就求助于想象,把罗浮山想象成仇池,把丰湖想象成西湖,还有什么贬谪意呢?想象虽不能完全拯救人生,但可以给人造一个短时安享的城,可以在一定程度上改善人的处境,返还你几个幸福指数。

莫泊桑小说《小步舞》里写到一对夫妇,他们每天都到一个似乎被人遗忘的"上世纪的花园"里漫步,跳小步舞,他们曾是国王路易十五时代歌剧院的舞蹈教师。他们告诉"我":"这个花园,就是我们的欢乐,我们的生命,过去给我们留下的只有这个了,如果没有它,我们简直就不能再活下去。"这个旧花园,是他们精神的全部。这些"旧",这些曾经,留住的是一个时代。惠州的东坡,也不时会进入曾经的时代,谁能说两度为任杭州不是东坡最美好的时光呢?

惠州西湖、小孤山,也是东坡的一处"旧花园",是似曾相识的旧花园,真正的旧花园是杭州西湖。人最不能忘的就是旧时的美好,更何况是在不得志的老年。杭州西湖,已不只是一处风景,是东坡的一个时代。

去惠州的当晚,我们就住在西湖里,先以梦来加深跟一个湖的缘分。

惠州是个水城,有许多桥,而我只属意东新桥、西新桥;西湖中有不少堤,而我只钟情苏堤。

从西湖东门一进去就是苏堤,堤上有桥,曰"西新桥"。西新桥是步行桥,石铺路面、斜坡台阶、石拱石柱,把时间和艺术都能充分留住。

绍圣三年(1096)的六月,惠州城很喜庆,男女老幼,云集两桥，欢饮三日，庆祝桥的完工，只是西村的鸡不高兴了，都被做成了庆功宴。东坡写了《两桥诗》。

站在西新桥上，四面都是风景。湖边有山，山上有塔；湖中有堤，堤上有桥；湖中有岛，岛上有亭。不知审美是被建造的讲究训练的，还是我天生就认定这是美？反正湖之美，有些元素是缺不了的，古典照进现实，审美习惯也会传承。东坡在建设美方面，很有心得。惠州西湖有杭州西湖的影子。

西湖我们一共游了六七回，差不多这里的五个湖我们都游了。按东坡自己的话叫"嬉游趁时节"，我们也就从游了。

西湖有许多东坡文化元素：石刻、雕塑、纪念馆等。石头上铭记的都是东坡诗句，只是石头的记忆也有偏差，"江郊葱眬，云水蒨绚"被它记成了"江郊葱胧，云水倩徇"。

夏日湖中少不了荷香，游人不多不少，让人感觉到另一重舒服，我害怕进入人的森林。

夏天的惠州有些湿热，而湖面上的风是凉的。有一次我们在湖边待到天黑，太阳落下去了，灯光开始创意了。灯光多也是累赘，好在西湖的灯光玩了点花样。一会儿东坡诗句落了一地，一会儿又落下重重花影，还落满了一地的荔枝，这些灯光挺会玩的。

去得多了，西湖的古树也认识我们了吧，因为我们一见到古树都要招呼。西湖最多的是榕树，一棵大榕树感觉就像一个大家族。榕树根系发达，垂在空中的根像发丝，突出地面的根像绵延的山脉，也像一张水系发达的地图。这是特能远征的树，一不留神一棵树就征服了一座小岛，你在岛上转来转去，就是转不出它的阴凉，大树给人的庇护感，没有能超过榕树的。

我们常常是先被树的"大"惊艳到，再去看它身上的牌子。树一大就挂牌子了，几十年的挂纸牌子，百年以上的就挂"金牌"了，上面还有二维码。娜说，树老了才有身份证。

可有些我们看着像百年大树，却找不见身份证，或许惠州的大树太多了，或许身份证暂时丢失了，反正树也不需要去哪里，说不定它的根已走了很远很远呢。

西湖里还有许多木棉和白玉兰，都以高大粗壮超出了你对一棵风景树的想象。你不可能把它想象成天上的云，那是因为你的想象力不够。看了这些大树，你会感叹，生命可以如此超越。这时，我们就不走了，坐在大树下看西湖，陪着时间慢慢度。

还有一些特别的树：凤凰木、羊蹄甲、吊瓜树……西湖里的树，总能激发好奇心，并不时地引领我们仰望。

西湖，就算不特地去游，我们也要找个理由经过它。东坡若知道千年后人们如此爱游湖，一定会高兴的，当初他就抱着这个心愿去造的。

一座城会因为一个人而骄傲千年，一个湖会因为爱它的人们而永远地美下去。

日啖荔枝三百颗

我想我们至少可以日啖荔枝三十颗,真的很幸运,我们到惠州赶上了荔枝的末班车。

一说到苏东坡贬谪惠州,许多人都情不自禁地背诵:"日啖荔枝三百颗,不辞长作岭南人。"荔枝诗成了他岭南的最强音。

东坡写过许多食荔枝诗词,有《四月十一日初食荔支》《减字木兰花·西湖食荔支》《食荔支二首》《荔支叹》等,提到荔枝的诗文就更多了,荔枝幸会苏东坡。

东坡是到惠州的第二年四月十一日,才生平第一次吃到荔枝的,这一年东坡六十岁。"不贡奇葩四百年",可能是汲取了唐代的教训,宋代未将荔枝作为贡品,所以繁华的汴京终与荔枝无缘。

《四月十一日初食荔支》诗,写得很长,看来这第一次,东坡觉得很重要,要大书特书。

他动用了南来后很少用的辞藻,从形、色、味诸方面,对荔枝做了一次盛大的推介。"垂黄缀紫烟雨里,特与荔子为先驱。海山仙人绛罗襦,红纱中单白玉肤……"

六十岁食荔枝，若不是被贬往岭南，哪能享此口福，看来也是天公有意，故意让荔枝生在这里等自己。"先生洗盏酌桂醑，冰盘荐此赪虬珠"，佳果配佳酿，荔枝配桂酒，让吃有点仪式感，毕竟是百年初遇，毕竟荔枝太味美了。

在对荔枝的厚爱上，女有杨贵妃，男有苏东坡。东坡对荔枝给予了绝赞，他说："予尝谓荔支，厚味高格两绝，果中无比，惟江瑶柱、河豚鱼近之耳。"只有江瑶柱、河豚可以与之媲美。这么说，来岭南是值的，古人有为美味而辞官的，就当自己也是吧。于是他在《四月十一日初食荔支》中最后写道：

> 我生涉世本为口，一官久已轻莼鲈。
> 人间何者非梦幻，南来万里真良图。

东坡为了这鲜美的荔枝，犹如晋代张翰为思念莼菜、鲈鱼之美而辞官归家，东坡千里南来，只为这岭南佳果，是真的来对了呀。这当然不乏自讥调侃之意，张翰因思美食而辞官，东坡因遭贬而遇美味，岂非"殊途同归"？东坡以佳果来自我开解，味觉，这"觉"也通"觉悟"，因味而觉。

既然这么爱荔枝，那就吃吧，这一次是在西湖上吃的，估计有朝云相伴，载果西湖，有美一人。美景、美食、美酒、美人，也算是"四美具"了。

> 轻红酽白，雅称佳人纤手擘。骨细肌香，恰似当年十八娘。
>
> ——《减字木兰花·西湖食荔支》

这哪在写荔枝，分明是在写美人，在东坡看来，不借美人又哪能写出荔枝的美？首先这荔枝就有段与极致美人的故事，几乎每个人见到荔枝都会想起这个故事，荔枝与贵妃就这么神奇地结成了一对组合，这个组合的结成不容易，动用了千骑，行程数千里，正是这旷世的场面，让荔枝驰誉千古。

在东坡面前有个体己美人，朝朝暮暮，身边左右，"佳人纤手擘"写的就是朝云吧。十八娘是另一个跟荔枝有缘的佳人，是闽王王氏之女（又一个王姓女子），爱食荔枝，后来就有了一个荔枝品种——十八娘荔枝。这便是荔枝的美人缘，所以写荔枝哪能不写美人？西湖食荔枝，等于赴群芳宴了——杨贵妃、十八娘、王朝云等，都在。

在食上面，东坡也不忘表演行为艺术。西湖载酒，冰盘盛放，湖山献美，且食且赏。携朝云一起食，携二三子一同食，变着花样将岭南荔枝吃成绝唱。

除了湖上雅食，东坡还到林下恣食。他给程正辅、秦观以及张耒写信时都道："荔支正熟，就林恣食，亦一快也。"到荔枝林，要吃就吃个过瘾，就像时下人们到果园采摘时那样，为的就是吃。你能想象东坡的吃相，他曾自称"老饕"，恣食就是饕餮荔枝。当年杨贵妃也只能吃到时隔几天的荔枝，而东坡可以现摘现食，无须动用千骑，只要动动手指，他一定想，就算当皇帝又怎样。

林下恣食的吃相太好玩了，这个视频要是发到抖音上，粉丝要尖叫了，也要纷纷到林下恣食了。这不，我们就想去。先去买些到西湖吃，再问问可不可以到卖家荔枝林里恣食。带着东坡文化食荔枝，感觉就不一样了。

将至七月中旬，要赶快，不然末班车都赶不上了。我们准备到步行街买，昨天还看到果农在地上摆摊卖呢，也就剩一两把了，当时因为赶着找住处，没顾上问。可今天走完一条步行街，也没见到荔枝的影子。不会离开得这么快吧。

只能空手去西湖了。走走苏堤，看看东坡纪念馆，来弥补荔枝留下的空白。在东坡雕像前，我们看到了东坡头顶上的串串龙眼。为什么不是荔枝呢，那样每年都可以在西湖食荔枝了。

惠州西湖东坡像

返回时我们特意走进一条小巷，看到一个农贸市场，这里还有一家卖荔枝的，有几大箩筐。我们问品种，她说，这个是糯米糍

（13元/斤），这是桂味（9元/斤），这是黑叶（5元/斤）。她还让我们多买些糯米糍，因为明天就没有了。

我问到荔枝林里还能吃到吗？她说不能了。

我们每种都买了一些，只能回宾馆恣食了。太好吃了，甜而不腻，而且没有那种伤水的味道，看来日啖三十颗不够。蒋勋说："我总觉得，当心里有信仰、有历史感时，连吃的滋味都会不一样。"确实，确实。

下午继续食荔枝的主题，先到中山公园找荔枝树，当年这里有个太守东堂，堂下有棵太守陈文惠公亲手栽的荔枝，到东坡来时，已有五六十年，郡里人称这棵树为将军树。此岁，荔枝大熟，"炎云骈火实，瑞露酗天浆"，眼里望着这喷火着锦之盛，口里品着这玉露琼浆之甘，可是这棵树高不可至，只能站在树下用眼睛饱览了。而办法自然是有的，在吃上面人都有高智商，人们将一只猿猴纵到树上，玩起了猴摘荔枝的把戏。想起了《红楼梦》中贾母破的一个谜语"猴子身轻站树梢——荔枝（立枝）"。树上是猴摘荔枝，树下是众人热观，这荔枝吃得，那叫好看，不仅官员们吃了，吏卒们也吃了，与民同食，一棵树能量超大，而且还藏着颗菩提心。

此次摘荔枝表演，东坡也在场，人跟猿互动，声浪扇动着荔枝树，东坡就着人们喜食的热情咏出了惠州三年的最强音，还是将军树有催生的力量。

这只是东坡轻轻的一吟，向来好句子不需要声嘶力竭地喊出，毕竟荔枝在肚子里酝酿几年了，发起力来举重若轻。此次食荔枝是在绍圣三年（1096）的夏天，在惠州待了三个年头的东坡，已将一腔深情融进了这片热土，融进了这个能全方位安顿身心的惠州。寻景有西湖，问道有罗浮，热络有吏民，饱尝有佳果，于是一首关于惠州佳果的诗，诞生了。

罗浮山下四时春，卢橘杨梅次第新。

日啖荔枝三百颗，不辞长作岭南人。

这诗是岭南最好的广告语，将瘴疠的阴霾一扫而光，露出一个清新明媚四季瓜果飘香的岭南。我年轻时，读了这首诗，便爱上了岭南，也引起了我对荔枝的兴趣。那时没什么图片可看，我首先猜测荔枝的大小，应该比葡萄还小吧，或许只有鸡头果那么大呢，不然如何能日啖三百颗？我这科学的精神犯了文学的忌讳，后来吃到了荔枝，才知这是东坡诗仙般的情怀，李白说"会须一饮三百杯"，能当真的是豪情。

"三百颗"有东坡的豪放，也是准备长作岭南人的宣言。东坡这时已买地筑居了，不像在黄州东坡雪堂只筑了五间，在岭南白鹤峰他一次性就建了二十间，准备子子孙孙都要做岭南人了，所以"不辞长作岭南人"不是虚言，是实实在在的落地生根。

如今将军树早不在了，我们想找找有没有别的荔枝树。荔枝大都没了，没有果实这个特征帮忙，还真不好把它从树丛中认出来。荔枝的叶子跟冬青差不多，跟榕树也很像，我们问惠州市民，他们说中山公园没有荔枝树。

我权当身边的这一棵树就是，便从包里掏出荔枝和小茶盘，摆在石凳上，算是把当时的情景唤回来了。在树下我们也食起了荔枝，当年的荔枝分甘给九百多年后的我们了。

继续到西湖边上食，再带上一杯烧仙草，就着西湖边的凉风，吃得晚霞都甜醉了。西湖中有许多小岛，湖边、岛上有许多大树，在这样的古树下吃荔枝，时光不倒流都不行。

晚上回来，我们在焖煮里煮了红枣、核桃、香米粥。看煮时，仍惦着林下恣食的事。不知惠州有没有古老的荔枝园，搜到了公庄镇的古荔枝园，树龄290年，可追溯到雍正年间。再搜一下距离，公庄镇离这儿60公里，那么荔枝园呢，搜不到，暂时搁浅。

之后，食荔枝仍是每天最甜蜜的事。卖果的不虚言，第二天就没买到糯米糍，只剩桂味和黑叶了。桂味个小，核也小到可以忽略不计，味道是这几个中间最好的。

我们也了解到，荔枝是不能放到水里保存的。平时我们到超市里，看到荔枝蘸水而售，以为放到水里才可保鲜。那是运输时冰块融化的水，而直接给了我们一个错觉，荔枝也给了我们一个错味——伤水的味道，是被时间和水篡改后的味道。当初我就怀疑了：贵妃怎么会爱食荔枝？吃了岭南的原味荔枝，才知道贵妃为什么爱了。

也懂了东坡为什么会写出这么高调的荔枝诗。有人说，苏东坡把客家话"一啖荔果三把火"，误听成了"日啖荔枝三百颗"，当地的学者和东坡粉丝们也是这么说的，可我不这么认为。若诗成于东坡初至惠州时，还能说得通，写这首诗时东坡寓惠已有三个年头，所以"误听成"不能成立。从东坡的性情和当时的处境来解说这句诗，才能获得正解。

在此之前，东坡就知道他们这一批被贬之人"永不叙复"，就是说他不可能再北归了。而就在这一年三四月间，东坡已购得一块宅基地，准备在此筑舍安居。诗是在这样的背景下诞生的。东坡用豪放为自己打气，也用豪放为长作岭南人宣言。可能也有对政敌的回击：你们不让我回去，我还乐得作岭南人呢，荔枝这种美味，我想吃多少都有。言下之意，你们吃不到。

虽然"不辞长作岭南人"，有些无奈后的豁达，但更有对岭南认可的情感，不然不会同意儿孙们过来与自己团聚。东坡寓惠第四年的二月，新居已落成，大儿子一家带着苏过的妻室，来到岭南，准备陪老爸长住了。没有对一个地方的认可，是不可能做此决定的。

《写生翎毛图》(局部)　　北宋　赵佶

　　我仍然惦着林下恣食的事，在去罗浮山的路上，远远看到有树头灿然，是荔枝，喜得我忙叫停车，荔枝知道我的喜欢，所以才会在路边等候。我赶忙下到荔枝林里，准备恣食一番，这可是最新鲜的荔枝，可剥开一看，荔枝肉有点发黄，一问原来是过了采摘期，没想到在树上也会老的。问树的主人，这里可有古荔枝树。他给我们指了道，沿小路往里不远就有。

　　没走几步，就见到一户门前，有六七棵荔枝古树，树干上长满了寄生草。主人在院中，他告诉我们这些荔枝树都有100多年的历史了，屋后的那一棵更老，他们家还有一棵200多年历史的橄榄树，县里都来拍过照了。

　　这样的偶遇太好了，仿佛荔枝树知道我一直在找它们，有一种有缘来相遇的感觉。主人家开了民宿，因为在罗浮山下，因为有这些古树，事实证明能留住时光才是最大的财富。

　　惠州确实是个好地方，要风景有风景，要美食有美食。风土是在一个地方定居的基础，我们在惠州短短待了几天，就有了在此长住的想法。物丰物美，一年四季，瓜果次第新，单这一项的吸引力，就无法让你抗拒。

"日啖荔枝三百颗",或许这真是长作岭南人的动因。想留住一个人,先留住他的胃。岭南用荔枝做到了,而荔枝只是佳物的一个代表。

慰我以佳果,报你以永留。能日啖,此身才可安处。这是东坡与惠州两不辜负的约定。

日常最真

我们来看看寻常日子里的东坡,东坡善于将寻常日子,过得既烟火,也诗意。

东坡借了王参军的地种菜,面积不到半亩。雨后他来到菜圃,看到长势很好的菜苗,不禁咏出"天公真富有,乳膏泻黄壤",满眼都是天然的生长素。而菜刚从地里长出来,就被想象端到桌子上了,这让我想起"蒌蒿满地芦芽短,正是河豚欲上时",味觉引领想象,日子超前有味。

"谁能视火候,小灶当自养。"东坡懂火候,小灶自然养人。除了陶渊明,很少有像东坡这样细味日子的,别的诗人也会写到菜圃,点到为止,而且是作为抒情的底子,是即景的"景",而东坡将之作为玩味的对象,是写作的本身,更是生活的原本。

所以到惠州寻东坡,最好能带一颗寻常过日子的心。我们就带了小灶,自己煮点美食。一天在溜达时看到了"东坡粮油店",又矮又小,但它就是我们要找的地方。店里只卖花生油,老板娘让我闻闻,一闻不要紧,我被油香彻底征服。吃了才知更好,平生还没吃过这么香的油。相比，麻油太飘浮了，花生油更经典味永。

人的淳朴厚道是味美的关键。现在买吃的，常常会不放心。这个是土鸡蛋吗？这个是土鸡吗？卖家一万个保证，可买到家里才发现没买到保证。这次到菜市场不知买什么回去炖。娜说，买半只鸡。我们买的这一半是带鸡头的，切好装袋时，娜说，鸡头不要了。笑嘻嘻的老板娘赶忙将一个鸡肫洗干净装进袋里，她怕亏了我们。她知道我们是外地人，说前两天就看到我们了。其实她可以不给我们鸡肫的，但就这点小事，让我们一个劲儿地感叹："这儿的人真实诚！"

回去一炖，不用说超级奖励味觉。我们没有任何作料，全靠鸡自己发挥，这味道又被舌尖牢牢记住了。

"我与何曾同一饱，不知何苦食鸡豚"，东坡写诗道。这个何曾是晋朝人，日食万钱，还说"无下箸处"。同样是一饱，何苦要吃鸡豚？其实东坡吃不起，我想告诉东坡："惠州的鸡真好吃！"

在惠州市场买东西，每次付钱，卖家都会说："谢谢！"微笑加感谢，是他们对买家一致的态度。买卖不只是交货付款，更有情感上的互动，菜市场也是温暖的情谊场。

东坡在给朋友的信里说惠州："风土食物不恶，吏民相待甚厚。"物不差，人厚道，二者看似没什么因果关联，其实关系密切，人性的淳厚仁善，就是我们可以吃得放心的最根本的指靠了。物的品质取决于人的品质，人美才有健康的味美。

"一自坡公谪南海，天下不敢小惠州"，是说自从东坡被贬到岭南，天下人就不敢小看惠州了。言下之意，惠州沾了东坡的光，这当然不能否认。沾光也看怎么理解：惠州是个好地方，之前不为众知，因东坡到这里发现了物美人美，天下才不敢小觑惠州。我觉得也可以这样理解。

这种美，我不仅能从诗中读到，还能在与惠州民众的接触中感知到。也只有住下来,深入生活的里层,才能真正感知到。

不辞长作岭南人,以前总感觉有点夸张,了解了惠州的风物和人情,才知这是东坡说的大实话。

"小灶当自养",东坡的小灶咕嘟嘟地香,我们的小灶也是。

东坡的寻常日子是清素的。他在给苏辙的信中说,惠州市井寥落,每天杀一只羊,他不敢跟当官的争买,便嘱咐屠者,自己买那羊脊骨。回家后,他又开始创意美食了:先在水中煮熟,趁热捞出,浸在酒中,再敷点薄盐烤至微焦食用。在技经肯綮间剔肉而食,就像吃大闸蟹,东坡很享受这个过程,觉得也很大补,就是几天才能食一次。这种在别人看来不堪的日子,东坡却从体验的角度寻别样的滋味。以前大块吃肉,"岂复知此味乎"?在众人都以为"失"的情况下,东坡总有所"得",就是剔肉的吃法令"众狗不悦",幽默是东坡生命的乐点。

现在到惠州吃美食,自然不会错过海鲜和盐焗鸡,这样的大餐都是陈雪先生请我们吃的,美味忘不掉,美味强化了情谊。东坡对惠州的感情,有一部分也是吃出来的吧。

各地都有小吃,惠州的小吃很好吃。有时走着走着,我们会来一叠肠粉,看铁板上的粉皮是怎么被铲出"肠"的形状的,店主加进瘦肉和鸡蛋,七块钱一碟,能吃得又饱又好。路边吃茶点的也多,我们也会坐下来,点几样喜欢的,现蒸现吃,蘸料太香了。难怪东坡要"不辞长作岭南人",风物佳美,不是任何一个地方都有的。

蒋勋说,小吃里面存在一个信仰,就是天长地久。感恩小吃,留住了有滋味的时光。

没有条件创造条件也要美。东坡对生命有深刻的领悟,就是不能辜负生命光临一次的美意。他在时时发现生活中的美,并在生活的细节上讲究。

> 食罢茶瓯味要深，清风一榻抵千金。
> 腹摇鼻息庭花落，还尽平生未足心。
> ——《佛日山荣长老方丈五绝·其四》

东坡讲究茶饮，讲究睡美，甚至讲究饮茶的杯盏。茶瓯，这名字听起来就很有韵味，它是唐代最典型的茶具，后发展成宋代饮酒斗茶的一种标志性日用茶具。

> 游罢睡一觉，觉来茶一瓯。（白居易）
> 老去逢春如病酒。唯有。茶瓯香篆小帘栊。（辛弃疾）
> 碧云笼碾玉成尘，留晓梦，惊破一瓯春。（李清照）

受此启发，我去岭南，也准备带一盏茶瓯，算与东坡为邻日子里的一个小讲究。

在东坡诗文里，我已了解惠州民众喜茶，可时过千年，一切会不会变？那天到惠州市作家协会，看到他们的办公室里有整套的工夫茶茶具，他们娴熟地洗茶、冲泡、分茶，我就知道惠州民众还保留着对饮茶的讲究。

逛街时，能看到很多的茶具店，茶碟茶盏都那么玲珑可爱，我们禁不住像惠州民众一样，也买了一些，还买了带滤网的茶壶。在另一个市场，娜又买了小青柑，终于我们也可以像样地喝红茶了。一种生活方式，只有它是民间的，才是普遍的，才是得到很好传承的。

说到慢，不能不提江边的垂钓。惠州是个水城，东江、西枝江穿城而过，而且还有个西湖，这让惠州成了垂钓者的天堂。

《斗茶图》　南宋　刘松年

注：斗茶是一种比赛茶艺的习俗，盛行于宋。画中共有四人，右边的两人已经将茶捧在手心，左边一人提壶倒茶，另一人似茶童模样，正在扇炉烹茶。斗茶主要根据"盏面浮花"的生成及持续时间等诸多细节决定胜负。苏东坡曾用"斗赢一水，功敌千钟"来形容。

何止三五垂钓，什么时候在江边，你都能看到大量钓者的身影，他们以钓会友，给人全民皆钓的感觉。有回晚八点我们去西湖，途经东新桥，还看到桥上的钓者挨挨挤挤。对钓者而言，钓就是在刷存在感。

"先生亲筑钓鱼台，终朝弄水何曾足"，东坡也差不多天天在钓，还亲自筑了钓鱼台，人称"东坡钓矶"，就在离白鹤新居不远的东江边。

云水蒨绚，你不得不流连，垂钓的风气就是这么形成的吧，夜晚游湖的风气也是这么形成的吧。

惠州的慢，说来奇怪。作为对外开放的广东城市，它离广州一百五十公里，离深圳只九十公里，周边都是快节奏，惠州却能慢下来，这说明它有一种不一味随大流的特质与智慧，有着对生活本质深刻的理解与执守。一位哲人说：当可以快，而你选择慢的时候，这才是一个行的美学。

平常东坡还喜欢酿酒，岭南是家家酿酒。东坡给家酿取名"罗浮春""万户春"。"万户春浓酒似油"，好撩人的诗句。他将酿酒的经验写成一篇篇酒经，不单是过程的说明，更有投入的心性和酿造的微妙。其间"舌"是权衡者，从味之烈到味之和，就像琴弦上的音准，需要你凭感觉去找，找准了，曲子是妙曲，酒便是醇酒。一般三十日酒成，"酒醇而丰"，靠的就是对酒的时时体察。

东坡得一酒法，他称之为"神授"。只用白面、糯米、清水三物，谓之真一酒法。酒酿成为玉色，有自然香味。东坡还得一桂香酒法，酿的酒叫桂酒，这是药酒，可以驱瘴。东坡酿酒有个好帮手，就是他带来的老妪，他说"家有婢，能造酒，极佳"。

平日里东坡也弄药，毕竟对这瘴乡风土心存畏惧，而惠州又缺医少药。除了北方寄来的药，东坡在园圃里也种药，《小圃五咏》里就咏了五种药材：人参、薏苡、枸杞、地黄、甘菊。自来岭南东坡的痔疾越来越厉害了，于是东坡只可断肉菜五味，每天吃淡面两碗，再想吃的话，就吃点胡麻、茯苓。

惠州人至今有用草药祛湿的习惯。巷子里一堆堆，一车车，都是草药。我只认识少数几种，像石斛、仙人球、苋菜根，真是什么都可以入药。有一种长得疙疙瘩瘩的块状根茎，一问知叫"土茯苓"。东坡吃的就是这种。

又见地上晒着一把一把的青草，问什么用处，答洗澡用。看了这么多日用草药，我有点发慌，惠州本地人都要日用草药，我们这些外来客更易受到湿热的攻击，可我们又不会煮药。不用慌，店里都有药膳，煲得一小罐一小罐的，像枸杞叶肉片汤、芡实排骨汤等，10元一罐，想吃多少都有。

惠州的东坡已不像在黄州时那般好游，多数时候他是居家男人。杜门烧香，闭目清坐，小灶养人，小室深美，更何况朝云这么可人知人，这么顺心顺意。

亚里士多德说："幸福是把灵魂安放在最适当的位置。"东坡、朝云的灵魂都安放在了适当的位置，领受日常之美，所以他们是幸福的。

细和渊明诗

东坡的日常,还有一件认真做的事,那就是和陶渊明的诗,简称"和陶"。

我们知道东坡的超级偶像是陶渊明。美国作家比尔·波特说:"陶渊明是苏轼心目中'高峰绝尘'的偶像和知音。"这"高峰绝尘"就体现在"和陶"上。

和是追和,取前代人的诗,次其韵唱和,和陶就是追和陶渊明的诗,就是东坡与渊明的灵魂对话。东坡在给弟弟子由的信中说:古代的诗人有拟古之作,没有追和古人的,追和古人,始于我东坡,而且我要"尽和渊明诗"。东坡的和陶,始于扬州,止于儋州,最后一首和陶诗是《和陶始经曲阿》,共和诗一百二十四首(篇)。

东坡寓惠和陶诗,始作于绍圣二年(1095)三月,即到惠州五个月之后,首篇是《和陶归园田居》(六首)。虽然他在扬州和了《饮酒》二十首,但认真和陶并决定写尽和陶诗的想法始于惠州。一切都有个过程,东坡是在黄州"遇到"渊明的,和陶,扬州也只是个开启,他一直有个渊明情结,惠州给了他携手渊明的机会。

第二次游白水山归来，东坡已深度领略了惠州的山水之美，而且这里市不二价，农不争田，这一淳朴的民风在水北荔枝浦老者的身上，体现得更为充分。老人指着尚未熟透的荔枝对东坡说："及是可食，公能携酒来游乎？"东坡或许想到了唐代诗僧贯休的两句诗："山翁留我宿又宿，笑指西坡瓜豆熟。"一个水翁，一个山翁，都是以乡野的瓜果留客，只是水北老人的是个预期。贯休诗里有"西坡"，东坡自然会联想到"东坡"，"东坡"曾是他的园田。

和，即是同在。东坡称同游的人为"斜川二三子"，和陶诗便是"斜川追渊明"，斜川是陶渊明常游的地方，惠州是东坡的斜川。

和陶，和哪一首，东坡会根据自己当时的情况，凡遇到跟陶渊明相似的生活境遇，他就马上作同题和陶诗。从嘉祐寺迁居合江楼，就和陶《移居》；在山上买了几亩地，准备建新居，就又和陶《移居》。在到惠州大约一年后，东坡衣食渐窘，樽俎萧然，于是和渊明《贫士》七首。

而在绍圣三年（1096）的十二月，东坡又快揭不开锅了，自然也无酒了。渊明《岁暮和张常侍》诗，也因无酒而叹，且也在岁暮，又对上景了，于是东坡便依其韵和诗。本是窘迫，是不堪，是艰难，但因渊明同样有，可能这不堪里就有点小甜蜜了。和陶，是让自己跟不上的情绪要跟上，解不掉的困惑要解掉，陶诗是解结的妙手。与其说追和渊明，不如说渊明的生活照进现实。

渊明《读山海经》十三首，其七皆仙语，东坡读《抱朴子》有所感，就依韵而和。东坡的《和陶读山海经》诗里，写了很多奇境、奇人。像能让人长寿的廖井、甘谷、洞天福地仇池，都是葛洪《抱朴子》上记的奇境；至于奇人，有那个"穴居不食"活了八百岁的李八百等，东坡都很痴迷。对长寿的向往，也有益于身心吧，东坡这一阶段常病，需要这幻想的药丸。

愧此稚川翁，千载与我俱。画我与渊明，可作三士图。
——《和陶读山海经·其一》

携手葛与陶，归哉复归哉。
——《和陶读山海经·其十三》

两个东晋名士，外加我东坡，就是一幅"三士图"。

人生在某些时刻，救你的是仙家和古人。仙家为人造了一个个"仙境"，人的精神需要超离，需要有个归属之处。人生在世，就是要让精神找到那个寄托点，我们都是柔弱的苗，当现实中没有你的容身之地时，你一定要在别处找到。

而那些与你心灵默契的古人，可以帮你找到这样的地方，而且也让你觉得你并不孤单，他们也曾像你今天这样，你只是重复了他们的故事。这种跨时空的交往，能将你安顿得非常稳妥。

但容易被人误解的是，你已远离现实，归向他境，于是给你贴一个消极的标签。岂不知，你只是将心安顿好，不想被不安打搅，让自己在现实中行走得更加从容，更加智慧。你只是汲取了另一个时空的营养而已，让自己在现世的苗长得更加葳蕤，而不至于枯槁。东坡在惠州，仍对民生表现出极大的关注，说明他的身心仍在现实。

王维有句诗写得好："人生几许伤心事，不向空门何处销。"人生有些伤心事，不销往空门，又销往哪里？"销"字用得妙，销就要有买家，空门是最大的买家，愿意买你这个账，现实是不买你账的。不过，有人将自己的身和心都售给了空门，有人售的只是烦难，东坡是后者。

陶诗不只是田园诗，也有政治抒情诗，像《咏二疏》《咏三良》《咏荆轲》等，东坡也是一肚子的政治情怀，可这种诗，又像高压一样难碰,朝中有好多敏感的神经张好了网,在等着捉你这只喜欢叫的鸟呢,东坡需要鸣叫,为安全起见,他可以跑到陶诗里叫几声,这也是给自己的一重保护,至少给了自己辩说的空间。

和陶让政敌比较难抓到他的把柄,原来精神偶像也可以是保护伞。对此,黄庭坚曾作过一首诗《跋子瞻和陶诗》:

> 子瞻谪岭南,时宰欲杀之。
> 饱吃惠州饭,细和渊明诗。
> 彭泽千载人,东坡百世士。
> 出处虽不同,风味乃相似。

细和渊明诗,是在有杀气的气候里,不慌不忙地品着日子,让自己向葛洪看齐,向陶渊明看齐;细和里有沉着,有从容,像女子绣花那样,一个针脚一个针脚地步韵。细和也直接影响了东坡岭南的诗风,他大量写五言诗,诗风简白枯淡,不能说没有陶诗的影响。

东坡为何如此推崇渊明和他的诗?这自然有灵魂上的相亲,在黄州时东坡就说"只渊明是前身"。渊明"与物多忤",与人处世常常乖违逆意,而东坡也是一肚子的不合时宜,平生出仕遭遇了世间许多痛苦难堪的事。只是渊明看明白了这一切,说放下就放下了,而东坡也看明白了,可没能放下。他觉得深愧渊明,希望在晚年能学到渊明的万分之一。

到海南后他继续和陶。"平生我与尔,举意辄相然。岂止磁针石,虽合犹有间。"(《和陶连雨独饮》)你我情趣相投,无有乖违,岂像磁石、引针那样,虽合在一起,尚有间隙,而你我是灵魂的契合。

"和"也是"步",是跟从。既然渊明是前身,那就不只是知音、偶像,更是另一个自己,是更高的自己,能时时引领现世的自己做超脱的努力,哪怕是在很小的事情上。陶渊明在《九日闲居》诗序里说:余闲居,爱重九之名。每一天都是一样的,因喜欢而变得不一样。结果在海南的一个重九之夜,东坡竟辗转不能寐,他要找个爱重九的方式,不能这么白白辜负了。他起来饮了杯酒,和了首陶诗,然后昏然而睡,没有比这更好的了。和陶是在安顿自我。

东坡到海南时,只带了陶渊明和柳宗元的集子,"常置左右,目为二友"。他一天只读一首陶诗,生怕读完了,没法与渊明对话了。时隔六百多年,渊明的话是一句顶万句,能走过这么长时光流传下来的诗句,句句都闪着钻石的光彩。

东坡说"陶写伊郁,正赖此尔",是什么意思呢?陶写,娱情排闷。是说自己靠陶渊明的诗娱情排闷。进一步理解就是,他看出陶渊明诗中是有郁闷的,人只有在别人的诗中看出自己的心境,才会引为知己,而一个有同样郁闷的人,会将对方的郁闷当成医治自己郁闷的良药,东坡也靠着渊明"这丸药"来治自己。这就是为什么东坡说自己"每体中不佳,辄取读(渊明诗)"的原因,当然不是身体的不佳,是内心和精神的不佳。而这不佳的根子,不只在贬所之遥、环境之恶,更是在他没有了建功立业的希望。他曾在一首和陶诗里写道:"往来付造物,未用相招麾。""招麾"就是朝廷的调遣、任用。他感叹一生就这样听其自然了,不可能像杜牧写的"欲把一麾江海去"了。

在《和陶归去来兮辞》中,东坡说,如今他在海外,知还家无日,知那美好的田园离自己很远,他何不"以无何有之乡为家,虽在海外,未尝不归"。蒋勋说,苏东坡越不能退隐,越要去写退隐的诗,按弗洛伊德说,艺术创作也是生命的弥补。和陶,是在弥补不能归的缺憾。

《归去来兮辞》（局部）　北宋　苏轼

我在想，东坡既然常常跟渊明对话，以渊明为参照，也表达了自己的后悔之意，为何不辞官归隐呢？这样就能挣脱权力的摆布，像渊明那样"复得返自然"。东坡似乎也自问过"曷中道而三休"，为何中途再三逗留不去呢？他回答道：听从天命的安排，坐在车子上，让它随意走吧。还是儒的思想让他欲罢不能，我们说东坡受儒道释三家思想的影响，儒是这边，道和释是那边，有时道和释也是这边，东坡只是想借道和释的精旨将自己安顿好，不是安顿在云间，而是安顿在人间，安顿在日常生活中，安顿成陶渊明。东坡用道和释将自己捏合成了渊明，而不是神仙和佛，但他也做不了完全的陶渊明。儒一直是东坡生命里的一个根，只是达时发为茂林，而穷时像一棵冬树，静默不发或随性而发。东坡对百姓的念念于兹，皆出于此；他心底的忧烦，虽旷达终难抚平，也缘于此。东坡根子上是儒的，他想有所作为，因此难以辞官归田，但他又没有进路，所以便悟得：在进退无路的情况下，归隐田园才是真实的人生，静息妄想，自求天性的复归。

陶渊明结庐在人境，这是苏东坡喜欢的，因为它解决了生命里的诸多矛盾。归隐，不必到湖泽山林，甚至可以不必到园田，住在闹市，也能活得很安静，因为"心远地自偏"。而怀抱着悠远的心情，有出世的念想，同样可以好好做一个入世的人。陶渊明的人生范式，是东坡可以实践的，无论是在官场，还是在贬所。

说实在的，陶渊明应该感谢他这个后世知音苏东坡。陶渊明在他那个时代并不被人特别地欣赏。比如，钟嵘就扬谢抑陶。钟嵘在《诗品》中将谢灵运诗列为上品，把陶渊明诗列为中品，他把陶诗的"质直"视为缺点。后世白居易也"常爱陶彭泽"，但都比不过东坡爱得深沉，人家对陶诗是每首必和，并且说"自曹刘鲍谢李杜诸人，皆莫及也"，就是说连李杜这些大咖，都比不了陶渊明。东坡的极致推崇，让陶渊明身价倍增，可以说我们是借着东坡这盏亮灯，看到了深处的陶渊明，看到了"质而实绮，癯而实腴"的陶渊明。

有人说，东坡的和陶诗是在模仿，这是创作的大忌；有人说，和陶不是模仿，是一种"大而能化"的艺术追求。我要说的是，和陶不仅是艺术行为，更是人生行为，是追求人生的化境。

和陶贯穿东坡谪居惠州、儋州的全过程，东坡人生的最后七年，陶渊明全程贴心陪伴。

有意思的是，东坡的老弟苏辙却对东坡自述的和陶诗用意提出了疑问，他在《追和陶渊明诗引》一文中说："嗟夫，渊明不肯为五斗米一束带见乡里小儿。而子瞻出仕三十余年，为狱吏所折困，终不能悛，以陷于大难，乃欲以桑榆之末景，自托于渊明，其谁肯信之！"就是说东坡学渊明，那是假的，他们之间的距离，那就是东晋跟宋的距离，合不到一起。

追和，只是向偶像看齐，是心向往之，并时不时践行，东坡自己也说"欲以晚节示范其万一"。东坡学渊明,不等于完全做渊明,但就他学渊明的那片试验田,做得很到位,他人生的最后七年是在"和陶"中度过的,是尽和渊明诗。仅此我们就可以相信,东坡有几个东坡,其中有一个是陶渊明。

白鹤宜居

白鹤新居是东坡在惠州真正的家,前天我们已去打过招呼,今天算正式拜访。

我带了瓶酒、一只荷叶杯,还有陈雪编注的《东坡寓惠诗文选注》,就出门了。

安居是一个人最根本的诉求,尤其是一个老人。东坡在惠州的前三年,一直处于移居状态,一会儿水东,一会儿水西,在合江楼与嘉祐寺两处搬来搬去。试看东坡搬迁明细:

绍圣元年(1094)十月二日到惠州,寓居合江楼,十八日迁往嘉祐寺;在表兄程正辅的关照下,绍圣二年(1095)三月十九日从水东嘉祐寺复迁回合江楼居住;绍圣三年(1096)四月二十日由合江楼复归于嘉祐寺,大概在年底搬往白鹤新居。

而十多天就由合江楼迁往嘉祐寺,估计为形势所迫,不过东坡住嘉祐寺感觉极好。一是他寓居在松风亭附近,古松老梅招人爱;二是嘉祐寺环境清幽,"松笋穿阶昼掩门";三是"杖屦所及,鸡犬皆相识"。与一个地方的亲和度,体现在彼此的融合度上,东坡跟这儿的一鸡一犬、一花一木，都能心灵相应，生命互融。可以说，这个地方对上了东坡的感觉，让他一眼觉亲。

而后来复归嘉祐寺，估计是东坡自请，他在诗文里用了一个"归"字，表明在嘉祐寺住得很安稳。两处居所给他的感觉确实不同，他在诗文里多次比较。

合江楼"歌呼杂闾巷，鼓角鸣枕席"；嘉祐寺"晨与鸦雀朝，暮与牛羊夕"：一个喧闹，一个幽静。东坡在惠州多病少欢，热闹对他已是侵损，不像在黄州，那时他常常是奔着热闹去的。

在嘉祐寺可以避开日夜不息的喧扰，可以听松寻幽。在东坡的比较里，没有单纯的喜恶，只赞各有其美：合江楼得江楼廓彻之观，嘉祐寺有幽深窈窕之趣。两年多的时间，两居合江楼，两搬嘉祐寺，东坡没有烦怨，而是随缘。"东西两无择，缘尽我辄逝"，缘尽了，我自然就离开了。通达是他心里的亮光，就像幽窗下的植物，总向着光亮的地方伸展。

东坡复迁合江楼时，已购得归善县城后面的数亩山地，准备构筑新居，东坡购的宅基地在白鹤峰。喜欢一座城是因为一个人，喜欢一座峰是因为一个名。白鹤峰得名于白鹤古观，观废弃已久，峰青山依旧。东坡修道慕仙，鹤在黄州时就飞在他的《赤壁赋》里了。在道家文化里，鹤为长寿之物，晋代葛洪《抱朴子》有："知龟鹤之遐寿，故效其道引以增年。"我们许多家庭的中堂就挂着松鹤延年图。东坡将白鹤峰视为"江山朝福地"，长寿、归道、慕仙的理想，都在白鹤峰照进了现实。

东坡理想的居住环境还应是"买田带修竹，筑室依清流"。白鹤峰这里，东江对北窗，青山满墙头，他颇为"意欣然"。惠州闷热潮湿，而白鹤新居却在高处，因此又得干爽之利。

惠州东坡祠　刘汉新

注：原是东坡建在白鹤峰上的白鹤新居，后历代改建为东坡祠。

　　白鹤新居，现在叫东坡祠，从合江楼沿江东行，不一会儿就看到一个高坡，望去，树丛里的亭宇，配上惠州蓝天以及大朵大朵的白云，很有气象。江风凉爽，东坡正睡美呢。

　　参观仍需扫码预约，不需要等候。我们先到路边的林婆酒肆，当年她就在白鹤峰卖酒，东坡没酒了就来赊饮。我们买了一小坛用莲子、百合、枸杞等酿制的养生酒，便到东坡井旁，给东坡敬酒。

　　这是东坡雇了四个壮夫凿出的井，十天凿了丈余深，结果遇到青石盘踞，整天只见火花迸裂，就是见不到飞澜。东坡心中有愚公精神垫底，大家不懈地凿，终于磐石凿通了，下面又是黄土，可以继续深挖，直至挖到四十尺以下的泉水。东坡总结道："我生类如此，何事不艰难。一勺亦天赐，曲肱有余欢。"曲肱，弯着胳膊作枕头，清贫而闲适。

东坡称之为"义井"，是可以供公众汲用的井。"谁云三伏热，止须一杯凉……众散徐酌饮，逡巡味尤长。"东坡井有众井达不到的深度，关键是东坡懂水，是穿过千岩万石，约到的山泉水，所以乐与人分享。

深井成了居处的根，即便隔千年，我们也能找到东坡的家。在井旁，我朗诵了《白鹤山新居，凿井四十尺，遇磐石，石尽，乃得泉》，诗里有"晨瓶得雪乳，暮瓮停冰湍"，新建的井栏上就刻着"冰湍"，溽热的岭南最需要冰湍了。

先敬东坡一杯林婆酒，这是他寓惠时喝得最多的酒。还敬了林婆一杯酒，感谢她对东坡的照顾，再说她也是懂酒的人呢。

围绕东坡井的是白鹤新居的主体建筑。院正中是"德有邻堂"，南边是东坡居室，北边是"思无邪斋"——东坡的书房，加在一起大概有20间瓦屋，这就是当年新居的规模。

绍圣三年（1096）秋天，白鹤新居要上梁了，东坡写了篇上梁文，写得特别喜庆。先是赋体，"鹅城万室，错居二水之间；鹤观一峰，独立千岩之上。"鹅城，指惠州城。惠州的人家，错落在东江和西枝江之间，而自己的新居，独立于白鹤峰上，有飘飘欲仙、遗世独立之感。"送归帆于天末，挂落月于床头。方将开逸少之墨池，安稚川之丹灶。"美景、乐事，都将赋予白鹤新居。

上梁文还写了四方上下抛梁，抛梁就是将吉祥物依次向四方上下抛洒，是上梁庆典中一项重要仪式。记得小时候老家建屋上梁，也有这仪式，抛的是点花馒头和糖果等，都准备一二筐箩，抛起来才气派。看看东坡的抛梁篇：

儿郎伟，抛梁东。乔木参天梵释宫。尽道先生春睡美，道人轻打五更钟。

儿郎伟,抛梁西。袅袅红桥跨碧溪。时有使君来问道,夜深灯火乱长堤。

儿郎伟,抛梁南。南江古木荫回潭。共笑先生垂白发,舍南亲种两株柑。

儿郎伟,抛梁北。北江江水摇山麓。先生亲筑钓鱼台,终朝弄水何曾足。

儿郎伟,抛梁上。璧月珠星临蕙帐。明年更起望仙台,缥缈空山隘云仗。

儿郎伟,抛梁下。凿井疏畦散邻社。千年枸杞夜长号,万丈丹梯谁羽化。

"儿郎伟"是呼词,能想见东坡颂祝时的情景。在东坡,东、西、南、北、上、下,都是他的吉向,都在成全他的安宅,东坡有能力将吉宅的喜气翻倍。上梁文最后以祝愿结尾:山有宿麦,海无飓风,气爽人安……同增福寿。

东坡为白鹤新居写过很多诗,有《和陶移居》《迁居》《所居六咏》等。

现在的东坡祠,加进了许多新的建筑,历朝历代都在做加法。南宋时添建了"睡美轩""斜川佳处""丹灶""墨池"等,元代又加了"东坡书院"和"燕居楼",明代加了"招鹤亭",清代又多了"三贤祠""王子霞影堂"等。三贤指东坡和他的两位偶像葛洪和陶渊明,王子霞就是王朝云。

眼前的东坡祠,是2019年才建成开放的,东坡祠综合了各朝的建筑模式,又有自己的取舍。德有邻堂的后面是"三贤祠",有三贤的汉白玉雕像,我又各敬一杯酒,并诵读《和陶读山海经》。

王子霞影堂里供着朝云小像,画像出自南宋惠州一个画家之手,相貌当然不合今人的审美观了,至少我看了不觉其美,只能说"意态由来画不成"吧。朝云的影堂是被清人请进东坡祠的。但我觉得这样容易引起误会,让人以为朝云在白鹤新居住过,其实在新居落成前大约半年,朝云就离世了。若为凭吊祭奠,自可以去西湖的朝云墓,那才是朝云真正的归所。

东坡居所,我不想叫它什么祠,仍称它"白鹤新居",感觉它仍是东坡的家,叫它祠,意味就不一样了。我希望白鹤新居能像杜甫草堂那样建,能像岐亭陈季常故居那样建,那样我来的就是东坡的家了。东坡家20来间瓦屋里,应该配些仿宋家具和日常用品,最大程度还原东坡当年家居样貌,而不像现在只是一些空荡荡的建筑。对了还要有片菜地,东坡哪能没有小圃呢?

东坡《次韵子由所居六咏》里有"堂前种山丹""堂后种秋菊"的诗句,上梁文里也写到"舍南亲种两株柑"。我问东坡志愿者协会会长种了没有,他先说有,当我要认真看时,他又说没有。要种一些的,这些既是花草,也是东坡的精神慰藉。跟陶渊明、杜甫一样,花木是重要的芳邻,是为自己培植的知音,花木绝不只是环境,还是可以对话的灵魂。如果我们不懂物的欣悦,是进不了东坡精神世界的。

燕居楼中收藏的原拓颜鲁公(颜真卿)、苏轼行书墨宝

今天要感谢会长,为我们大开方便之门,我们被允许到东坡燕居楼上参观。燕居楼是藏书阁,元代建的图示里有,东坡当时可能没有这个阁,不过里面倒有一些珍品。有不少北宋时期的茶盏碗碟,大都是惠州东平窑制品;还有一些东坡作品的集子,我看到了那本《仇池笔记》,都有些年代了;还有原拓颜鲁公(颜真卿)、苏轼行草墨宝;还有历代画家有关东坡绘画的仿制品:这样白鹤新居就不显得太空了。

会长先生再为我们开方便之门,他让一个大学生志愿者,带我们到思无邪斋后面看松风亭。松风亭在这里吗?踏着长满杂草的小径,昂首见松风亭就在木末,通向亭子的是苔痕斑斑的残破的台阶,旁边是一棵一百多年的木棉树,我喜欢这种荒败感,太有古意了。

之前我们寻访位于东坡小学内的嘉祐寺,也见到了松风亭——一个平地上的水泥小亭。

东坡祠里的松风亭

按东坡写的"轼始至惠州，寓居嘉祐寺松风亭"，说明亭与寺是不远的。"十一月二十六日，松风亭下，梅花盛开……""纵步松风亭下……望亭宇尚在木末……"

由这两句可知，亭在高处，周边有梅有树，环境幽美，而且据宋人记载，亭周围还有松二十余株，故名松风亭。

我又到门口看了下历代白鹤新居图，北宋时确实在这里建有松风亭。那么，我可不可以提议一下：不用再建别的，只在亭子周围栽二十来棵松树，在亭下植几株梅花，东坡的诗境就算保留了。让我们以形似加神似，致敬经典。

"新居已覆瓦，无复风雨忧"。在惠州筑居，是东坡为自己求到的底线的幸福，既然"永不叙复"，既然朝云已不在了，幸福只能徘徊在底线。可是一首《纵笔》，一句"报道先生春睡美"，东坡的这点幸福刺伤了他的政敌，最终历尽艰辛建成的白鹤新居没能成为东坡终老的归宿，仍是他人生旅途中的一处驿站。

在门口，站在古木棉树下，我在张望。东坡不在家，他刚刚出门。

噢，不，他被贬到儋州去了。

美邻即是好风水

《左传》里有"非宅是卜,惟邻是卜",是说住宅不是选择好的地方,而是选择好的邻居。

杜甫在成都时就有好邻居——美邻黄四娘。他写有一首诗:"黄四娘家花满蹊,千朵万朵压枝低。留连戏蝶时时舞,自在娇莺恰恰啼。"这样的邻居可谓芳邻,杜甫常常被她家门前的花草绊住脚步,流连忘返。

杜甫除了芳邻黄四娘,还有可以相对把盏的邻翁。"肯与邻翁相对饮,隔篱呼取尽余杯",有了酒菜,隔着篱笆呼喊邻翁过来喝一杯,或是邻翁邀自己过去对饮,也是生活里的一件乐事。老杜在浣花溪很幸福,景美,邻居也美。

陶渊明也求美邻,他移居南村,是因为"闻多素心人,乐与数晨夕",南村有很多淳朴的人,他乐于跟他们朝夕相对。南村还有一些知音,可以与他们"奇文共欣赏,疑义相与析",于是陶渊明幸福地搬家了。

人都想有好邻居,《论语》里也强调"里仁为美",好邻居是住处最好的风水。东坡筑居白鹤峰，是追着青山去的，追着白鹤去的，也是追着好邻居去的，这好邻居之一便是林行婆。

最初我是在读东坡海南的诗文里，知道林行婆的。东坡在写给时任惠州太守的周彦质信中道："林行婆当健。有香与之。到日，告便送去也。"在海南的东坡仍惦记着林行婆的健康，他还从海南给她寄了沉水香，并跟周太守说，等香到了，顺便给林行婆送过去。让东坡如此敬重的一个人，是个什么样的人呢？

她让东坡一见感叹。请看东坡初见林行婆的诗文。

引：正月二十六日，偶与数客野步嘉祐僧舍东南野人家，杂花盛开，扣门求观。主人林氏媪出应，白发青裙，少寡，独居三十年矣。感叹之余，作诗记之。

缥蒂缃枝出绛房，绿阴青子送春忙。
涓涓泣露紫含笑，焰焰烧空红佛桑。
落日孤烟知客恨，短篱破屋为谁香。
主人白发青裙袂，子美诗中黄四娘。

也就在东坡到岭南不久，他与几个朋友到野外漫步，在嘉祐寺东南有几户人家，一个杂花盛开的庭院吸引了东坡。花有紫色的含笑，有火红的佛桑（朱槿），虽是短篱旧屋，但花香四溢。东坡不像杜甫，只在门前流连，他要叩门求观。开门的是个婆婆，姓林，人称林行婆。只见她白发青裙，笑脸相迎，一问才知她年少守寡，已独居三十年，这么算来，东坡见到她时，她至少有五十岁了。

一个人，也要活得够美。居所的芳洁、衣着的雅洁，让我们看到一个会打理、有品位的婆婆。东坡的感叹，我想除了她的身世，更是因为在这乡野有这不俗的遇见。林行婆种花，也有为自己培植伴侣的考虑吧，满院皆花，人也就不孤单了。东坡看到林行婆，首先想到的就是杜甫诗中的黄四娘,她们都懂花,都离不开花,东坡也离不开花。

第一面印象极佳,东坡一定想:要是有这样的邻居就好了。我还能想象林行婆的性格:开朗、健谈、有趣。东坡是个好逗趣的人,若对方是个拘谨古板之人,一定不欢而散,也就没有后续的诗文记述了。

这个婆婆不简单,她还有一项绝活就是酿酒,又对上了东坡的所好。在岭南东坡有很多次酿酒的尝试,他称自己的家酿为"罗浮春",他还酿过桂酒、真一酒,每一次都让他的诗文活色生香。酿桂酒时,"捣香筛辣入瓶盆,盎盎春溪带雨浑。收拾小山藏社瓮,招呼明月到芳樽"。东坡把山水明月,自然风光,都收纳到酒瓮里了,酿酒只是一个兴致,关键是诗蘸着酒酿起来了。

别看东坡酿酒诗写得美,估计酿技也只是良好,而林行婆,人家是酿酒师,以酿酒为业,在白鹤峰卖酒,东坡肯定早就喝过她家的酒。好酒!不一样,就是不一样。那绝对是吸引,味觉不可抗拒。

这样的邻居可遇不可求。东坡比"林"而居,可以"竹阴借东家""时嗅砌下花",借景借香,自然还可以借酒。循州知州周彦质罢任经过惠州,东坡留他在白鹤新居住了半月,东坡拿出美酒、荔蕉,款待这个朋友。不知不觉,小瓮里的酒没有了,不要紧,"或乞其邻",到邻居那借酒。清代王文诰说,"其邻"就是林行婆。当然是她,一个让东坡乐道的邻居。

在《白鹤新居上梁文》里,东坡也写到了林行婆:"年丰米贱,林婆之酒可赊,凡我往返,同增福寿。"比"林"而居,东坡是很得意的,人对得意的人和事,会不知不觉提起,林行婆也就常常进入他的诗篇,并得到东坡的祝福。

除了林行婆,东坡还有个心仪的邻居翟秀才。在白鹤新居快要落成的时候,一天夜里东坡去访西邻翟秀才,"林行婆家初闭户,翟夫子舍尚留关",林行婆家的门刚刚关上,翟秀才还给我留着门呢。

这个翟秀才,学问博洽,居白鹤峰东,读书嘉祐寺,不求仕进,是个乡贤,与东坡很投缘。东坡筑居白鹤峰,翟秀才就成了东坡的西邻,林行婆是东邻。有次东坡访西邻,跟翟秀才聊着聊着便开起了玩笑,"瓮间毕卓防偷酒,壁后匡衡不点灯"。匡衡指夜读的翟秀才。毕卓,晋代的吏部郎,是个嗜酒成癖的人。一天邻舍酒熟,毕卓夜里跑到人家酒瓮间盗饮,被主人抓住捆了起来,天明一看,原来是毕吏部,赶快松绑,便招呼毕卓一起醉饮瓮边。古人很好玩,那么淳朴烂漫。东坡引这个典故是说,林行婆要防着贪杯的酒鬼夜里盗饮,这酒鬼是谁呢,自然是东坡和翟秀才啦。

东坡对这两位邻居太满意了,简直是黄金搭档,一个能给他生活之美,一个能给他知音之感。他享到了陶渊明的福,有一起"数晨夕"的素心人,有"疑义相与析"的知音;他也享到了杜甫在浣花溪的福,左邻黄四娘,右邻田舍翁。

东坡要回馈芳邻,他在住宅的西边打了一口深井,"要分清暑一壶冰",暑天里分一壶甘凉给邻居。你分我竹荫,我分你甘泉。这井算是帮了林行婆的大忙,林行婆酿酒为业,酿酒要好水,不知之前她到哪取水,估计到东江,现在家门口就可以深汲,是东坡给她约到的山泉水。

林行婆以自己的清爽、热忱、能干,赢得了东坡的敬重,当然还可以加上一款:品位。一个能让东坡寄沉水香的婆婆,绝不是一个日子过得粗疏的人,她一定识香爱香,平时也有焚香的雅好。她不懂诗文,但她的花,她的酒,她的人格,就是东坡的诗。知交向来以不同的方式、不同的层面,回应彼此。你的生活或许恰恰就是对方的诗,你的形象、你的人格,就是对方歆慕的文化,只是对方常常以纸笔书写,而你用言语和行动书写。

那种自诩"谈笑有鸿儒,往来无白丁"的交往,只是打通了知书的层面,而没有在生活意蕴层上实现交往。不与白丁往来,是白丁不能与他谈诗论文，而他又不能与白丁共论桑麻，共饮杯酒。东坡在交往上，可以上达下达，能与人谈空说有，也能与人谈美食谈酿酒，甚至是讲着鬼故事逗乐。他能端坐高堂华屋，也能与人班荆道故。东坡看重林行婆这个邻居，是他向平凡生活美的深度折腰，这种美由平凡通向高贵，由具体通向丰富，由认真通向品位。

林行婆，最美邻居。

此次寻访，我遇到了许多善良的惠州人，要说哪位最像林行婆，非"东坡粮油店"老板娘莫属，她就住在离白鹤新居不远的地方，是如今东坡的邻居。不知她会不会酿酒，油榨得那是一绝。她始终笑盈盈的，就像春风一样暖人亲人。

离惠前，因惦着花生油，就想买两瓶带回。"林行婆"看到我们，又笑盈盈地跑出来，她在里面忙榨油呢。听说上飞机，她说估计带不了。我们又临时到网上查，比较麻烦，要有专用的包装箱。只能割爱了。

其实，你想买，她卖给你就是了，接下来就不是她考虑的事了，可惠州民众，就要站到你的角度去考虑结果，宁可不卖，也不让你受损失。

那么，谁最像翟夫子呢？自然是刘汉新——刘夫子了，他住在嘉祐寺遗址附近，离白鹤峰不远。

见到他之前，我说：其实你那里我们已来过多次了，就是墙上挂满了盘子（刘老师作品）的地方。

他回道：门前有很多盘子的地方，也是苏东坡寓惠时转来转去的地方。

他发来东坡钓矶的视频，又发来罗浮山五色雀照片。真是东坡好邻居，知道我对什么感兴趣。

通过交流，我终于弄清东坡是怎么沿着城墙边，背城而行，不知不觉就到了西湖的路线；也终于将栖禅寺、罗浮道院、逍遥堂这些东坡常去的西湖胜迹连到了一起；还明白了为什么程正辅从合江楼到嘉祐寺探访东坡是坐着船去的，原来水东古时还有一条水道，嘉祐寺就在古水道边……我之前读诗时有诸多疑点，今天可以释疑了。

刘汉新还告诉我，松风亭不在嘉祐寺后山之巅，也不在白鹤峰上，在古水道东边的山巅。南宋时在山下建了弥陀寺，那时嘉祐寺已倒，只有僧房和古井，后人就将弥陀寺当成了嘉祐寺。这些地理的细节都被刘老师画到瓷盘上了。但愿瓷盘的记忆可以千年不朽，但愿记忆的细节，再过千年，还有人可以重述。

看我们对一幅惠州民居图感兴趣，他指着说：这里就是东坡当年买羊脊骨的地方。他要带我们出去，帮我们在现场找回历史感。

我们沿着古水道走，现在已经填了，我之前就疑惑，这里的许多小山平了，土去了哪里？刘汉新指一个路牌让我们看：黄家塘。说明这里以前有一条水道，叫什么名字，都是有来历的。今天我读通了很多诗，也走通了很多路。

东坡有很多的粉丝和研究者，像刘汉新这样，既是他的邻居，又是他的忠粉，千年后仍痴迷东坡磁场，天天在这一磁场里走来转去，并将自己研究的所有细节，都用瓷画的形式记录下来，千年后也差不多就他一个人吧。

惠州篇　不辞长作岭南人

永远的朝云

来惠州寻访东坡的人，没有不去祭拜朝云的。

我迟迟未去，是想让自己觉得，她还活着。

朝云墓在西湖孤山上。依她临终遗言，东坡将她葬在栖禅寺东南松林里，向东可以望见泗州塔，这是一个学佛女子最好的归宿了。

世间好物不坚牢，彩云易散琉璃脆。花肤雪肠终敌不过瘴魔，朝云在惠州病逝了，时年三十四岁，东坡家的四月天黯淡了。

古代惠州这个地方，民风尚好，山水秀邃，食物基本不缺，可一个瘴疠改变了它的风水，让人视为畏途。朝云带着爱的勇敢来了，竟遭到瘴疠百分百的暗算。

东坡在岭南，一直带着防备之心，并且以行动抵制瘴毒，行动之一是煮药酿酒。他写《桂酒颂》，对姜桂和桂酒，进行了礼赞。《本草》说桂酒可以"利肝胕气""杀三虫"。东坡从一个医者的角度，来酿制桂酒，借助它御瘴排毒，为自己和家人的生命保驾护航。

东坡也爱焚香，不仅为了气味深美，也有祛疫的考虑。《博物志》中特别讲到有一次长安大疫，宫中皆疫病，汉武帝焚烧弱水西国所贡香丸"以辟疫气"。在中国传统文化中，无论是宫廷生活，还是百姓生活，焚香成了各种史料和医药典籍中最为常见的驱瘟防疫的有效方法。

饮食上东坡也是注意防瘴的。比如食芋，惠州盛产芋，可人食后不免疫疫。吴子野告诉他，食芋要去皮，用湿纸包裹放到火上烤着吃。能看出东坡在星星点点上的谨慎，努力将瘴毒尽绝于门户，尽绝于口腹。

伴随着这种意念的，是生活方式的大变。据说在岭南，年轻人或许可以久居，老者就凶多吉少了。为御瘴东坡豁出去了，"唯绝嗜欲，节饮食，可以不死"。

从希腊世界的传统观念考察，自知包含自制的含义，或者说，自制来自个体对自我的知识。苏格拉底认为，自制就是不受欲望的驱使，对欲望保持一种体面的冷漠。东坡是个理性的人，过着因自知而自制的生活，小心翼翼地规避着岭南的瘴雷，可不承想这雷被年轻的朝云踩中了，琉璃尽碎，彩云散去。

绍圣三年（1096）七月五日，"嫩脸羞娥"离东坡而去，朝云，冥冥中注定是短暂的美丽。古语"情深不寿，慧极必伤"，说的就是朝云吧。

东坡是伤逝的，在惠州他给朝云写了很多诗，除了赞美诗，就是悼亡诗。

> 丹青入画，无言无笑，看了漫结愁肠。襟袖上，犹存残黛，渐减余香。一自醉中忘了，奈何酒后思量。算应负你，枕前珠泪，万点千行。
>
> ——《雨中花慢》词下阕

朝云不在了，可屋里仍有她的画像，仍有她的气息。东坡想一醉方休，可醒来后泪珠千行。朝云的肖像能画成，东坡的伤心画不成。

《悼朝云》是很正式的悼亡诗，其中有："伤心一念偿前债，弹指三生断后缘。"不知"偿前债"如何解？是说朝云生前一直在用行动还东坡将她从歌舞班救赎出来的债，还是说东坡以伤心偿还对朝云追随自己的亏欠？可不管怎样，在轮回中恐怕再也没有缘分与她相见了。

其实一切的缘都是债。绛珠仙草跟神瑛侍者是缘，他们来到世上，遇到彼此，都在还债，债还完了，缘也就尽了。有首流行歌曲叫《是缘是债是场梦》："苍天将一切随时变动／苍天将温暖变作了冰冻／一分分地变空／一天天地变空／一生终于变空。"写尽了缘了债了的空寞。

《西江月·梅花》是悼朝云诗中最有名的一首，写的就是缘尽之空。

　　玉骨那愁瘴雾，冰姿自有仙风。海仙时遣探芳丛。倒挂绿毛幺凤。
　　素面翻嫌粉涴，洗妆不褪唇红。高情已逐晓云空。不与梨花同梦。

东坡以朝云爱的梅花来悼朝云，而且还配了"西江月"的词牌，将美一并赋予了朝云。朝云是美神，悼词里东坡念念不忘的还是朝云的美。玉骨、冰姿、仙风，这是仙界的美；素面、唇红，这是美人之美。朝云兼具凡界和仙界的美。

东坡与朝云之间的爱情，也不只是俗世里的爱情，东坡称之为"高情"，是超越了俗世的爱情。朝云毅然随东坡赴岭南，这本身就是超越俗情；到岭南后，他们一同煮药修禅，这又是对俗情的超越。可"高情已逐晓云空"，一天天地变空，俗界里的一切成空，超凡界里的梅花（朝云），已不再与梨花（东坡自指）同梦，不再与俗情同梦。在东坡心中，朝云已进入超凡界。

东坡给朝云写了篇《朝云墓志铭》：

> 东坡先生侍妾曰朝云，字子霞，姓王氏，钱塘人。敏而好义，事先生二十有三年，忠敬若一。绍圣三年七月壬辰，卒于惠州，年三十四。八月庚申，葬之丰湖之上，栖禅山寺之东南。生子遁，未期而夭。盖尝从比丘尼义冲学佛法，亦粗识大意。且死，诵《金刚经》四句偈以绝。铭曰：浮屠是瞻，伽蓝是依。如汝宿心，惟佛之归。

写得很简白，很克制。这种很正规的文体，非常容易将人代入正统的秩序里，而不可有超越伦理的表达，东坡也不能免俗。墓志铭第一句交代了朝云的姓名、籍贯，同时还有身份"侍妾"。这个身份很扎人心，至少很扎笔者的心，东坡终未能给朝云一个"夫人"的名分，她始终只是个侍妾。

在岭南虽有朝云相伴，但东坡仍认为自己是"鳏"，是无妻之人。他在绍圣二年（1095）写给表兄程正辅的诗中有"万里倘同归，两鳏当对櫌"，"櫌"是农具，说如果能同归故里，我们这两个鳏夫当在田园里相守。程当时丧妻不久，如何有朝云陪伴，东坡还认为自己是"鳏"呢？

依我世俗的看法，东坡应给朝云"妻"的名分，毕竟在那个时代身份最被看重，爱她就给她最紧要的。古时一般妻亡后，男人都会将喜欢的妾扶正，更何况朝云十二岁就来到了苏家，更何况她还生过一子（夭折），更何况……可是东坡，爱归爱，观念归观念，一想到这，我就想为朝云流泪。

铭文第二句赞朝云的品格，而将她对先生的感情表达为"忠敬"，这又受了身份的主导，感觉这是仆对主的感情，不像是妻对夫的情感。其实朝云对东坡是深爱，也可以说是敬爱，或许古人羞提"爱"字吧。铭文还交代了朝云生子的情况以及朝云的佛缘。她曾跟尼姑义冲学佛法，死前诵《金刚经》四句偈绝命。一切如梦幻泡影，包括她的生命，包括她和东坡的情爱，包括她得到的和没有得到的。

最后四句铭文的意思是：(葬在栖禅寺这里)你可看到佛塔(泗洲塔)，你能皈依佛寺(栖禅寺)，这是你本来的心愿，佛是你最好的归宿。

"浮屠是瞻"，东坡嵌入了自己的字。朝云，你是可以看到子瞻的。

朝云墓

美人如月，乍见掩暮云，更增妍绝。算应无恨，安用阴晴圆缺？娇甚空只成愁，待下床又懒，未语先咽。数日不来，落尽一庭红叶。

——《三部乐·美人如月》上阕

这是东坡为病中的朝云写的。朝云已卧病多日，见到东坡，强撑着起来，可精神总不给力，她未语先咽，年轻的生命被病魔减去了香雪。词里两次写到她"下床""强起"，因为她怕先生过于担心，还有，她在强力维持自己的美，她不能让它先自己而去，美是她的信仰，一直也是先生的信仰，就像他们共同修炼的维摩境界。

我有个疑问：一家人怎会"数日不来"？他们当时住在嘉祐寺，东坡忙着建两桥（每座桥都有专门的负责人），忙着建白鹤新居，西湖离家有二三里，白鹤新居就在嘉祐寺旁边，这点距离不足以"数日不来"呀？再说"不来"，也让人感觉东坡到的不是自己的住处，他应该用"不回"才对。

听刘汉新一讲，明白了。朝云因学佛，已跟义冲女尼住到西湖的栖禅寺里了，她跟东坡"数日不见"，已是常态。我知道朝云学佛的事，但不知朝云已住到了栖禅寺，跟东坡已不住一块儿了。刘汉新继续分析：朝云临终嘱咐东坡，将她葬在栖禅寺东南松林里，不是住在那里，怎会熟悉那里的环境？是的，住在那里，也才会对那里有感情。

我准备去买一束鲜花，献给朝云。在朝云34岁生日（端午节）时，东坡给她写了首生日赞歌，其中有"海上三年，喜花枝之未老"，朝云是东坡的花枝，而且她也是那么爱花，所以我觉得去看朝云还是买鲜花为好。

我还带了林婆家的酒，是用枸杞、桑葚、莲子、百合酿的养生酒，朝云生前也一定经常喝林婆家的酒。

好不容易才找到一个花店。我挑了粉色的玫瑰和紫色的桔梗，让老板一起包了。今天好热，上午游西湖的人不多。苏堤、西新桥、泗洲塔，这几天走过看过许多遍了，我们俨然是惠州人了。

苏堤走到头，直行右拐，就到了朝云墓。墓依山而筑，以青砖砌成圆弧形，墓碑上刻着"宋绍圣三年丙子岁　苏文忠公侍妾王氏朝云之墓　清嘉庆六年伊秉绶重修"。

我把鲜花放在墓前，为朝云斟了林婆酒，然后三鞠躬，是的，我们要懂得向美致敬。比尔·波特说，他的一个美国朋友特别崇拜王朝云，1999年比尔来惠州时，她托比尔给朝云带来一块绿宝石放在墓旁。

朝云墓前是"六如亭"，因朝云生前学佛，临终诵《金刚经》四句偈："一切有为法，如梦幻泡影，如露亦如电，应作如是观。"所以取名"六如亭"。

亭柱上原本刻着东坡题的楹联：不合时宜，惟有朝云能识我；独弹古调，每逢暮雨倍思卿。可是现在找不到这副楹联了，换成了别人的楹联。

墓的右侧是今人雕刻的一尊朝云坐姿大理石雕像，即便坐着也能看出她身材修长。塑像很美，就像秦观写诗称她的那样"美如春园，目似晨曦"，美得有生气，美得够明媚。我不喜欢秦观在《南柯子》词里对朝云的描写："霭霭迷春态，溶溶媚晓光。"写得太狐媚了。朝云美得纯正，思无邪，爱无邪，乐而不淫。塑像很好地表现了这种美，端庄、深致、高华。她手里拿着一本书，放在膝上，是佛经吧。

朝云雕像

注：位于惠州西湖朝云墓旁。

  雕像不拘泥于朝云的古典画像，颇符合现代人的审美，不再是细眼斜眉，不再是樱桃小口。像的造者叫俞畅，应该说他对朝云的美有深刻的领悟，而且也知道如何表达，在古典与现代之间将美发挥到了极致。

  我扫视了朝云墓的四周，竟然没有松林，可以为她造一片的。那么梅花呢？朝云爱梅，东坡在墓前植了很多梅花，之后历代的惠州人都植梅祭她。现在的季节我也不能确定墓旁边那些被修剪的灌木是不是梅花，我通过拍图识花，识出的是"木槿"，再拍再识三次，分别识出是"榆叶梅""梅花""木槿"。我跟自己说，应该是梅花吧。

现在，朝云墓右边是东坡纪念馆，左边是东坡书迹长廊，有东坡护在左右，朝云心安了吧。

作为一名钱塘女子，能葬在西湖边上，也是最好的归宿了，不仅有湖光山色，还时有游人的敬慕。就在我们祭拜时，一对夫妇也带着他们的两个孩子来到墓前，两个孩子对着朝云拜了又拜。在我走到朝云雕像前时，分明看到朝云的衣领间放了几朵小花。

东坡在祭文中写道："伏愿山中一草一木，皆被佛光；今夜少香少花，遍周法界。湖山安吉，坟墓永坚。"确实如东坡所愿，永远的朝云。

儋州篇

天容海色本澄清

东坡居儋时期：
绍圣四年（1097）七月——元符三年（1100）六月

赴儋州中和镇

公元2019年1月16日,我决定渡海去儋州中和镇,时隔九百二十多年,我想在中和镇,幸会东坡。在载酒堂或是在桄榔庵附近住下来,做一回他的邻居。走他常走的小路,看他看了三年的风景,有可能的话再结识一些像黎子云、春梦婆一样的当地人,尝一尝东坡的玉糁羹,还有烤生蚝,每天读着东坡的海外诗和东坡偶像陶渊明的诗文,让自己走近,再走近。

"旦朝丁丁,谁款我庐。子孙远至,笑语纷如。"绍圣四年(1097)年初,在东坡惠州的白鹤新居,儿孙之中除次子苏迨一房外,都齐聚到东坡膝下了,这让他终于能抓牢一份幸福,他已经六十一岁了。

三年独居,本以为团聚的幸福会持续很长的日子。是啊,已经不奢望回到朝堂了,总可以在贬谪地待下去吧,这已经是底线了,可东坡做梦都没有想到这底线竟被那个章惇给突破了——苏东坡连岭南都待不成了,这瘴疠之地竟成了他待不了的洞天福地。

两个月,儿孙绕膝的幸福只在新居里照拂了两个月,厄运就从

所罗门的小瓶子里放了出来,起因是他写了题为《纵笔》的一首诗:

> 白头萧散满霜风,小阁藤床寄病容。
> 报道先生春睡美,道人轻打五更钟。

这诗里的幸福指数也不算高吧,白发霜风,一副病容,只是在这春天里睡了一个好觉,做了一个美梦而已,就这点幸福刺痛了宰相章惇。据说,章惇看了这首诗笑道:"苏子瞻尚尔快活耶?"这快活太出乎他意料了,本来是要弄死你,即便不死也是生不如死,没想到你苏子瞻竟能以瘴疠生产出快乐,那好,就换个地方,看看你到底有多牛。于是朝廷下诏将东坡再贬琼州别驾,昌化军安置,贬到海之南,已经是极限了。

章惇与东坡原是好友,在朝廷里曾彼此声援,因苏辙弹劾过他,他便怀恨在心,并迁怒于东坡。据说,这次再贬东坡,在地名上他是有深究的。苏轼字子瞻,"瞻"与"儋"形似,于是就将东坡贬往海南儋州;苏辙字子由,由与雷的下半部近似,于是就将苏辙贬到雷州。

海德格尔说:"人是被抛到这个世界上来的。"对东坡而言,是被抛来抛去,由不得自己。

东坡四月十七日接到琼州别驾昌化军安置的诰命,"初闻丧胆",一贬再贬,远无可远,四月十九日他便离开惠州,行至广州与家人诀别,"子孙痛哭于江边,已为死别"。

儋州古称儋耳,在北宋时期,是极为荒蛮凶险之地,古称"南荒""非人所居"。从汉代到明代,内地被贬到海南去的官员共有十五个,而且几乎都是有去无回。垂老投荒的东坡意识到这可能是一场死别,于是把身后之事,向长子苏迈做了交代。他说:"今到海南，首当作棺，次便作墓，乃留手疏与诸子，死则葬海外。"子孙悲痛欲绝，他就用佛家布施的观念规劝子孙，说古时做父亲的都能把儿子施舍出去，那做儿子的为何不能将父亲施舍出去呢？就是想让子孙对自己死葬海外，能够看开想通。

兄弟俩同时被贬，也够萧然的。诀别家人后，东坡唯独带着幼子苏过同行，取道新会、开平、新州，溯江至康州、封州，然后抵达梧州。听说一同在被贬路上的弟弟苏辙这时尚在滕州，于是东坡旦夕追及，这一天是五月十一日。

兄弟俩同行至雷州，六月十一日相别，东坡在递角场渡海。同行了一个月，是喜是悲，个中滋味，掺杂难辨，但不管怎么说，这是不幸中的万幸了。他们兄弟间的情谊有着与生俱来的温暖和默契，大的政治气候骤冷骤热，而兄弟间的宇宙始终如春。而且我们还要感谢章惇这个人，感谢他把兄弟俩贬往一个方向，东坡和子由并不知道，这同行的一个月，是他们有生之年的最后相聚，从此天远海远，生别死别。

"莫嫌雷琼隔云海，圣恩尚许遥相望"，东坡对子由说，不要嫌他们之间隔着云海，至少还能隔海相望。或许这句还隐含着对当权者的不满，但是在同贬的不幸中，东坡也心领了那看得见或看不见的幸运。

老天是要把我们当作箕子，要我们教礼仪、劝农桑于荒远边陲之地，他在给子由的诗中如是说。箕子是殷商时期的贵族，曾多次劝告纣王，反被囚禁。后武王封箕子于朝鲜，箕子教以礼仪蚕桑，用中原文化化育外族。这个时候，东坡心里想的仍是自己教化一方的责任，只是这别驾名为知州的佐官，实为闲散官，有职无权，权力被做了最小的量化，而东坡显然没去考虑权力的问题，教化自有别的渠道。花木可以被限定栽植的范围，而花香限定不了，随着风能散播到很远的地方，文风和民风都是可以散播的。

东坡在诗里还说："他年谁作舆地志，海南万里真吾乡。"

这句被称为东坡谪居海外三年的发轫之词。还没到一个地方，就称这个地方是"真吾乡"，前两次被贬，东坡也是如此。而海南是"真吾乡"，感觉比前两次感情投入更深，这是在为自己壮行啊！东坡以作棺的勇气、以旷达的豪气豁出去了，而外在越壮，内心越悲，不壮不足以镇住悲。仿佛孔子被厄于陈蔡，断炊七日时的弦歌，人们既要能听出歌的疏旷，又要能听到心的悲慨。很多时候人生的不幸，是通过相反的声音发出的。

那好，就念着"海南万里真吾乡"的诗句渡海吧，至少这样想，可以少一些茫然。

一代文豪又漂泊在茫茫的大海上。

"人生到处知何似？应似飞鸿踏雪泥。"年轻时感念的那一只鸿，竟成了东坡人生的暗喻。

据史载，东坡与儿子苏过渡海的那一天，海况顺利，他们在澄迈县城（今老城墟）港口登岸。"回望乡国，真在天末"，这种隔绝也是折磨。东坡到达澄迈之后，先赴琼州府"报到"，逗留十多天，再和儿子从澄迈老城起程，经临高，到泊潮（今儋州市光村镇）上岸。

东坡是从海上环岛而行的："四州环一岛，百峒蟠其中。我行西北隅，如度月半弓。"从琼州到儋州，沿海向西行走，行迹似半月形。百峒，指黎族同胞居住的地方。

"四顾真途穷"，四面八方都走到了绝路，是真正的天涯海角，再无路可走了。

而自己又岂不是那一粒粟米？在黄州时写的"渺沧海之一粟"，这一次算真正体会到了。于是庄子来照面了，在无路可走的时候，中国文人都会想到庄子，东坡需要借助庄子来替自己想明白一些问题。庄子说："计四海之在天地之间也，不似礨空之在大泽乎？计中国之在海内，不似稊米之在大仓乎？"是啊，算一算四海在天地之间，不就像一个小土堆在大泽当中吗？再算一算中国在四海之内，不就像一颗细小的稊米在大仓里面吗？那么人呢，还有什么值得计算的呢？自己也用不着忧伤了。

这天经过儋耳山，东坡写了首《儋耳山》诗：

突兀隘空虚，他山总不如。
君看道旁石，尽是补天馀。

儋耳山在光村镇境内，古时驿道必经。在东坡眼里，这儋耳山的风光是其他的山比不上的，就连道旁的石头，也是当年女娲补天时遗落的。"补天馀"，是东坡的自嘲吧。

七月初二，东坡父子经过两个多月的颠簸，行程一二千里，终于抵达儋州贬所——昌化军（今儋州中和镇），"军"在宋代是相当于州的行政单位。

这地方的名字，也很巧合。中和镇古称高坡，如今东坡来到高坡，也算是有缘，儋又与瞻相似，真有一种冥冥之中的感觉。

东坡是在夏天到海南的，君命不可违，他无从选择。我选择了冬天来，对于淮河岸边的我来说，是从冬天直接来到了春天。飞抵海口后，我要乘车前往海南西部的儋州，我不可能沿海岸舟行，但希望车子能沿着环岛高速行驶，这样就基本上像东坡舟行那样"我行西北隅，如度月半弓"了。

我乘的是海口至儋州的车子，此儋州非东坡的儋州，现在的儋州在那大镇，东坡的儋州在中和镇。两个小时后，大巴司机把我放到了东成的一个路口，等了不到五分钟，那大镇去中和镇的车子经过这里，我上了车，车票五元，我知道离中和镇不远了。

车上都是黎民，是真正的黎民百姓。车上没有座位，一位阿姐说，她马上要下，让我坐她的。她站了起来，我坐到了她的位子上，她竟然站了好长一截路，我感觉当地人真实诚。车窗外是村庄和农田，这里的土地始终都是醒着的，山芋、玉米加上积水的稻田，已经完全没有了北方的季节感。路况不是很好，村道很窄。

我没有被预想中的蓝天白云镇住，天空灰蒙蒙的，就像东坡写的"天水溟濛""海氛瘴雾"，莫非这就是海南的天空？

这时东坡书院从车窗外闪过，我看到路牌：东坡路、吉贝路。感觉瞬间被带到千年前。

吉贝，让我想到了吉贝布，海南的土特产，是用木棉织成的一种土布。原先这里的黎族妇人，高髻绣面，耳戴铜环，垂坠至肩，衣裙皆吉贝，五彩灿然。

我又想到了一个人——送吉贝布给东坡的"黎山幽子"，这是东坡对他的称谓，因为他是幽居深山的黎族人。一天，"黎山幽子"背着木柴到城里卖，他看到东坡穿戴的衣冠，便笑了起来。他说什么，东坡根本听不懂，两个人就用手比画。仿佛他说东坡是贵人，是龙凤落到了草莽里。临别他送了东坡一截吉贝布，东坡很感动。我记住了这块温暖的布，而这路一定跟这个故事有关。

千年前的东坡，如何能听懂当地的语言？这就意味着，隔绝又多了一重——语言。把你放到一个无法与人说话交流的地方，这才是无以复加的流放。

到了这个草莽之地，东坡要怎样才能把自己安顿好呢？他自然不会"零落同草莽"，但想活得好，也不是件容易的事。

岛上生活

初至岛上的东坡,精神状态不佳,其中也有身体的原因。在来的路上,东坡就时常"病痔呻吟",被痔疮折磨,这是他在惠州就常犯的老毛病。又加上大热天和对海南气候的不适应,到了中和镇东坡就病倒了。"某到此,数卧疾""日就灰槁",几次卧床不起,身体逐渐衰老枯槁。身体影响精神,更何况这时的精神世界也是万方多难。

那时海南岛被称为"海外",东坡在诗里也是这么称的,"孤悬海外"。我手边的这本东坡在海南的作品集,就叫《新编东坡海外集》,林冠群编著。

有一种距离,不只是空间上的,是时空上的,被称为日程。同样来儋州,现代人只需几个小时,而东坡从惠州出发,走走停停,前后两个半月。这就意味着东坡与亲人的距离是两个多月,不耽搁的话,也要将近一个月吧,所以东坡说:"岭海阔绝,怅然。"而真正的距离,又不在于这可以计算的时空,而在于朝廷对你流放的时间。如果流放四年,你与家的隔绝就是四年;如果是终身,那就是终身隔绝。相比之下两个月不算久远，未知才是久远。

人永远都面临着一个调整的问题，一个溺在深水里的人，泅出来的欲望最迫切，但这也要智慧。一天东坡将一盆水倒在地上，有草叶浮在水上，他看到一只蚂蚁附在草叶上，茫然不知往何处去。可过了一会儿，地上的水干了，蚂蚁径直离开了，回到了它的同类中。东坡豁然。

自己在岛上，环视天水无际，凄然感伤道：什么时候才能出这个岛呢？跟这蚂蚁的茫然不是一样吗？岂不知俯仰之间就有通达八方之路。这俯仰之间，有时就是转个念：天地在积水中，九州在大瀛海中，中国在少海中，有生谁不在岛者？在海南是在岛上，在内陆就不是在岛上了吗？要知道整个陆地都是在海洋中的呀。这就是以宇宙之宏观反观人生艰难之渺小的智慧。

现在海南成了旅游胜地，是国人看天容海色的首选之地。

可北宋时，海南是标准的蛮荒之地，比岭南还要荒。直到东坡离开海南时，他仍评价那里"其风土疑非人世"，可见蛮荒到什么程度。

至于环境，海南不能说不美。我们一到岛上会觉得眼睛一亮，那天、那海、那绿植，简直是一个水晶翡翠的世界。可东坡的震撼更多的不是来自视觉，而是来自感受。那时内地的天空和景物也是清亮的吧，与海南没有现在这么大的反差，东坡感到巨大的反差首先是气候。

东坡说："岭南天气卑湿，地气蒸溽，而海南尤甚。夏秋之交，物无不腐坏者。人非金石，其何能久？""自立冬以来，风雨无虚日。""海氛雾瘴，吞吐吸呼；蝮蛇魑魅，出怒入娱。"

我在中和镇待的这十几日，没下过雨。但天空总是云遮雾罩的，很少能见到海南蓝，跟东坡看到的气象差不多。

东坡在一篇记海南风土的文章里写道："九月二十七日，秋霖，雨不止。顾视帏帐,有白蚁升余,皆已腐烂,感叹不已。信手书。"这是东坡被贬到海南的第二年秋天记写的。床帐的旁边,竟有一升多已经腐烂的白蚁,这个够悚人的吧。

难的还有生活,"食有并日,衣无御冬",有时两日才能吃一次饭。而吃的又是什么饭呢?就是用薯米掺些大米做成的粥糜,薯米是切碎成粒状的甘薯,而粥中十分之六都是甘薯粒。

东坡总有办法,他常煮蔓菁、芦菔、苦荠而食之。东坡很解煮,他架起锅灶,将蔬菜煮得浓浓的,像出膏油一般,汤汁淋漓光亮。就像当年在黄州煮猪肉一样,东坡将蔬菜煮出了膏油。他还说自己这样是"以不杀而成仁",因食菜不杀生,所以成就了儒家仁恕的道德修养。

东坡是爱吃肉的,可时常十天半个月都吃不上一顿,于是当地人向他"荐以熏鼠烧蝙蝠","荐",是献出、拿出。给东坡送来了烧好的老鼠和蝙蝠,这是当地人肉食的两种。还有一种让人恶心的"蜜唧",就是将刚生下的幼鼠用蜂蜜浸泡,夹出取食,食时唧唧有声,故称"蜜唧"。东坡初闻时,也想呕吐,后来有没有吃就不得而知了,但对吃蟾蜍,能稍稍接受了。当年韩愈被贬至潮州时,曾写过食蛤蟆诗:"余初不下喉,近亦能稍稍。"看来海南人也有食蟾蜍的习俗。

可在海边,东坡为什么不买鱼吃呢?一是因为穷,他说:"水陆之味,贫不能致。"二是因为病,"病怯腥咸不买鱼",要忌腥忌咸,导致肚子里严重缺油水。所以我们也就知道,为何东坡能稍稍接受那些"呕食"了。

海南的荒是多方面的。东坡曾经在给朋友的信里,将这种荒概括为"六无":"食无肉,病无药,居无室,出无友,冬无炭,夏无寒泉。"

说到"出无友",东坡说"从我来海南,幽绝四无邻",又加上政务上淡然无事,常常是静极生愁。好在他带了两友来,那便是陶渊明和柳宗元的诗文集,他常将它们放在左右,目为二友。

居无室。幸有军使张中的照拂,让东坡父子住进了伦江驿馆,也就是官舍,这是供视察的官员和往来公使住的,而儋州这个地方估计平时也少有人来,加上当地的条件极差,官舍不过是几间窄小漏雨的旧屋。每每逢雨,东坡必须把床铺东搬西挪,以避雨水。他在给苏辙的诗中说:"如今破茅屋,一夕或三迁。风雨睡不知,黄叶满枕前。"

伦江驿馆旧址在今中和镇政府大院内,我就住在附近的旅租。一天正午,我拐进了大院,想看看当年东坡住过的地方有没有留下什么痕迹。我被几棵大树吸引了,问树下玩耍的孩子,说叫"松梅树",原来是"酸梅树"。问他们是否知道苏东坡,孩子们点点头。

在政府大楼后边的空地上,有一片露天的古文物展区,四周围着木栅栏。原来这些都是散落在中和镇的古建筑构件,共四十九件,现集中存放在这里,有接官亭断石匾、抱鼓石、石马槽、方形小石柱等,大都为明清时文物。

对着这些文物,人容易走近历史,仿佛我就站在东坡所住官舍的门口,此时一切安静。我绕大楼走了一圈,处处是大树,有一种树干直立,像即将发射的炮弹,看起来像椰子,当地人说是棕树,树干靠地面两尺高的部位,长满了像沙虫似的根须,样子很神奇。

一阵风吹来,树叶唰唰,我脑子里浮现出"风雨睡不知,黄叶满枕前"的情景。当年东坡住的驿馆是一处破茅屋,勉强藏身,在别人看来满眼是凄凉,他却能睡得香,还能有那么点浪漫的想象。想起诺贝尔奖得主鲍勃·迪伦的一句话:"有些人能感受雨,而其他人则只是被淋湿。"

可就这样的日子,东坡也不被允许拥有。大约半年后,东坡的政敌湖南提举董必察访广西,听说东坡住在官舍,便派人来到儋州，将他父子逐出官舍，后来还罢了张中的官。

张中是在丁丑年（1097）八月（也有说十月）到儋州任上的，那么之前的这些日子，在"三不准"的规定下，东坡父子住在哪儿？应该是住在官舍，想必还有别的官员照拂，只是先住的是"漏室"，张中到来后才加以修葺。

垂老投荒赴海南，贬往儋州确是东坡生命中最艰难的岁月。

东坡说："我生多故，愈老愈艰。"

已无路可走，又无处可居。人生的绝境莫过于此，可是总要将自己安顿下来的。

东坡遇事容易往好的方面想，就像树木喜欢朝阳生长，对东坡来说这是顺应物性的自然。他也稍稍喜欢海南了，毕竟海南这个地方，自古是无战场的，不像中原地下地上堆叠的都是历代战争残酷的痕迹；他也喜欢海南的这些山了，飞泉鹤舞，跟中原的嵩山、邙山有什么两样呢？再说了大颗的芋头也是可以填饱肚子的，吃不到肉又有什么妨碍呢？

往好的方面想，人就容易快乐了。冬日里东坡在屋里生了炉火，本来缩着脖子像寒鸦似的，这时看到红色的火焰跳动，如同坐在春风里一般畅快。"浮空眼缬散云霞，无数心花发桃李"，看着看着，火如云霞涣漫，无数的心花像桃李开满心间，也开满了小屋。东坡臆造的能量无限，心能创造非凡的美感。黑格尔说："艺术是精神对物质的胜利。"

说到这儿，不能不说说东坡的幽默。上面说到他将海南的"荒"概括为"六个无"，但后面还跟了"一个幸"，那就是"无甚瘴也"。这是东坡的冷幽默，就像他说食菜不杀生，可以完成儒家的恕道修行一样，都让人笑后又心里酸酸的。

听说弟弟因为生活条件差，缺少肉食，身体瘦了。东坡说："相看会作两癯仙，还乡定可骑黄鹤。"咱们兄弟两人相见时定都瘦成了仙人，到时就可以骑着黄鹤飞回故乡了。这样的幽默让人想笑又笑不起来，但能这样幽默，可见心底有足够的调侃处境的能量。心中的难，就像有一艘艨艟巨舰即将搁浅，而东坡自有心力让它浮起来，幽默就是一股上浮的力量。

载酒寻踪

到儋州中和镇寻东坡，有三个地方必去：东坡书院、桄榔庵遗址和东坡井。这是中和镇至今保留的没有任何疑义的东坡遗迹，岁月也奈何不了儋耳人。

去东坡书院，我带了一只荷叶杯，在海南，东坡最喜欢的是一只荷叶杯；我还带了一瓶好酒，东坡书院的前身叫"载酒堂"，载酒问字，我自然要有携；还带了一本精装本的陶渊明的集子，东坡来儋州，随身就带了两个集子，其中之一就是《陶渊明诗集》；除此之外，我还带了林冠群编注的《新编东坡海外集》，收录了东坡在海南写的所有作品。

真正可以安顿东坡的不是虚空的思想，而是现实的作为。不管到哪儿，即便无职无权，他也要尽可能地去化育一方，这就是根植于心的责任担当。即便被摧折了枝干，根还是在的，已盘结在生命的释放点。

海口五公祠有一副饶有风趣的楹联："唐宋君王非寡德，琼崖人士有奇缘。"在东坡前后，唐宋还有一些高官被贬至海南，朝廷的本意自然是发落，毫不手软，可当阆苑的种子被抛撒在荒野时，受惠的自是荒野。"玉在山而草木润，渊生珠而崖不枯"，有了一些珠玉一样的人物，谁又能说海南的草不润，琼州的崖还枯呢？

东坡到儋州不久，有一天军使张中带他到城东南去访黎子云兄弟，黎氏兄弟是黎族人，耕田读书，有中土之风。他们住处的旁边有一个很大的池塘，周围水木幽茂，当时在座的人们，就议起了为东坡在此建屋的事，东坡欣然同意。

戊寅年（1098），也就是东坡被贬至海南的第二年，东坡的教学点"载酒堂"在黎子云的居所落成，这是南荒的一件文化盛事，从此东坡就可以设帐授徒，敷扬文教，变化人心了。

载酒堂，是根据《汉书·扬雄传》中"载酒问字"的典故而命名的。扬雄，字子云，家贫，一向喜欢喝酒，也时不时会有人载着酒肴跟他游学。东坡以扬雄自比，意为在这穷乡僻壤，有人载酒来与他谈论诗文。

说到扬雄的字"子云"，我心里暗惊，真有这样的巧合。这载酒堂是建在黎子云的宅基上的，也是一个子云。是不是这个黎子云，让东坡联想到了扬子云，进而想到"载酒问字"的呢？

用扬雄的典故，可能还有一个原因。扬雄是蜀郡成都人，东坡家在眉山，他们都是蜀中人士。以同乡人典故命名"载酒堂"，在这天涯，也算是在名字中归乡了。

"莫作天涯万里意，溪边自有舞雩风"，在天涯又有什么关系呢，这里的溪边也可以吹起沂水边舞雩台上的风，就是中原的教化之风。"舞雩风"是孔子和弟子们倡导的德风，东坡要让天涯的海南也吹拂这样的风，民风趋淳，民德归厚，而且是逍遥闲适，与自然冥合为一。这正合东坡的心意，既实现了儒教的理想，也实现了心灵自由的渴望。

如今的东坡书院是个规模不小的建筑群，当初一定是简陋的，现在是重重的殿堂，显然是历代扩建的。书院门前是个大池子，周围水竹幽茂，载酒堂当初就是"居临大池"，东坡经常临池垂钓，"城东两黎子，室迩人自远。呼我钓其池，人鱼两忘返"，池子泛着海一样的蓝光。

　　书院大门是三间灰白色建筑，古韵雅致，有宋遗风。一进门是载酒亭，亭上题有"鱼鸟亲人"的匾。往里是载酒堂，塑有东坡、苏过、黎子云三尊问学彩塑，墙壁上有《东坡笠屐图》石刻：东坡头戴竹笠，脚穿木屐，高卷裤管，身体前倾，在村路上顶雨急归。这里当是整个书院的灵魂所在。

东坡笠屐图　明　孙克弘

《东坡笠屐图》，是有故事的。一日东坡访黎子云，途中遇雨，他便从农家借来斗笠和蓑衣穿戴，并穿上木屐。不料这引起了轰动，妇人和小孩子都跟在他后面哄笑，连村里的狗也跟着一起狂叫。东坡自己也一定觉得好玩吧，自得幽野之趣，当时若有手机，朋友圈一定是刷屏了，而在文学艺术圈还真"刷屏"了。

　　北宋著名画家、东坡好友李公麟率先作《东坡笠屐图》，其后有赵孟頫《东坡笠屐图》、唐寅《东坡先生笠屐图》、仇英《东坡笠屐图》、张大千《东坡居士笠屐图》，连日本画家富冈铁斋、朝鲜画家许炼都画了东坡笠屐图，现存世的东坡笠屐名画作多达一百五十多件，另有南宋周紫芝等人的笔记、明代宋濂等人的题词等，真是蔚为大观，连续几个朝代都"刷屏"。

　　常来载酒堂"问奇请益"的有军使张中，有黎子云兄弟，有老符秀才，还有从内陆渡海而来的王介石等人，这里要特别提一个人，就是姜唐佐。姜唐佐是琼州人士，在东坡谪儋后的第三年，他带着老母亲从琼山赶来拜师，并一直侍奉在东坡左右，深得东坡真传。姜唐佐气质不俗，文风磊落大方，很有中州之风。在去广州应考前，东坡在他的扇子上题了两句诗"沧海何曾断地脉，白袍端合破天荒"，是说他可以在科场上一举成名，打破海南不中的纪录，姜唐佐是海南第一位举人。

　　东坡北归后的第九年，儋州人符确成为海南第一位进士，海南从此破天荒。

　　东坡书院最里一重院落，有一棵百年的大芒果树，大殿中塑有一尊东坡坐像，目光前视，一手持着书卷，一手搭在膝上。堂中匾额书：鸿雪因缘。取意东坡早年的诗句：人生到处知何似，应似飞鸿踏雪泥。这里当然是说东坡跟儋州的缘分，东坡这只鸿飞到了儋州，留下了雪泥鸿爪，然后又飞回海北。其实东坡跟儋州又何止是鸿雪因缘，他不止是在此飞落一下，而是在这儿整整待了三年，以儋耳民的姿态待了三年，鸿雪因缘只适合那些匆匆过客，东坡显然不是。

我用荷叶杯向东坡敬酒，朗读了那首《和陶始春怀古田舍二首》诗并序。

> 儋人黎子云兄弟，居城东南，躬农圃之劳。偶与军使张中同访之。居临大池，水木幽茂。坐客欲为酿钱作屋，予亦欣然同之。名其屋曰载酒堂，用渊明《始春怀古田舍》韵，作二首。
>
> 其二
> 茅茨破不补，嗟子乃尔贫。
> 菜肥人愈瘦，灶闲井常勤。
> 我欲致薄少，解衣劝坐人。
> 临池作虚堂，雨急瓦声新。
> 客来有美载，果熟多幽欣。
> 丹荔破玉肤，黄柑溢芳津。
> 借我三亩地，结茅为子邻。
> 鴃舌倘可学，化为黎母民。

书院还有东园、西园和后园。西园是座花园，在两棵凤尾松间矗立着一尊东坡笠屐铜像，东坡头戴竹笠，脚穿木屐，手持书卷，昂首行走。

我又为东坡斟满了一荷叶杯酒，再将《陶渊明诗集》和《新编东坡海外集》拿出来，一起放在东坡铜像前，我开始朗诵东坡的《和陶连雨独饮》：

> 吾谪海南，尽卖酒器，以供衣食。独有一荷叶杯，工制美妙，留以自娱。乃和渊明《连雨独饮》。

平生我与尔，举意辄相然。岂止磁石针，虽合犹有间。此外一子由，出处同偏僊。晚景最可惜，纷飞海南天。纠缰不吾欺，宁此忧患先。顾引一杯酒，谁谓无往还。寄语海北人，今日为何年？醉里有独觉，梦中无杂言。

自戊寅年（1098）至庚辰年（1100），东坡在载酒堂敷教三年，东坡北归后，载酒堂一直存在。到了清代，进士王方清和举人唐丙章在此掌教，"载酒堂"改称"东坡书院"。载酒堂，实现了中原文明和海南文化的有效对接。

"客来踏遍珠崖路，要觅东坡载酒堂。"这是明代提学张习到儋州留下的诗句。

再次站在载酒亭边，对着一池红莲，望着"鱼鸟亲人"的匾，我想，在海南让东坡最为惬意的，便是他的载酒堂，这里不仅有"鱼鸟亲人"的怡悦，还有"载酒问字"的神圣与庄严。

东坡不幸海南幸，从另一个层面上来讲，也是东坡之幸。历史要记住的常常是被它亏待的人，而历史最终记住的是被它亏待而又能善待这个世界的人，东坡用文化和人格善待着这个世界。

庵居成小圃

桄榔庵是东坡在海南的居所，住着他跟小儿苏过。

东坡父子被他的政敌逐出了官舍，"旧居无一席，逐客犹遭屏"，真是念天地之悠悠，独怆然而涕下了，当务之急，东坡要为自己建一处安身立命的居所。

"到处不妨闲卜筑，流年自可数期颐。"东坡每到一个地方，都想想能不能把屋舍建在这里，这样就可以与时俯仰，颐养天年了。最终东坡卜居城南，在南污池之侧、茂林之下，买地起屋，建了五间一灶头，即五间房子中有一间是厨房。建屋时东坡的十几个学生发挥了巨大的作用，他们在泥水中奋战数日，这让东坡深感愧疚。其中，渡海来的王介石出力尤多，躬其劳辱，胜过家中的奴仆。军使张中也用畚箕、铁锹来相助了；缺这少那，没关系，邻里可以互通有无。

丁丑年（1098）五月屋成，东坡六十三岁。

屋建在桄榔林里，桄榔林根根挺直，坚实如石柱；桄榔叶纷纷下垂，纷披如盖瓦，就叫它"桄榔庵"吧。

桄榔树

东坡写了《桄榔庵铭》和《新居》诗,表达新居落成的心情。

铭有:"百柱贔屭,万瓦披敷。上栋下宇,不烦斤鈇。"贔屭,似龟的动物;斤鈇,斧头。东坡笔下的桄榔庵够壮观的,简直就像宫殿。原来百柱就是桄榔树干,万瓦就是纷披的桄榔叶,这大自然的宫殿,当然用不上斧头。

有人说,曹雪芹写《红楼梦》是活在纸上的宫殿里。东坡也在用诗为自己建造纸上的宫殿。

东坡还写了首《新居》诗:

朝阳入北林,竹树散疏影。短篱寻丈间,寄我无穷境。
旧居无一席,逐客犹遭屏。结茅得兹地,翳翳村巷永。
数朝风雨凉,畦菊发新颖。俯仰可卒岁,何必谋二顷。

单看这诗，你一定认为房子很不错，东坡跟陶渊明一样，都有化腐朽为神奇的能量。

其实庵在外形上很像个"疍坞獠洞"，疍坞是水上居民的船坞；獠洞，开始我还以为是动物的洞穴，原来是比喻黎族人居住的村峒。总之，这屋矮小昏暗，实在不能算像样的屋子。晴日还好，"新巢语燕还窥砚"，可是雨天，来人不能到门前，而自己也出不了屋门，门前成了洼水荡，好在东坡心态好，"春水芦根看鹤立"，就看鹤立水中的情景吧。

新居竟也要调整心态才能安居，我觉得《桄榔庵铭》就有这重用意，写是为了调整心态。

建桄榔庵东坡几乎倾尽所有，差不多卖完了随身的酒器，只是有只荷叶杯，工制精美，留以自娱。所以东坡虽是有了新居，也是家徒四壁，可毕竟有自己的家了，"且喜天壤间，一席亦吾庐"。东坡在庵中"食芋饮水，著书以为乐"，若再有酒"入我凹中之荷杯"，那是再美不过的事了，东坡饮少辄醉，但酒可以让他"出妙语为琼瑰"，诗翻成了酒花，酒花翻成了诗。

龙泉窑粉青釉荷叶杯　　南宋

迁居之夕，东坡遇到了一件欢喜的事情，没想到在这乱蛙鼓噪、生活跟野人差不多的谪居之地，竟然听到了邻舍小儿读书的声音，"儿声自圆美"，这真是比天籁更天籁的声音。在这荒僻鄙野的地方，见到人迹已经是够欢喜的了，何况还听到了读书声。"可以侑我醉，琅然如玉琴"，"侑"是助兴的意思，东坡一定又联想到了曾皙鼓瑟，联想到了舞雩台上的风。

对于东坡来说，最富莫过于有书。没有书，就借书来抄。儿子苏过先抄得《唐书》一部，又借得《前汉》欲抄。东坡说，若了此二书，便是穷儿暴富也，呵呵。原来东坡是网络语言的老祖师，东坡留下一千多封书信，使用"呵呵"有四十多处。像这一则："近颇作小词，虽无柳七郎风味，亦自是一家，呵呵。"

难得"呵呵"。一切艰难苦涩的深味，都被"呵呵"调淡了。

桄榔庵终于迎来了它的盛事，东坡的朋友，时官惠州的郑嘉会，给东坡托运来了千余卷的图书，这都是郑嘉会多方筹借的。陶渊明有诗"得知千载事，上赖古人书"，东坡多想能有书啊。对他来说书就是命，可到海南如逃空谷，差不多跟书隔绝了。东坡说，他有耽书的毛病，什么时候都需要书，犹如病与药总是在一起。

一时间"诸史满前，甚有与语者也"。那一刻，庵里一定如洞天石扉，訇然中开，光芒万丈，熠熠生辉。你想啊，时空都汇聚到一起了，智慧都汇聚到一起了，历史上那些人物也都聚集在桄榔庵里了，都争着跟他说话，东坡不知道先招呼谁好了。桄榔庵很快成了图书馆。

之后，每一天东坡都与小儿编排归整，在书里享受着饕餮盛宴。我们也可以想见桄榔庵里的热闹，学生、朋友、门邻，都来观瞻，啧啧称叹，问奇请益，出现了海南从未有过的盛景。

桄榔庵，何陋之有？

东坡有了屋，还种了小圃。薯、芋是黎族人的主要食物，东坡当然也种。"红薯与紫芋,远插墙四周。"薯、芋呈现着幽兰似的春景,东坡也是将庄稼当作花草来种的。秋天薯、芋长成了,个头很大,像一个个陶瓮,比农田里长得还好。这就是东坡收获的喜悦。

东坡园子的东北角上,有一棵老楮树,比樗栎还大,这会让人想到庄子讲的栎社树,"是不材之木,无所可用"。东坡想砍了老楮树,既可以得舆薪,又可以整治一下,种上松菊,陶渊明又来照面了。但细想想这树还是有很多用处的,比如有很高的药用价值,而且还是很不错的风景,因此欲伐而终留,"投斧为赋诗"了。由"怨"到"德",这是人跟树的缘分,在东坡眼里,老楮树也是有"德"的,是《道德经》的"德"。

在当地人的帮助下,东坡又在园圃里种上了蔬菜。"早韭欲争春,晚菘先破寒。"菘,即白菜。"黄菘养土膏,老楮生树鸡。"黄菘,就是我们这儿的黄心菜吧,看起来就像花似的,把土都养得肥肥的,他在惠州的小园里也种过;树鸡,就是木耳,老楮树上生的。可是东坡"未忍便烹煮,绕观日百回",哪里忍心烹食了呀,一天都要去看一百回呢。跟一般人不同的是,诗人可以得到比常人多几倍的快乐。接着,东坡说了一句很现代的话:"人间有正味,美好出艰难。"

美是难的,美味也是难的。

种菜自然离不了肥和水,这些东坡的小园里都具备,他"聚粪西垣下,凿泉东垣隈"。"垣"是墙,"隈"是角落。真是什么都可以入诗,聚粪到了诗里,也是最真淳的光景。而泉,东坡到哪儿都能发现泉,这是人跟泉的缘分。"勿笑一亩园,蚁垤起衡嵩。"蚂蚁营造的土巢,在地面上隆起,看起来就像衡山和嵩山。真是粪土里有乾坤,关键靠眼光和境界。

在种植的过程中,能重新获得对生命意义的领悟。东坡说,早知园圃有如此之乐,他就无意去干谒了,心若不降下来,到哪儿都会坎坷受阻。"怅焉抚耒耜，谁复识此意"，自己握着农具耘田，谁能识得其中的意味？

东坡之后的八百多年，桄榔庵在接力建造中延续着：元代在原址上构堂三间，作"东坡祠"；明代，桄榔庵旧址依然；清代康熙、道光、光绪年间，三建桄榔庵，兴办桄榔书院；民国九年（1920），桄榔庵尽毁。

我往城南寻桄榔庵，途中遇见东坡井，井在中和镇西南农田一角，旁边立有两块石碑，在井栏两边的柱子上，有贴过春联的痕迹。井口周围铺着三圈青砖石，井水很旺，但已无人汲用，井口有汲用的凹痕，泛着历史的暗沉。

中和镇东坡井

桄榔庵图　清代

　　庵在井的东北方，相距一里左右。庵前是大片的水洼地，长满了水草，有几头牛在吃草，水鸟成阵飞落，各色都有，我一近前，它们就飞起。我试着从田埂直接过去，有一截被水漫了，我不得不折回到大路上，再从居民的巷子里过去。

　　由眼前所见可知，东坡当年住的地方，是城的最南端了，即便现在到处扩建，桄榔庵遗址仍遗世独立，可见东坡住得很偏，而且离黎子云住的城东也较远，就是说离载酒堂有一段距离。

　　现在的桄榔庵遗址是一片菜地，菜园入口被门板挡着，我从上面跨了过去。我先奔那块桄榔庵碑去了，我看过照片，有种久别重逢的感觉。碑石很癞，上有许多洞孔，可能是蚁洞，我看到上面的蚂蚁了。东坡曾多次在诗文里记过蚁虫，在这里东坡常遭遇白蚁表演的惊悚剧。

　　碑的正面有两个大字，据说是"中正"，"正"字差不多完全给埋在地下了，背面是碑文，上面一行篆字"重修桄榔庵记"，碑文近乎漫灭，但仍能看清开头是："桄榔庵者，东坡先生谪儋时居所也。旁有桄榔林，因以名庵。"碑身上半部磨损严重，下半部被草遮的地方，文字清晰可见。

　　碑旁有口井，近乎一个水坑，据菜农说，这是以前的井，后被填了。以前，到底到什么时候，是不是东坡挖的，不清楚。但这里离东坡井尚有一段距离，东坡居家用水不会跑那么远，应该在他"五间一灶头"旁边，有个可以日用的井，况且他还有个园子，每天都要浇水。从方位看也对，水井坑在庵址的东边，最东边的这一间应该是厨房。

桄榔庵遗址碑

　　据说，桄榔庵还要重建。可开发商一建就变成了豪宅，变成了宫殿，后人不知还以为东坡当年住的就是这样，把他的苦难全抹掉了。与其建得面目全非，倒不如不建。建只是把热闹吸引到这里，热闹是一种破坏，让真正寻访的人连感觉都找不到了。而像我今天这样摸着残碑，将碑下的杂草扒拉开，露出清晰的文字，而后又在菜地里寻找地基，这就是最有感觉的访古。

　　所以，建不建无所谓，关键碑要在，好让后来的人还能找到。

临走，我问菜农要几棵菜，结果阿婆给了我一大把蒜，看都是泥，又打水给我洗干净，真是个热情善良的阿婆，阿婆看样子有七十多岁了。

　　回来我把菜放到面条里煮，真香。东坡先生，我吃到你家园子里的菜了，是一样的水土养的菜，虽然时光隔了近千年，但地理是没变的。这个世界很奇特，有瞬间流转的，有几乎千年万年不变的，变是为了不断代谢，不断更新，而不变是为了后来的人还能找到从前。

　　有人对桄榔庵遗址如今成了一个菜园感觉很遗憾，我倒希望它永远是个菜园，因为这原本就是东坡的小圃。人们无意中的种植，或许恰恰合了东坡的本意。就让这里，一直以小圃的样子存在下去吧。

东坡美食

到中和镇的当天下午,我就去寻美食了。街上骑摩托车的很多,像我们当地的小街镇一样,有些纷乱。在小吃摊上,我看到一种白色的,像芋头又像山药的食物,当地人叫木薯,吃到嘴里糯糯的,特别好吃。路边一口大铁锅里炕着一种白色的小饼,地上是一堆椰子,看着很有意思,我要了一个饼,两块钱,阿姐往饼里夹了些糖、芝麻、花生之类的馅料。我问小饼的名字,她说就叫饼,我说是不是东坡饼,她笑笑说,都叫东坡小吃。

木薯 　　　　　　　　　　海南芋头

向前再走一截是个菜市场,路边一口大锅里,正烧着油亮亮的

肉，我想看看有没有烤生蚝之类。主人忙向我推荐："东坡狗肉，好吃。"又是一款东坡美食，只是没听东坡说吃过狗肉。菜市场的海鱼很新鲜，我想看看有没有生蚝，可没人知道我说的是什么。

几天下来，我知道儋州地上跑得最多的是花猪和黄鸡，都被东坡写进诗里了。"五日一见花猪肉，十日一遇黄鸡粥"，这已是东坡的幸运了，总比那"醉饱萧条半月无"要好，更比饿得心慌幻想着"饥食扶桑暾"要好，吞食早上的阳光，那才是吃空，吃空气。

这次来，我细考了黄鸡，不是我以为的黄毛鸡，而是黄皮鸡——当地的土鸡。海南鸡多，多到我的窗子下都是，镇子的大街上也有，小巷里就更多了。我认为当地的鸡肯定不贵，准备到菜市场买半只回来炖一炖，谁知都是白皮的菜鸡。一问才知当地土鸡很难买到，都留着自家吃了，所以我十日也没遇到黄鸡粥。花猪肉倒吃了几顿，放到小锅里一炖，比家里的要香。这儿的田里，常能看到溜达的黑猪、花猪，海南的地大，都抛荒，所以不怕猪祸害庄稼。

查了下"黄鸡粥"，原来是用黄雌鸡、肉苁蓉、生山药、粳米等熬制而成的。东坡十日一遇的黄鸡粥有没有这么高的配置，就不得而知了。

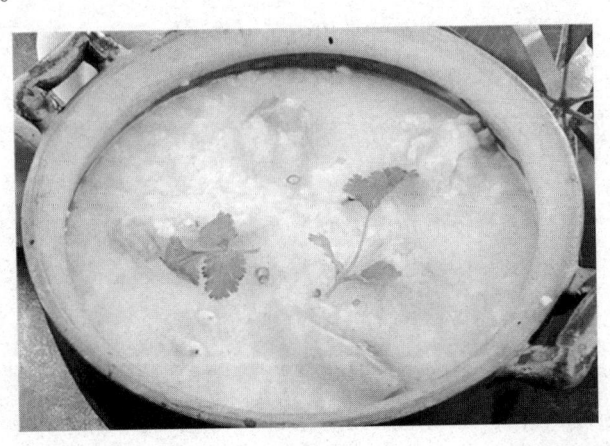

黄鸡粥

宋代有个叫陈造的诗人，也写过一首关于黄鸡粥的诗：

微吟仰屋耐调饥，腹负将军竟是谁。
侧耳邻翁隔墙唤，黄鸡粥熟是何时。

——《戏促黄簿鸡粥约三首》

也是饿得在等邻家的黄鸡粥。这个陈造，是宋高宗时的一个诗人，我差点把他当成东坡的朋友陈慥了。

花猪肉、黄鸡粥是东坡最想吃到的，可他最常吃的是芋头粥。"芋魁尚可饱，无肉亦奚伤"，大块的芋头能吃饱，没有肉又何妨呢？

东坡父子创制了一款美食——东坡玉糁羹。

过子忽出新意，以山芋作玉糁羹，色香味皆奇绝。天上酥陀则不可知，人间决无此味也。

原来这是小坡苏过突发奇想创制的，小坡颇得父亲遗传，也喜欢做各种试验。这玉糁羹就是用山芋、糁米饭做成的羹，不知道是不是木薯做的，木薯确是雪白的。

东坡赋诗道：

香似龙涎仍酽白，味如牛乳更全清。
莫将南海金齑脍，轻比东坡玉糁羹。

这是自己儿子制的，东坡在誉儿呢。什么叫美食，就是要有一份美的心情，在苦难里过出美的感觉。东坡的儿子苏过，也有这种能力，撇下妻儿，陪老父万里投荒，无怨而快乐着，所以东坡才会说"有子万事足"。

总之，东坡给了玉糁羹至高无上的赞。酥陀是传说中神佛的食品，按东坡想，也莫过于自己的玉糁羹了。这玉糁羹有龙涎香的味道，绝对胜过牛初乳。松江的鲈脍，肉白如雪，是所谓的金齑玉脍，那又怎样，能与我的玉糁羹相媲美吗？

这是东坡的夸张，是对苦难的调侃，当一切都不能拿来跟自己的相比时，他就获得了超乎其上的感觉，苦难被深深地压在下面了，动弹不得。

由此可见，东坡的饥肠已好久没有抓住叫食物的东西了，或者说这是他在当时能吃到的最好的东西。东坡能把玉糁羹吃成牛乳，吃成金齑脍，可见东坡当时在吃上面是何等的荒芜。

时下不少人撰文，称东坡为地地道道的吃货，上吃飞禽，下吃走兽，水里吃河豚，地上吃芦芽、雪芽，会吃会做，是一等一的吃货。又加上他曾写过《老饕赋》，他说"盖聚物之夭美，以养吾之老饕"，更是对吃货的一种证明。

可你若了解了东坡的贬谪生活，便知道吃有时只是一种假想，只是一种抚慰。大文豪竟要想办法抚慰自己的饥肠，好让它不"辘辘"地跟自己叫板。

这次，海南芋头我吃到了，跟我们这儿的山芋大不相同，皮像秋天的树皮，有种仿古的感觉，比毛芋的皮要沧桑，肉是淡紫色的，吃起来黏黏的，没有木薯好吃。

苏过又取薤姜蜜作粥以啖。薤是韭类，《本草纲目》里载："学道人常服之，可通神安魂魄，益气续筋力。"看来苏过做的是一道药膳。

这第二道堪称美食的就数菜羹了。在黄州时，东坡常做荠菜羹，而这道菜羹里煮的是蔓菁、芦菔（萝卜）、苦荠（荠菜），是菜羹汇。

"汲幽泉以揉濯,搏露叶与琼根。爨鉶錡以膏油,泫融液而流津。汤濛濛如松风,投糁豆而谐匀。"这一段用语真是奇崛啊,看来东坡努力要化腐朽为神奇了。先用泉水把蔬菜洗干净,根洗得像美玉一样。爨,是烧炊。鉶錡,是器皿。看,这菜汁被煮得淋漓光亮,像出了膏油似的。汤滚沸的声音就像松风,连声音里都是风景,再将糁米粒和豆粒放进汤里同煮,四时的风景和味道都煮进去了,这便是东坡菜羹。

这一篇《菜羹赋》糅进了诸多美丽的辞藻,兑入了诸多历史典故,有一种钟鸣鼎食、钟鼓馔玉的华贵,让贫寒的菜羹进入诗赋的殿堂。东坡用辞藻烹饪,辞藻是醯酱之类的佐料。名贵是包装起来的,是一道道的程序做出来的,做工精良就是名贵。美食就是经过了包装的食物,而东坡是词汇的包装、程序的包装和心情的包装,就是要让自己的日常变得不同寻常,我们看到的是东坡对待苦难的态度。苦中作乐,以苦为乐,没有快乐,也能制造快乐。

下面这一道,有点像美食了,在现代的餐馆,是一道昂贵的美食,可在海南,尤其在当时的海南是普通得不能再普通的"贱食",这就是蚝,就是《我的叔叔于勒》里人们吃的牡蛎。这东西或许现在近海都不容易得到了,但那时海南岛的港湾都有,常黏在海中的岩石上,垒然如山。东坡就这么写过,"蚝浦既粘山"。估计当地人,不爱吃这东西。就像我们小时候,沟渠里都是泥鳅鱼虾,却没人把它们当作好物。

这不,己卯年(1099)冬至前二日,当地的渔民给东坡送来了一些蚝,东坡剖开,得了数升的肉。可这怎么吃呢?能吃出滋味方不辜负万物的美意,否则就近似于暴殄天物了。东坡将蚝肉放进水里加酒一起煮,"食之甚美,未始有也"。于是又突发奇想,将大一些的蚝肉放到火上烤,不仅味美,而且更有嚼劲。这款美食并不到此结束,好玩的还在后头,他说:"每戒过子慎勿说,恐北方君子闻之，争欲为东坡所为，求谪海南，分我此美也。"东坡告诫儿子过，此种美味不足为外人道也，以防人家争着贬谪海南，这样就分了我们的美味。

读至此，我们只能开口大笑了。东坡真的会搞笑，仿佛贬谪海南是上天给自己独赐的恩惠，要偷着乐，不愧是不可救药的乐天派。据说，现在眉山市对外宣传的口号是：东坡老家，快乐眉山。老家人从东坡一生中提取了一个最关键的词——快乐，并且想把它作为当下这枚蛋糕的酵母。我在写东坡的整个过程中是快乐的，我做的这枚蛋糕，就是东坡快乐的酵母发的。时下快乐不易，在逆境中的快乐更不易。

记录食蚝的事，是在东坡谪居海南的第三个年头，之前的几年，按说东坡吃过蚝。可这篇记里又好像是第一次吃，这就弄不懂了。唯一的解释是，写是东坡的一种姿态，就像"日啖荔枝三百颗，不辞长作岭南人"一样，是用乐观来与环境、与政敌较劲。

蚝，我终究没能吃到，关键是当地人不知道我说的是什么。后到西海岸的峨蔓镇，因司机大姐要停下买鱼，我也就跟着到了鱼市。长的扁的，花的白的，各种各样，还没见过这么新鲜的海鱼。鱿鱼就像嫩豆腐似的躺在案上，又像是一摊临时凝固的液体，随时都可以化掉，淌掉。我又问到生蚝，仍然是没有，我就退而求其次，买了三块钱一斤的被称为"螺"的海鲜。回来把它当蚝一样去做，放在水里加酒煮熟，剔出肉，煮海鲜粥。

人在没事的时候，特别想在吃上作文章。东坡创制美食，也是闲来无事吧，更何况吃是最有充实感的事。

东坡在海南自创的美食，仿佛就这些，说美食，那只是一种心情。

在海南东坡也爱酿酒，还写了许多的酿酒经和酿酒诗，有《酒子赋》《真一酒歌》《禾黍说》《浊醪有妙理赋》等，都是一篇篇跟酒谈心的文字。

> 自拨床头一瓮云,幽人先已醉浓芬。
> 天门冬熟新年喜,曲米春香并舍闻。
> 菜圃渐疏花漠漠,竹扉斜掩雨纷纷。
> 拥衾睡觉知何处,吹面东风散缬纹。
> ——《庚辰岁正月十二日,天门冬酒熟,予自漉之,且漉且尝,遂以大醉》

庚辰岁(1100),也就是东坡被贬海南的第四年,这年的正月十二日,东坡酿的天门冬酒熟了,天门冬是一种中药。东坡亲自漉酒,边漉边尝,不知不觉大醉。酒香邻舍都闻到了,看来东坡要呼邻翁来对饮了。

那天我在寻东坡井的路上,看到了一个露天烧酒坊。两只铁皮炉上都架着蒸锅,炉膛里烧着红红的劈柴火,旁边堆放着木柴、塑料盆和塑料桶,还有正在发酵的做酒原料。我停了下来,问地上晒的一团团白色的东西是什么,说是酒饼,酿酒用的。

东坡在《黍麦说》里认为,北方的稻子不足于阴,南方的麦子不足于阳,若以生于南方的麦子作曲,因这种麦子杂有阴气,便酿不出好酒。于是南方人酿酒用北方的麦子做酒饼,而北方人造酒又常用南方的米,都是为了补己不足。不知这白色的酒饼,是不是北方的作物做的,他们懂不懂这酒中的阴阳呢?

这时围过来几个人,向我介绍烧酒的过程。我说,你们这个被美国作家写到书里了。烧酒阿姐笑笑说,不知道。我问可不可以尝尝他们的酒。她说可以,就忙跑回屋里,给我装了一矿泉水瓶。我当即拧开喝了一口,虽然不懂酒,至少我喝出了酒味,醇正且淡旁边人问，这酒坐飞机能带吗？我说，上飞机前，我就把它喝完。大家都笑了。

年前在桄榔庵遗址碑前敬酒时，我朗诵了上面那首诗，符合过年的气氛。我想告诉东坡的是，如今这里不是菜圃渐疏，而是园蔬葱茂。

顺便提一下东坡爱吃的水果，海南是水果之乡，就像一首歌里唱的：

请到天涯海角来，这里花果遍地栽；
百种水果百样甜，随你甜到千里外……

东坡喜欢吃丹荔、黄柑，"丹荔破玉肤，黄柑溢芳津"。

东坡还喜欢喝椰子酒，就是椰子汁，"美酒生林不待仪"，仪是仪狄，善酿酒者。椰子酒一罐一罐地在树上生成，不必等待仪狄酿造。喝完了椰子酒，再将椰子壳做成椰子冠，样式简古，人人争看。东坡喜欢扮酷，想当年自制短檐高筒帽，士大夫都争着效仿，名曰"子瞻样"。"更著短檐高屋帽，东坡何事不违时"，这是特立独行、放达不拘的东坡。有人为东坡才高而未能位居时宰而感到遗憾，试想如果他处处谨慎，时时小心，官做得风生水起，运来得迢迢不断，那他还是我们喜欢的东坡吗？

一个人真是有多种生态，东坡的生命版图更是异彩纷呈，常常是不同质地，共处一体。就像有些地方，雪山、森林、草甸，比邻分布，春夏秋冬四季合一。东坡是庄与谐、动与静、执着与放达、丰实与空寞合造的一个绝版。

黑格尔说："一个深广的心灵总是把兴趣的领域推广到无数事物上去。"林语堂概括的东坡的十九个特长，都是东坡兴趣的推广，当然还不止这些方面。

　　现在到处都有东坡美食，我知道那是后人的再创造。东坡对后世的贡献是多方面的，上至殿堂，下至厨房，每个人都能从各自的途径抵达东坡。

走东坡小路

现在的中和镇不大,两条大街和若干小巷组成了它的格局。东西走向的这条街叫"东坡路",是镇中心通向东坡书院的路,相当于东坡所住的官舍与载酒堂之间的路,去儋州市的车子,就停在这条路上;还有一条南北走向的街,北起北门江大桥,南至桄榔庵遗址,全长二三里。

东坡在儋州待了四年,要说他走过的路,脚下都是,而且都是被他走熟的路,就算喝醉了,脚自己都能走回来。

我将东坡常走的小路梳理了一下,这些路上有他的忧,有他的乐,有他的感通万里,有他的思接千载,一不留神,便走进了那个心灵深处的自己。

东坡较早开启的游历之路,是这条"游城东学舍"路。

到儋州后,东坡听说此地有古学舍,便欣然造访,结果"窥户无一人"。这里建筑的式样颇具汉族传统,只是教化明显乏力。当老师的已忧饭食,被欠薪了,学生也四散不归。东坡在学舍遇到了一位老先生,他忍着饥饿与东坡坐而论道,东坡对他很是敬佩。东坡想到了春秋时的陈国和蔡国，孔子曾游说这些地方，却被围困，而海南就像陈蔡一样落后；他还想到了一个三国时期的人虞仲翔，此人虽然被流放却讲学不倦，门徒常数百人，东坡觉得自己很惭愧，不能像虞仲翔那样，在逆境中对边民实施教化。

这条路上写满了东坡的忧患，可以想见他频繁往来。桄榔庵建成后，迁居之夕，东坡听到了邻家两小儿圆美的诵书声，欣喜异常。这些孩子很可能就是城东学舍的学生，东坡也肯定为学舍的发展倾过心力。

后来东坡有了载酒堂，载酒堂属成人之学，而城东学舍当是基础教育，我称这条东坡小路为"学舍路"。

如今城东学舍早已不知所终，但肯定在城东，我且当东坡路即是学舍路。路两边都是新开张的店铺，卖家具的干脆把雕花的桌子、沙发椅都摆在外面。民宅旁，反扣着许多大缸，我以为是酿酒用的，一问是腌菜用的。大缸旁边还拴着水牛，海南的牛是有故事的。

从东坡路转到吉贝路上，就到东坡书院了，真是名副其实的"学舍路"。东坡书院是中和镇的心脏，起搏着中和镇人最高的幸福。

海南最经典的东坡小路，当属《被酒独行，遍至子云、威、徽、先觉四黎之舍三首》诗里写的这条，且称之为"访黎路"。

这条路在诸黎与桄榔庵之间，是城东与城南之间的一条路，路标是一抔一抔的牛屎，建筑物标志是牛栏。这条路上东坡常迎面遇到黎族人，还会遇到几个活泼可爱的小童，小童喜欢追附东坡。在小童眼里，东坡像个老顽童；在东坡看来，这颇有点舞雩风的味道：东坡也享受到了圣人之乐。

有诗为证：

被酒独行，遍至子云、威、徽、先觉四黎之舍三首

其一
半醒半醉问诸黎，竹刺藤梢步步迷。
但寻牛矢觅归路，家在牛栏西复西。

其二
总角黎家三四童，口吹葱叶送迎翁。
莫作天涯万里意，溪边自有舞雩风。

其三，就是"换扇惟逢春梦婆"那首。另外还有这首《访黎子云》：

野径行行遇小童，黎音笑语说坡翁。
东行策杖寻黎老，打狗惊鸡似病疯。

这些是东坡在海南写的最欢快的几首诗，诗里有笑语，有孩童口吹葱叶声，有鸡飞狗叫声，欢欢喜喜，热热闹闹，跟桄榔庵里的静截然不同。人生的诸多困境一遇到新鲜的生活，马上就化作浮云了，心情也立马朝着趣味转向。那几个口吹葱叶的小童太可爱了，太喜乐了，此情此景，任冰霜也消融了，能想象出东坡与小童同乐的情景，他应该想到了自己的孙儿。

诗里有东坡的突破，陶渊明把柴门、狗吠引进诗里，可东坡前进了一大步，把"牛矢"引进诗里。哎呀，这醉迷的我怎么才能找到回家的路呢？呵呵，跟着这一堆一堆的"牛矢"走，可不就到家了吗，因为我的家在牛栏西边的西边呀。

你想到了什么？想到了东坡的真，在一个真人的眼里，什么都是干净的，都是有趣的。你是不是也想到了道在屎溺、纯任自然之类的话。

至今中和镇的大街上仍能看到牛屎，尤其是到了东坡路与吉贝路的交叉口，牛屎更多。"但寻牛矢觅归路"，没想到如今牛屎还可以作为路标，东坡若知道，是感觉亲切，还是别的？总之，我感觉很亲切，仿佛真正走在了东坡小路上，说不定走着走着就遇上东坡了。

访黎路上写满了东坡的快乐，世间人情是东坡乐的根芽。

这第三条小路是：步西城、入僧舍、历小巷。

在一个上元夜，也就是正月十五的晚上，有几个老书生来访东坡，说："良月嘉夜，先生能一出乎？"东坡是被邀的，也许上元夜当地有游赏的习俗，也许他们深谙东坡有月下游赏的习惯，于是前来相邀，东坡欣然从之。从"步""入""历"的连贯，能感觉到他们如行云流水般畅快。情绪被节日发了酵，热闹是发酵的度数，度数很高，从"民夷杂糅，屠沽纷然"，可见一斑。汉族人与黎族人混居在一起，有卖肉的卖酒的，自然也就有买肉买酒的，还有出来赶热闹的，上元夜成了汇聚热闹的夜。兴致被燃放了，随烟花飞溅，归来时已是三更。东坡放下手杖，笑了笑，问自己："孰为得失？"说明得失始终是东坡心海中的暗礁，看不见，却难绕过。他想起了韩愈的诗句"君欲钓鱼须远去"，可自己远得已走海了，也未必钓到了大鱼。手里没有钓具，走得再远，也是徒然。

人难以预测自己对未来的影响，东坡若能预测，就不会这般感叹了吧。

这条小路，就叫"走海路"吧。路由快乐启动，以感叹收尾。

还有一条东坡常走的路，是他到北门江汲水的路。那天我在镇上一家米店买米，微信支付时，看到收款人是"北门江"，我便问他北门江在哪儿？他向街的北边指去，"那就是"。

东坡精研茶事，茶对水、对火候很有讲究。东坡在海南（也有说惠州）写过一首《汲江煎茶》诗，写了汲水、煎茶、喝茶的全过程。

活水还须活火烹,自临钓石取深清。
大瓢贮月归春瓮,小杓分江入夜瓶。
雪乳已翻煎处脚,松风忽作泻时声。
枯肠未易禁三碗,坐听荒城长短更。

煮茶是要活水的,于是东坡便到北门江汲水,按说这个事,应该让苏过去做,可东坡是亲自去的,那里有块大石,平日东坡就坐在上面垂钓,他从那里取既深且清的江水。

"贮月",是说月映水中,一并舀入春瓶,等于是"贮月",把月存起来了。一勺一勺地将江水舀入瓶中,江水为之减了分量,所以说是"分江"。由此可见,东坡汲江煎茶的路,是一条夜行路。

"雪乳",指煮茶时汤面上的乳白色浮沫。脚,茶脚。松风,形容茶滚沸之声。茶沫如雪白的乳花在翻腾,沸声似林间的松风在震荡。煮茶的过程是视听在享受美的过程,是东坡在获取诗趣的过程。

东坡为何在夜里去汲水呢?他的《入寺》诗里有"一气中夜存"。一气,就是元气。人有元气,水也是有的,所以东坡才会于夜半去江边汲水,这时元气正满。而夜行的东坡,自有他的乐趣,可以自由自在地与天地精神往来。

说不定东坡夜行时,还带了他的海南种的大狗"乌嘴"。东坡到儋州后,得到一条善吠的狗,取名乌嘴,性情既凶猛又驯顺,"昼驯识宾客,夜悍为门户",是一条很通人性的狗。后来东坡北归,也带着爱犬,过澄迈驿的时候,它竟然不走桥上,而从水中游泳过去,路人皆惊。

到北门江,我自然不便夜行。一天上午,我从镇政府(伦江驿馆)大门口出发,没几步就到了北门江大桥,最初这桥还是东坡好友的儿子修的。现在的桥,虽然不是以前的,但走在桥上,还是能让人想起桥历史里的那些人和那些事。

江水由东往西而流,我在找那块大石,东坡就是蹲在那块钓石上汲水的。可南岸较陡,从桥上不好下去,我就走过桥,拐到东边的河滩上。我知道不可能找到什么,只想在江边走走,东坡当年肯定经常漫步这里,这里也是由海路通达中和镇的码头。江边有一截土坡很平缓地伸到江里,有邀人蹲临汲水的意思,我就蹲在上面,把土坡想象成了大石。

江边有人垂钓,河滩上有人放牛,不远处还有间小屋。

东坡夜半汲江,除了前人给的"一气中夜存"的理由,还有中和镇地理和风俗的原因。这边的人喜欢夜聊,动辄零点以后,加之这里偏西有时差,中夜差不多是人们刚刚静下来的时候。没去儋州之前,我以为北门江离东坡住的地方很远,这次我特地计了下时间,不紧不慢地走只需六分钟,如此,夜半汲江就没那么不可思议了。而北门江的水,即便到了现在,也依然可以煎茶,水色清白,泛着活气。

从我住的旅租往桄榔庵,也是东坡常走的路,那是官舍到他住地的路。有回我去桄榔庵,很幸运地遇到几只彩色的鸟。那是我第三次寻访桄榔庵,当时天气清美,我背着包往城南的路上走着,我是想去看看桄榔庵前面的池子还在不在,有没有"幽姿小芙蕖"。桄榔庵东南是一大片水域,我想从一个田埂走过去,差点又陷到泥里,正待我要上大路时,洼地里有几只彩色的雀儿飞了起来,至少有三只,尾翼长长的,五色灿然。"五色雀",我忙惊道。东坡写过五色雀,雀儿经常光顾桄榔庵,东坡认为它们是有情的鸟儿。东坡走了,桄榔庵不在了,可五色雀至今还陪在这里。

池子已差不多成了水田,疯长着水藻,后来才知道,那就是开花的小芙蕖,虽然冬天,却能听到它们疯长的声音。我在田埂上漫步,当年东坡就时常伫立在这里,每条田埂上都有他反复踏过的足印,只是现在以宋代的土层,保存在下面,跟我隔了几厘米而已。快要离开时,我又看到了蓝色的彩雀,不知它们知不知道我是因谁而来的。

转着转着又到了东坡井,那天在井栏外的草窠里,我发现了埋在地下的一块小石碑,上面刻着"宋苏文忠公神",东坡确实是一位神,至少掌管着水利。在农耕社会,水利是百姓最大的福利。

海南的水牛真多,东坡井旁边的水田里,就有几十头。当时正值傍晚,为霞满天,放牛的农夫戴着笠子,很有画面感,跟我在其他地方看到的情景大不相同,我举起了相机。有头牛看到我给它拍照,竟昂首向我走来,看出它想挑衅,我终究不是斗牛士,便快速撤离。

每天我都要走这些东坡小路,路边人家腌菜的大缸,挂在树上的一把把香蕉,水田里飞来飞去的各色鸟儿,我都会对着它们看上半天,当年东坡也是这样看的吧。有时我在镇上的小巷子里走,阿婆们坐在门口聊天,我在想哪个是春梦婆呢;鸡在门前转来转去,我发现海南的鸡真多,常常是一阵一阵的;劈柴也多,都整齐地码着,我想到东坡说的"海南多松",他用松煤来制墨。这么走着想着,我感觉就走在那时的中和镇的路上,走在东坡文化的磁场里。

东坡在儋州三年,走过的小路无数,因此,从哪里到哪里,不是最重要的,最重要的是,有这些小路,可以让东坡从不同的路径,去一一抵达他想去的世界。

而走东坡小路,我也在抵达自己想去的世界。

逗趣是最好的融入

在官场上,情谊这东西,一旦从政治的需要里离析出来,是极为可贵的,通常它跟政治筋骨相连,如影随形。在民间,人性的淳朴得到了较好的保全,作为一个曾经飞黄腾达的人,在他高岸为谷的时候,能否赢得这份淳朴之情,取决于他的姿态。东坡的人格决定了他不管落难何处,都会有众人追随,就像他信奉的"德不孤,必有邻"。

那个被东坡称作"黎山幽子"的人,一遇见东坡便感叹他"草莽栖龙鸾",龙鸾落到了草莽间。当然,还不止一般的高下之差那么简单。如果你觉得自己是鹤立鸡群,那就做一只孤傲的鹤吧,可东坡没有,他以儋耳民的姿态,融进了黎族人的星团。彼此照亮,互相快慰。

历来封建王朝治儋州的人,都是管制,以一种对立的姿态,东坡是批评这种做法的,他在《和陶劝农六首》(其一)诗里写道:

咨尔汉黎,均是一民。

鄙夷不训，夫岂其真。
怨愤劫质，寻戈相因。
欺谩莫诉，曲自我人。

在东坡眼里，汉族人、黎族人都是大宋的臣民，正是这种姿态，东坡这颗长庚星，才赢来了众星的围拱。

在众多黎族人中与东坡走得最近的是黎子云兄弟。有回黎子云向东坡求墨宝，东坡说他醉后方能作大草，可如今断酒了，他这人也奇，就是醉中也能作小楷。呵呵，东坡这意思，是要喝黎家的酒吧。当然子云有一瓢也是要分饮东坡的，除非自家也断饮了。

跟东坡常来往的还有一个人叫符林，人称老符秀才。上巳节这天，城南木棉花落，刺桐花开。东坡心情不错，携了一瓢酒，去寻黎子云兄弟。谁知海南没有寒食节，都在上巳节这天上坟，大家都祭扫去了，唯独老符秀才在家，这人安贫守静，东坡便与他喝酒，直至喝醉。

这老符秀才人虽老了，但风情不减，东坡曾作诗逗他：

符老风情奈老何，朱颜减尽鬓丝多。
投梭每困东邻女，换扇惟逢春梦婆。
——《被酒独行，遍至子云、威、徽、先觉四黎之舍三首·其三》

"投梭"是有典故的，出自《晋书·谢鲲传》："邻家高氏女有美色，鲲尝挑之，女投梭，折其两齿。"想挑逗正在织布的邻家美女，没想到美女将织布梭子掷了过来，弄折了谢鲲两齿，这脸要是被掷中，可要毁容了。东坡引用这个典故是说东邻女漂亮，但不像春梦婆爱和人搭讪对歌，符林挑逗被拒，已传成笑谈了。

话若拘谨地聊，客气地聊，聊一天，话也融不到一块儿，就像两颗胶囊，一搭讪逗趣，话就褪去了外皮，融在了一起。

子云、老符都是儋耳本地人，姜唐佐是琼州人，在东坡谪居海南的第三个年头，他也慕雅来儋，担簦求教，簦是雨具。东坡很喜欢他，有了好茶，也必请他啜茗。姜唐佐是带着老母来儋州的，东坡跟他母亲很熟。

据说，后来有人去琼州谒见姜唐佐，姜唐佐不在，来人见到了他的母亲。姜唐佐母亲笑着迎出，嘴里嚼着槟榔。来人问姜母是否认识东坡，姜母说："认识，然无奈好吟诗。"呵呵，这姜母！

东坡会不会说"然无奈，您老好嚼槟榔"？东坡还真就姜母嚼槟榔的事，书过一联给姜唐佐："张睢阳生犹骂贼，嚼齿空龈；颜平原死不忘君，握拳透爪。"这当然是戏墨，上联说她口嚼槟榔，像张睢阳骂贼，唾地见红；下联说她紧紧攥着槟榔包，就像颜平原临死都紧握拳爪，以示忠诚。东坡真是搞笑，搞得亦庄亦谐，搞得煞有介事。

能如此逗趣，说明彼此已熟悉到不分的程度。通常很深的隔膜，在一句玩笑中便轻轻撤障。

东坡会逗，可遇到海南女子，也有他败下阵的时候。这天他遇到了一个老妇，原文如下："东坡在昌化，尝负大瓢行歌田间，有老妇，年七十，谓坡曰：'内翰昔日富贵，一场春梦。'坡然之。里人呼此妪为'春梦婆'。"（宋·赵令畤《侯鲭录》）

东坡这天心情不错，背着个酒壶，且行且歌于天地之间，瞧这神气，太有画面感了。这时正巧遇到一个婆婆，这婆婆爱搭讪。看东坡这般模样，阅尽世事变幻的婆婆，便随口道："内翰昔日富贵，一场春梦。"没想到这句话点中了东坡人生的穴位，那一刻，东坡一定是愣住了。最朴素的人，道出的是最富有真理的话。

我看过一幅《春梦婆》图，在桄榔树下、芭蕉叶边，坡仙跟婆婆遇到了。婆婆左臂挎着竹篮，右手打着说话的手势，俨然一个长辈；东坡身体前弓，双手拢在胸前，一脸虔诚而又惭愧的表情。很显然，婆婆是主，东坡是宾，一个爱说爱逗的东坡竟然落到了下风。这就是这幅图的特别之处、生动之处。特别在于，乡下婆婆居高临下；生动在于，表情显示了不同的心境。

后来不少版本说"春梦婆背着大瓢行歌田间"，从"被酒独行"当知负大瓢的是东坡。瓢是什么？是酒器，是酒葫芦之类，东坡有诗："小瓮多自酿，一瓢时见分。"

赵令畤在笔记中说，从此村里人称她为"春梦婆"。我相信是东坡叫出来的，然后大家都这么叫了。东坡向来喜欢给人、物命名，而且是信口诌出，这次巧遇"春梦"，于是叫春梦婆，也有调侃的意味。

都说婆婆的话点醒了东坡，其实东坡一直都醒着。只是这次又被一个婆婆叫醒，直叫到内心深处。

你看东坡行歌的样子，他是想把"伊郁"压至心底，不想又被叫出来了，就像琵琶女重新唤起了白居易的"迁谪意"。且行且歌的东坡，刹那间神情怅然。春梦婆一定还说了别的话，都是朴素的大实话，深刻而又温和，是东坡平时很少听到的真言。

春梦婆只因一句话便留名千古，还演绎了诸多版本的诗文戏剧。世事一场春梦，击中了很多人的心。翻翻东坡之前的诗，觉得甚奇。"人似秋鸿来有信，事如春梦了无痕。"这是东坡在黄州时写的，说明东坡早就有了春梦之悟。

更巧的是白居易的《花非花》，竟提前写了东坡的事。

  花非花，雾非雾。夜半来，天明去。
  来如春梦几多时，去似朝云无觅处。

在这位东坡老前辈的诗里,不仅有"春梦",还有"朝云",这是跟东坡有密切关联的两个人的名字,关键是诗还写出了一种事实:朝云去了,无处寻觅;春梦婆来了,只是偶遇。世间就有这么巧的诗,就有这么巧的事。

据说还有一次,东坡看见一位口嚼槟榔的黎族妇女正手提竹篮给丈夫送饭,便开口吟道:"头发蓬松口乌乌,天天送饭予田夫。"妇女当即接道:"是非皆因多开口,记得君王贬你乎。"令东坡拜服。

这么看,海南有众多的奇女子。

海南人会侃会聊,我也领教了。一天,几个妇人到我住的旅租高声闲聊,她们就在楼梯间,从晚上八点一直聊到十二点以后,才不舍地离开。好在我一句都听不懂,只当是天风海雨。

男人们的闲聊一点都不输给女人。那天到北门江河滩上漫步,看到一间小屋,我走近了,原来一屋子都是喝茶聊天的汉子。河滩上是他们的牛,他们只负责闲聊,这屋就是专为闲聊盖的,里面除了茶桌、茶具,还有床和电视。据说,海南旧时有"坐男使女"的风俗,男人闲坐,女人劳作,所以女人能干,男人也特能聊。

快人快语,让东坡喜欢上了黎族人。海南的东坡,欢快已是难得。东坡的心境多数时候是"夜阑风静縠纹平",而一旦遇到春梦婆,遇到老符秀才,遇到黎山幽子,遇到子云兄弟,遇到孩童父老,遇到东家西家,东坡都能遇到快乐,心情瞬时潮起。

所以当东坡要离开海南时,才会不舍,他写诗道:

> 我本儋耳民,寄生西蜀州。
> 忽然跨海去,譬如事远游。
>
> ——《别海南黎民表》

我本来就是儋耳人,西蜀只是我的一处寄生地而已,而这次跨海北去,好比是一次远游。这便是东坡,客居地成了故土,北归只是远游。

他是一棵容易生根的树,土壤便是与民的交情。

就在这首诗的后面还有几句有趣的题赠:"新酿甚佳,求一具理。漫写此诗,以折菜钱。"是说,黎民表家新酿的酒不错,东坡想求酒一罂(古代大肚小口的酒器),而写的这首诗,就算是菜钱了,原来东坡曾从他们家菜园子里摘过菜,呵呵。

坡翁就是幽默,幽默就是春风,让寻常的日子开满了花。

东坡在《用过韵,冬至与诸生饮》诗里写道:"小酒生黎法,乾糟瓦盎中……冻醴寒初泫,春醅暖更馋"。东坡与黎民喝着用黎法酿的小酒,酒甜且暖,食物也是满满。大家不停地碰杯欢饮,这碰的是汉族人、黎族人的情谊,都交融在一块儿了。

东坡与他们的互融让小岛不再是孤岛,让冬天也不再是冬天。

看不见的与看得见的

一千年过去了,有什么是看得见的?几乎都风流云散了。

东坡书院、东坡井、桄榔庵遗址碑,这些还能见到,但都经过了历代人的手,不是当初的样子了。

一个人对当地的影响也是很难留住的,更不用说是千年的影响。"君子之德风",可风过之后呢?影响也不是都能看见的,河水流进海水里,看不见哪是淡水,哪是咸水。

如果想寻一点东坡对当地看得见的影响,我想就是红红火火的诗联文化。到中和镇的第一天我就注意到了,那时离春节尚有半个月,可到处都有卖春联、写春联的,春联都挂起来卖,红火气象十足。难得的是,还卖墨汁和毛笔,摊子上一摆就是几十瓶墨汁和一大筒毛笔。据说这里的人家喜欢自己拟文撰写对联;各有风采。我端了一瓶墨汁,仔细端详,想看看上面有没有"海南松煤,东坡法墨"的款识,结果没看到。中和镇的墨,最当得起这个牌子。

东坡爱佳纸墨,可远水解不了近渴,他就自己制墨。"海南多松,松多故煤富",煤是燃松枝收集的烟灰。深山老松树之心,内含松脂如蜡，可燃以照明，称为"松明"，它的烟灰就是制墨的好材料。

浙江金华人潘衡，来到儋耳，起灶作墨，而墨不是很精。东坡就教他将烟囱造得宽些，这样得到的烟灰少了一半，而墨的质量精进了。于是潘衡就在他的墨上打上印文"海南松煤，东坡法墨"，算是有了品牌意识。这墨里还用了金花胭脂，质地高韵，创意出奇，所以墨色艳发，无人能仿。

东坡制墨的情景不见了，但墨韵流了下来。

再看店铺和人家贴的对联，虽经历了一年的天风海雨，仍鲜红如初而且没有丝毫的破损。许多人家的门楣上还贴有一片片剪纸，也是一个不缺地在迎风招展。

在中和镇，我看到一些有特色的诗联。这家门楣上书着"颍川郡"，上联是"颍水映星光气射斗牛文笔健"，下联为"星光欣聚秀贻谋翼燕子孙昌"。另一家门楣上书着"豫章郡"，上联是"豫籍溯源本系赣"，下联为"章文书写祖渊才"。我明白，这郡，是人家的祖籍，而诗联的内容是对祖上文才的赞誉，也是对子孙后世的祝福。中和镇曾经做过几百年的儋州治所，内地有不少人到此为官、当兵、谋事，一部分定居于此，他们的子孙记忆中的祖籍，仍是某某郡。

不得不说，这里的人很崇尚古诗词文化，诗联黏合了古诗词的辞藻和元素，诗文韵味十足，不同于一般地方的春联。诗联书写有体，字体端方，张贴规整，富丽大气。

中和镇即便是店铺的对联，也不只是财源滚滚、生意兴隆之类，更是接受过诗文的浸润，于财气外还有文气。而且这里拟文自写已成风气，各家的对联可以证明，店铺里大量出售的墨汁和毛笔也可以证明。我看到一则材料说，受东坡影响，这里的人都很爱吟诗作对，中和镇享有"诗对之乡"。注意是"诗对"，是有诗味的对子,而恰恰现在好多对联没有了诗味,所以它们只能叫对联。

儋耳民对诗对的这份执着,令人感动钦慕。

在儋州的大街小巷、郊田野外,你还能看到很多水牛,这牛是有故事的。

在东坡来之前,海南的牛不是用来耕地,而是用来"治病"的,当地人生病不吃药,而是杀牛祭祀。

原来这儿的民俗是以贸香为业,也就是出售沉水香。

那时,海南的牛有一半是祭品。"以巫为医,以牛为药",生一场病,富人家要杀掉十几头牛。若是听到有病人喝药,巫师就会说:"触怒了神,病就不能治了。"亲戚朋友们便忙将药拿走,并禁止医生入门。如果病好了,自然归功于巫医;而人死了,杀牛的行为才可以停止。

在农耕社会,牛是最宝贵的牲畜,广东人自然也要海南人拿最宝贵的东西来换,那就是沉水香。令东坡感觉悲哀的是,人们以沉水香供佛,实际上是在烧牛肉,有什么福可得呢?而黎族人得牛,又用来祭鬼,人没能逃脱病魔,牛也没能给人带来福分。

东坡反对的不是敬佛,而是愚昧的敬佛行为,行为愚昧,佛是不会护佑你的。牛是老百姓安身立命的指靠,你自己祸害了这个根本,也就不可能得到佛赐予的福祉。东坡对民俗感觉悲哀和痛心,东坡是要补天的,就算是遗落在儋耳的"补天馀",也要有补于世。

海岛需要农耕,需要教化民风。一到儋州,东坡自己都没安顿好,当务之急就是劝农,他挥笔写下《和陶劝农》诗六首。

东坡首先要给治理的官员树立一个观念,那就是:黎族人、汉族人都一样是我大宋的臣民。

他劝农稼穑,敦化民风。

> 听我苦言，其福永久。利尔耰耜，好尔邻偶。
> 斩艾蓬藋，南东其亩。父兄揩梴，以抶游手。
> ——《和陶劝农·其四》

耰耜，是农具。把你们的农具打磨锋利，和乡邻们共同耕作。对那些游手好闲的子弟，父兄长辈要挥动棍棒，进行惩戒。能看出东坡劝农心切。

东坡还书写了柳宗元的《牛赋》，交给琼州的僧人道赟，让他晓谕乡人，"庶几其少衰乎"，希望这种陋俗能够有所衰减。

既然百姓信佛，就让佛来告诉他们不要杀牛吧，东坡用心良苦。

如今在儋州，我们仍能看到东坡的劝耕文化。东坡书院里就有尊石牛雕塑，背面墙上是一首东坡写的"春牛春杖"词，等于是东坡劝耕的图谱。

> 春牛春杖，无限春风来海上。便丐春工，染得桃红似肉红。
> 春幡春胜，一阵春风吹酒醒。不似天涯，卷起杨花似雪花。
> ——《减字木兰花·己卯儋耳春词》

丐，乞求；春工，把春天比作农作物助长的神工。于是请来神工把桃花染红，而这杨花似雪的天涯，哪里有天涯之感呢？整个一首词，让你感到的是春的气息，春的节奏，春的喜气。

在治病救人的事情上，东坡更是行动的，他用草药为黎族人治病，并给他们药和药方，还教他们种植草药。

从政治上讲，东坡只有一个闲职，完全可以不作为，但在良心上，他天性生成，必须有作为，要有补于世。美国女作家哈珀·李在《杀死一只知更鸟》中说:"有一种东西不能遵循从众原则,那就是人的良心。"在杀牛治病这件事上,东坡决不从众。当然,这也是一个文人的使命感所致,忧以天下,乐以天下。政治上可以剥夺权限,而良知上无从剥夺。

劝农耕织,授民医药,倡改陋俗,敷扬文教……凡是能补的,不论大小,东坡都勉力而为,至老不衰。

东坡书院里的劝耕文化

来到儋州,你会感觉到这儿的原野跟内地不同,这里处处都是密林杂草,是牛的天堂。我在想,东坡若是在现代,看着抛荒的土地还会不会劝农,估计要说:儋州的经济也要转型了,农村要大力发展养殖业,比如养牛,养鸭,养鸡……

读《新编东坡海外集》,我对海南的气候有一个印象,就是海南的冬天比较冷,这也是我此行要考察的。

东坡曾将儋州的荒概括为"六无":此间食无肉,病无药,居无室,出无友,冬无炭,夏无寒泉。

我纳闷,海南冬天需要炭取暖吗?

东坡说："自立冬以来，风雨无虚日。"黎山幽子送了他一截吉贝布，他写诗："遗我吉贝布，海风今岁寒。"有了这布，可以挡海风的寒了，而今年的海风感觉格外寒，这自然有心情的寒。

东坡还不止一次写到冬日烤火的感觉。在《独觉》诗里他写自己"朝来缩颈似寒鸦，焰火生薪聊一快"，早上像寒鸦一样缩着脖子，那就生火驱驱寒吧。"红波翻屋春风起，先生默坐春风里"，这烤火的动作还挺大的，屋子里火苗翻动，东坡感觉就像坐在春风里一样。竟然要用大火取暖，这样的冬天跟内地有什么区别呢。还有一首写烤火的诗《夜烧松明火》："岁暮风雨交，客舍凄薄寒。夜烧松明火，照室红龙鸾。"红龙鸾：形容松明火的火色、形态。

那么，这只是东坡感觉上的冷吗？请看东坡诗中的霜色。

《用过韵，冬至与诸生饮》："黄姜收土芋，苍耳斫霜丛。"苍耳上面下了一层霜，这一年闰九月，冬至在十月内，这么说十月的海南就下霜了。

何止是十月，"暑路也飞霜"，看来当时海南气候异常。

所以，东坡在给朋友张逢的信中说："此岛中孤寂，春色所不到也。"

那时海南气候异常，科学给出了证据。

我国著名气象学家竺可桢先生将我国过去五千年的气候变化大致分为四个温暖期和四个寒冷期。其中，第三个寒冷期：两宋寒冷期（公元1000—1200年）。在这一时期冷出的新高度是，华北的梅树不能生长，公元1111年太湖结冰，洞庭湖君山柑橘全部冻死，北方九月份普降大雪，京杭大运河苏州段经常性结冰。

东坡谪居海南是1097年至1100年，恰恰在这第三个寒冷期内。这么看来，东坡说冷，没有虚言。

我问当地人这里冬天有没有霜，阿婆说她从没见过。我们都不可能见到那千年前的霜了，它保存在东坡的诗句里，保存在"鲜鲜霜菊艳"的色泽上,保存在"苍耳斫霜丛"的枯叶上,保存在"霜风扫瘴毒"的凌厉中。

东坡当年的处境真可谓雪上加霜啊。

这次在中和镇,我也在留意菊花,看是不是像东坡说的冬天遇霜才发,但始终没见到这隐逸之色,一直到后来我去了海口五公祠,才看到被东坡推崇的黄色菊花,无霜也发,分外妖娆。

东坡北归时经过五公祠,当时叫金粟庵——他初到海南,发现两眼甘泉的地方。上善若水,上善东坡。水以流的方式表达它的善,而东坡走到哪儿,也是善行到哪儿。1097年6月,东坡刚到海南,曾在琼州借金粟庵暂住,他看到居民饮用护城河的水,就指导开凿了两眼泉,由于泉中常冒小水泡,很像粟米,便取名金粟泉和浮粟泉,浮粟泉至今水源旺盛。

海口五公祠里的浮粟泉

可能是大地被东坡感动了吧,要以涌泉的形式来表达。东坡并非琼州官员,虽说是琼州别驾,但是在昌化军(儋州中和镇)安置,隔着几百里路;再说了,这是被发落到海南岛,是仅次于死刑的流放,弄不好真成了死刑。可就在这种情况下,沿途他还想着为百姓挖井,很少有人能达到这样的境界。

圣贤遗迹,流风余韵,这是有温度的遗迹,是隔了千年万年仍有无数人跨海来寻的人文地标。即便圣贤的遗迹都不在了,但是地理永在,人们永远都知道苏东坡曾被贬到儋州,也因为东坡,儋州不再只是地名,而是"名地"。不知有多少人是因为东坡而知道儋州的,也不知有多少人是慕东坡之名而来儋州的。就拿我来说,若不是东坡,估计我这辈子也未必会来儋州,来了也不会在此停留两周,而且还在家家忙着过年的时节。

离开儋州中和镇,我去了趟海口五公祠。五公是唐宋时期被贬到海南的五位官员,但不包括东坡,可一进五公祠,迎门的便是苏公祠。祠内有"洞酌亭",就是郡守建在两眼甘泉旁边,后来请东坡命名的亭子,亭子里有东坡题写亭名的情景雕塑。浮粟泉汩汩流淌,我看了半天也没看到水中浮起像粟米粒一样的水泡。

此次拜访,等于是重走东坡离开儋州的最后行程,接下来东坡便从此渡海。

林语堂先生说:"我们一直在追随观察一个具有伟大思想、伟大心灵的伟人生活,这种思想与心灵不过在这个人间世上偶然成形,昙花一现而已。苏东坡已死,他的名字只是一个记忆,但是他留给我们的是他那心灵的喜悦,是他那思想的快乐,这才是不朽的。"

可对我来说,东坡还活着,他刚刚渡海北归。

总结的声音

我在中和镇待了半个月，虽是冬天，太阳晒得却像夏天。而海南三年，东坡竟很少写到炎热，却大写特写了冬寒。

立冬、冬至、风雨、寒夜，是东坡海南诗里的主要节候和气象。

通读东坡在海南的诗文，觉得东坡飘然的诗词少了，他常写的是书札，是史论，诗也多，但大都沉郁如老杜，比老杜又多了一分老庄的静念。

经历了一次比一次残酷的打击，加之身体的衰颓，当初激荡的流，安静的时候多了。东坡在海南写的诗里，也有愤懑，也有不满，但每每生发后，都被老庄一一化解了，理顺了。再生发，再化解，再理顺。原本"性不忍事"的东坡，在有意识地压制着。就像井水，看起来无波，其实暗流在涌动，但难以漾起波澜，因为四周圈了井栏，老庄有时就像这井栏。

东坡在黄州时，写了大量的词，几乎都是名篇，可在海南，翻遍他的集子，只找到三首词：一首《和秦少游千岁词》，两首《减字木兰花》。东坡为什么突然不写词了呢？或许只是习惯的改变，可任何的改变，哪怕是不经意的，都与观念或心境有关。

词的节奏，感觉像小步舞，细碎；而诗的节奏，感觉像进行曲，一大步一大步的，整齐。词是配乐唱的歌词，在海南的心情已让东坡唱不起来。词虽然经过了改造，拓展了内容，提升了格调，但多少还是给人言情消遣的印象。东坡在海南，大量写诗，很少写词，给我的感觉就是闲情少了，快乐少了，飞扬的气力少了，而庄严多了，沉重多了，生命的终结感多了。所以他很多时间用来静坐，用来养生，用来完成带有使命感的大作——史论和注经，而这类写作，与词也不太搭调。词是很情绪化，很个性化的，而经史论的是通理，是天地人生的大课题。

东坡这时可能觉得自己的境遇很像杜甫：老病、潦倒、艰难、苦恨……在什么境遇中，就会将什么人引为知己。魏淳甫说："余观东坡至南迁以后诗，全类子美夔州以后诗。正所谓'老而严'者也。"的确是老而严，就像东坡常常默坐的神情。

向杜甫靠近，还有一个原因，就是杜甫在蜀中待过八载，东坡读杜诗，有重温故里的感觉。东坡有一幅传世书帖《杜甫桤木诗卷帖》，书的便是杜甫的诗《堂成》，其中有两句："桤林碍日吟风叶，笼竹和烟滴露梢。"东坡在跋文中写道："蜀中多桤木……笼竹亦蜀中竹名也。"他对桤木介绍很多，认为杜甫是在纪实。所以读杜诗，能寻到记忆中的风物，能让他在诗中归去。空间上故乡成了绝域，诗文中故乡可以陪在身边，杜甫的诗像个亲人。

在看了叶嘉莹对杜甫的解读后，我对东坡的"类子美"又有了深一层的领悟。叶先生说："每一位诗人对于其所面临的悲哀与艰苦，都各有其不同的反应态度，如渊明之任化，太白之腾越，摩诘之禅解，子厚之抑敛，东坡之旷观，六一之遣玩，都各因其才气性情而有所不同，然大别之，不过为对悲苦之消融与逃避……然而杜甫却独能以其健全的才性，表现为面对悲苦的正视与担荷，所以天宝的乱离，在当时诗人中，惟杜甫反映者为独多……"

一语惊醒梦中人。如果说东坡的旷达，多少有一点对悲苦的逃避，那么南迁后他诗歌的"老而严"——向杜甫的靠近，完成的不只是诗风的转变，更有心境的转变，那便是"面对悲苦的正视与担荷"。如果困境是水，之前的东坡总想成为油，浮在水之上，经历太多不幸之后，东坡认识了不幸，也改变了自己，他宁可成为乳，水乳交融。他也常写困境，而又"有一份幽默与欣赏的余裕"。

元符三年（1100）二月，宋徽宗即位，大赦天下。

苏轼等徙内郡，以琼州别驾廉州安置。

六月二十日夜渡海

参横斗转欲三更，苦雨终风也解晴。
云散月明谁点缀，天容海色本澄清。
空余鲁叟乘桴意，粗识轩辕奏乐声。
九死南荒吾不恨，兹游奇绝冠平生。

这是最像东坡的诗，是东坡三年居儋发出的最强音，而这最响亮的句子竟是在离开时写的。我觉得那个异趣疏狂的东坡又回来了，虽说这时他已六十五岁，性情通常与年龄无关，而与遭遇有关。在惠州时，他大声说"日啖荔枝三百颗，不辞长作岭南人"；他美美地说"报道先生春睡美，道人轻打五更钟"：表明自己在惠州很自适，可有没有一点叫板的意味呢？

东坡居儋的三年，几乎没再"叫板"，是他看清了这些群小不值得，那些"一蟹不如一蟹"的张牙舞爪的东西，就是群魔乱舞。

而东坡最现实的考虑是，他想活下去，更想活着北归。不能总这么让儿子无家无室地陪着自己，要知道苏过已经在惠州陪他老爸四年了，在海南要陪多久，还是未知数，而海北的家人在日日夜夜地念着他们，等着他们。东坡一定在心里祈求，海南贬谪的日子尽快结束吧，已经贬不起了。

所以我能理解为什么东坡海南的诗文有些苦寒，为什么不高喊旷达之语，就是要将自己收敛，将快意收敛。清代评论家王文诰认为东坡海南诗风大变，"及渡海而全入化境。其意愈隐，不可穷也"。东坡确实有意将自己隐藏，现在终于能一抒胸中豪气了。况且"新政"的曙光，让他似乎看到了"元祐党人"的好运，虽然宋徽宗的治理，遭后人诟病，但在当时确实让东坡看到了希望。

没怎么读过东坡海外诗的人，在读了"九死南荒吾不恨，兹游奇绝冠平生"之后，就以为东坡在海南过得很快乐，其实不是这样。东坡在海南，压抑的时候多，寂闷的时候多，只是他努力让心朝着乐观的方向。

"云散月明谁点缀，天容海色本澄清。"这时天容海色的真容才亮给我们看，之前一直都是"海氛瘴雾""天水溟濛"。我在读的时候就想，海南的海天是这个样子吗？而在这海南最后一首诗里，我才看到了海天的真容。东坡把自己敛藏了，把海天也敛藏了，而敛藏这一切的是当朝的残忍与荒诞。

这两句诗不仅是东坡孤悬海外时见到的风景，也是他一生心无芥蒂、表里澄澈的心灵图像，具有自我总结的意味，原本就是一个表里澄澈的东坡，过去是，现在仍是。

重读东坡惠州、儋州诗文集，又有一个发现，就是东坡在惠州时纪年用的是哲宗年号"绍圣"。比如，"绍圣元年十月十三日，与程乡令游大云寺"，"绍圣二年正月二日，余偶读韦苏州"。而到儋州以后，改为干支纪年，决不提"绍圣"，也很少用"元符"。比如，"丁丑岁，余谪海南"，"戊寅三月十五日，蜀人苏轼书"。这也是一种态度吧，如果说在惠州，他还活在皇权的谱系里，那么贬谪儋州时，他已有意退出，回归干支，回到没有政治染指的时空里。

北归时东坡已65岁，离人生的终点，只有一年。

接下来的年谱大致如下：

1100年，65岁

六月渡海，七月至廉州贬所。九月改舒州团练副使，永州安置。行至英州，复朝奉郎，提举成都玉局观，外州军任便居住。年底过岭。

1101年，66岁

度岭北归。正月抵虔州。五月至真州，瘴毒大作，暴病，止于常州。六月上表请老，以本官致仕。七月二十八日卒于常州。

这最后一年里，东坡随着朝廷的诏令，西奔东奔，辗转不歇。只要在政治的谱系里，你就是上了轭的牛，被朝令牵着鼻子走。不明白东坡这个时候为什么还不能做陶渊明。

就在他辛苦辗转的过程中，一生总结性的诗句，也即将咏出。公元1101年三月，东坡由虔州出发，经南昌、当涂、金陵，五月抵达真州（今江苏仪征），在真州的金山寺，东坡看到了当年李公麟为他作的画像，感慨万千，于是拿起笔写了这首《自题金山画像》：

心似已灰之木，身如不系之舟。
问汝平生功业，黄州惠州儋州。

读起来十分凄凉，身心被折磨成这般模样。

诗里不乏东坡的自嘲。黄州、惠州、儋州，是他政治上最不得志的时期,也是他人生多灾多难的时期,他却用这三个时期,来概括自己的平生功业。什么功业啊,他笑笑!

  沧海一声笑,滔滔两岸潮。浮沉随浪,只记今朝……涛浪淘尽红尘俗世几多娇……豪情还剩了一襟晚照……苍天笑……江山笑……清风笑……苍生笑……

一曲《笑傲江湖》,定能唱到东坡的心里。

此刻我对东坡自嘲的这句,也有了不同的理解,至少在这三个地方,在这最不如意的三个阶段,是东坡生命力释放得最充分的时期,表现得最本真的时期,激荡得最有震感的时期,也是激荡后归于淡静、无偏无执的时期。

这三个时期的东坡,是最经典的东坡,是最可敬可爱的东坡,也是我们每个人都觉得能和他成为好朋友的东坡。只是他自己还难以给这三个时期好评,相反,都是差评,因为他评价的标准是功业,而我们评价的标准是诗文和人格,所以他拿来自嘲的,我们可以当作实评。

也就是说,若让后人品评东坡的平生功业,人们也会说:当然是"黄州惠州儋州"啦。甚至若拿功名来换东坡的黄州,人们会异口同声地说:"不换!"东坡自己也肯定说:"不换!"

原本你最不想要的,可能在成全你。

一面是最灰暗的,一面又是最光亮的,灰暗的促成了光亮的。

人生的三个低谷,也是人生的三座高峰。高岸为谷,低谷出峰。

政治上的闲马,创作上的奔马,人格上的天马。

没有了黄州、惠州、儋州,他将不是东坡,而是苏轼;没有了黄州、惠州、儋州,苏轼会黯然许多,中国文学会黯然许多;没有了黄州、惠州、儋州，人们在人生不如意时，将归向何处？

东坡在不如意时，归向陶渊明，归向道，归向佛，归向日子里的小清欢；后人在不如意时，常常归向东坡，归向黄州的东坡、惠州的东坡、儋州的东坡。

"问汝平生功业，黄州惠州儋州"，再读这句子，我的眼前出现了三座巅峰。

附 录

由熟悉的诗句进入"东坡时空"

我们对一位古代文人的认识,通常是始于教科书:高度浓缩的简介以及他/她的诗文。如果这个人的作品贯穿于整个受教育阶段,我们就会获得无数个片段认识,我们对古人的一些认识,几乎都停留在一些片段认识上,而未能将其连缀起来,梳理个因果大概。我们脑子里的这些片段,常常是时空错乱。其实很有必要,将这些碎片拼接起来。一堆青花瓷片,数量再多,也不能让人获得整体的印象,只有凭着技术将它复原,碎片才能被赋予整体的意义。

我们对苏东坡的认识,也几乎是碎片化的。我们能背诵他的很多诗句,但不太清楚他是在什么时候、什么地方、怀着什么样的心绪写的,所以也就很难进入东坡的生命时空,更难以获得对他人生旅程的整体印象。现在我想通过这些熟悉的诗句,跳着进入东坡的某些时空,即便不能有很强的在场感,至少也是一路顺着下来,走到某一个时空交错点,借着一句诗,向东坡问声好。

幸与不幸都遭遇

还是先从头说起。宋仁宗景祐三年十二月十九日（1037年1月8日），苏轼生于四川眉州纱縠行，二十岁前，他过的主要是书斋生活，活动范围基本在眉州。十九岁苏轼与青神县乡贡进士王方之女十六岁的王弗结婚，算是门当户对。苏轼和苏辙都是完了婚，才赴京赶考的，因为其父苏洵不想跟显贵攀亲，这也是处世的一种姿态。1056年，苏轼二十一岁，苏洵带着两个儿子赴汴京赶考，这是父子三人首次出川。他们先到成都拜访张方平太守，五月到达首都汴梁。苏轼参加七月礼部初试，考中开封举人。第二年，兄弟俩双双考中进士，当时的主考官是欧阳修、梅尧臣等。

就在这时传来了母亲病逝的消息，父子三人匆匆回川奔丧。在经历了丧母丁忧之痛后，二十六岁的苏轼赴陕西凤翔任签判，途经渑池一僧舍时，见到几年前兄弟俩的壁上题诗，不禁感叹，作了这首《和子由渑池怀旧》：

> 人生到处知何似，应似飞鸿踏雪泥。
> 泥上偶然留指爪，鸿飞那复计东西。
> 老僧已死成新塔，坏壁无由见旧题。
> 往日崎岖还记否，路长人困蹇驴嘶。

虽是写于二十几岁，但感觉阅尽了人生，写尽了人生的流落和空寞。这与这些年的奔波有关：出川进京赶考，又入川奔母丧，再出川至京，如今又到边远的凤翔任职，一直都在路上，"往日崎岖""路长人困"。当然也与丧母之痛有关，苏母享年才四十几岁，这让苏轼看到了空寞。

更让人感叹的是，这首写雪泥鸿爪的诗，竟成了苏东坡一生命运的象喻，他被贬来贬去，越贬越远。连苏辙都感叹他"如鸿风飞，流落四维"。

苏轼到凤翔任签判，他的上司是四川青神人，跟王弗同乡，此人的儿子陈慥，就是苏轼后来写的方山子，是个异人。巧的是苏轼被贬到黄州后，发现陈慥就住在离黄州不远的岐亭，于是情谊再度加密，这是后话。三十岁时，苏轼回汴京任职，不久发妻王弗病逝。王弗是个聪明美丽的女子，跟苏轼琴瑟和谐，姻缘美满，可二十七岁去世，丢下一子，这对苏轼是巨大的打击，其精神上的痛苦可想而知。三年后苏轼续娶王闰之——王弗堂妹。

1069年，苏轼三十四岁，本年王安石主持熙宁变法。接下来两年间，是苏轼与新法的"文斗"期，由上书指摘到全面批评新法，结果是苏轼乞外任避之。至于苏轼为什么反对新法，简言之，一是缘于新法过激，变法过程中不免出现了一些问题；二是缘于他本人的个性，他这"百年第一"的才子，岂肯追陪新进，他也要独放异彩，独步今古。可神宗皇帝与王安石都铁了心要变法，一切反对的声音，只能被请出京城，包括欧阳修等人。

话又说回来，如果是欧阳修主持变法，而非王安石，苏轼就未必这么较劲了。当时朝中很多新法反对者，首先针对的不是新法，而是不服王安石：你算老几呀，让皇帝都听你一人的！因重用王安石进行变法，之前的一些重臣都近于被搁置起来，他们成了陪衬，自然就对王安石和他的新法加倍不满。文人的个性使他们不愿服从政治的伦理，他们把上朝也当文章去做——保留个性，岂不知，政治在制定以后，讲的是"与朝廷保持一致"。而每天上朝，都是"上吵"，此后，党争成了宋朝愈演愈烈的顽疾。

仕途的蜜月期

这一次虽是外任，苏轼的待遇还不错——任杭州通判，主要是地方好。1071年末到1074年初，苏轼在杭州度过了一段好时光，堪称仕途的蜜月期。好诗吟出来了：

水光潋滟晴方好，山色空蒙雨亦奇。
欲把西湖比西子，淡妆浓抹总相宜。

——《饮湖上，初晴后雨》

苏轼几乎每天都要游湖，西湖像一个清纯靓丽的少女，怎么看都美；而杭州的佳人，也有西湖的秉性，柔情似水，明媚韶秀。苏轼写了大量有关西湖景物的诗，斟酌诗句，等于是从不同角度进入景物的心。美景佳人也训练了他的欣赏眼力，"西子湖"是美人和美景绝妙的合体。这首《饮湖上，初晴后雨》，将西湖的芳心叩动了，同时也叩动了读者的心。

据说西湖历代有很多叫法，像钱塘湖、明圣湖、金牛湖、石涵湖等，叫法很多，说明湖还没有找对自己的名字。白居易在诗里最早称其为"西湖"，因为湖在杭城之西，西只是方位，还没有叫到湖的动情处。直到苏东坡称其为"西子湖"，湖的明艳婉丽，明眸善睐，才灵动了起来，似乎一直都未笑的女子，这时才灿烂地笑了。

水光潋滟是明媚的笑，笑得一湖都是声音；山色空蒙是含蓄的态，看清看不清都是曼妙。似乎湖要等到一个人的出现，才愿精心地淡妆浓抹；而这个人又恰恰最能看出湖的用心，他看出了西子似的湖。

修饰不当，美是要打折的，比如浓抹，常常是美的减分。可是西子湖，淡妆、浓抹，都那么得体，都美得正好，不像有些人的美"减之一分则短，增之一分则长"，虽然也说明那人美得正好，但美只有一个尺度、一个标准，稍一改变，美就不在了。

西子湖的不同，在于外在的改变都影响不到她的美，是怎么变化都美。怎样才算写出一个人、一个物的绝美，就是这种美是不受限的。上看下看左看右看，早看晚看阴看晴看，心情好的时候看，心情不好的时候看，她都美，而且是不一样的美，能让看的人也变得美。

苏东坡用"总相宜"写出了西子湖的大美，"大"在于包蕴深广，在于变化无穷，在于没有定式。真正的美，不会在某些时候看着不美。

而就在宋神宗熙宁七年（1074），十二岁的王朝云进了苏家的门，这女子也像西湖一样美，她将成为苏轼生命中非常重要的一个人。

谁让我们政见不同

同年，苏轼被命知密州（山东），十一月到任。在地方，苏轼总是尽量消除新法施政的弊病。新法从顶层设计来说，未必不善，但执行过程出现了诸多不善，这大都是执行者的问题，执行不当，新法也就变了样。我们没法要求下层官吏也能如设计者那样有智慧，而天才的设计者，遇到拙劣的执行者、狡猾的变通者和恶意的破坏者，注定以失败收场。1074年4月，王安石遭遇罢相。

王安石除了生活上不太讲究，甚至有点邋遢之外，其人品学问都是一流。他的邋遢形象，常遭崇尚精致生活的宋朝士大夫的诟病，甚至由此推理出他人品的邋遢。据说，苏洵写了篇《辨奸论》，以王安石"衣臣虏之衣，食犬彘之食，囚首丧面而谈诗书"的行为"不近人情"，进而推导出王安石得志必为奸臣、为害国家的结论。这种逻辑实在靠不住。苏洵对王安石的看法，不能不影响到其子苏轼。

而近代林语堂的《苏东坡传》，也是不遗余力地非议王安石，让人读了很为王荆公感到不公。王安石深知宋朝的问题，并以"虽千万人，吾往矣"的勇气进行革新，都说他的变法过于激进，须知顽疾要用猛药治。而贪图安逸奢靡生活的宋代士大夫们，显然想保持生活的原样不变，他们视变革为洪水猛兽。变革难，在"太平盛世"变革，难上加难。

苏轼自然不属于贪图享受的士大夫，他跟新法的分歧，是治理观念的分歧。苏轼的思想使他比较推崇无为而治。就像一个重病之人，王安石要用猛药治，而苏轼要用慢慢调理来治，前者弄不好可能会加剧崩溃，而后者王安石又认为根本起不到药效，必须以摧枯拉朽之势，来正本清源。皇帝支持的是王安石，而大臣们不合作，新法又必须推行，这就客观上造成一群投机分子钻进了变法的队伍中，所用非人，最终导致了变法的流产。我以为，王安石变法的失败，归根结底是司马光这些誓死反对的大臣们造成的。

苏轼跟新法的纠葛，本书多篇都有论述，此处不再赘述。

渐至巅峰

密州两年，以诗词论，算是苏轼的一个黄金期，不同风格都出现了成熟的作品。这首传诵千古的悼亡词《江城子·乙卯正月二十日夜记梦》，就是婉约词风的深情绝唱。

　　十年生死两茫茫，不思量，自难忘。千里孤坟，无处话凄凉。纵使相逢应不识，尘满面，鬓如霜。
　　夜来幽梦忽还乡，小轩窗，正梳妆。相顾无言，惟有泪千行。料得年年肠断处，明月夜，短松冈。

这是苏轼十年思量、十年痛苦的一次情感喷发，以梦的形式，以无言的形式。有一种深情，是从来不说；有一种痛楚，是从来不言。苏轼与王弗，两情和洽，婚姻编配的密码，只有两个人神会，那种匹配感，一旦失去，很难再有。而每一款姻缘，都有不同的密码、不同的模式，苏轼跟王闰之应该属于另一种。这次对王弗，苏轼不回避说"不思量，自难忘"，若不是梦引得他一定要说话，估计他仍是不说，而一直藏在心里。

这首词有个标注是"乙卯正月二十日夜记梦"，看到这个时间，我才恍然大悟。我读苏轼的黄州诗词，注意到了这个日子。苏轼在黄州，每年的正月二十，都会约黄州友人，一同去寻春，出东门，到女王城。为什么要约在正月二十呢，苏轼没说，反正从1080到1084年，五年间都是这个日子。回头看《江城子》，我才明白，这个日子对他很重要。一个性情豪放的人，竟然能不言，一切都在心里，这是怎样的深情？

在密州时，苏轼还写了另一首《江城子·密州出猎》：

老夫聊发少年狂，左牵黄，右擎苍，锦帽貂裘，千骑卷平冈。为报倾城随太守，亲射虎，看孙郎。

酒酣胸胆尚开张，鬓微霜，又何妨！持节云中，何日遣冯唐？会挽雕弓如满月，西北望，射天狼。

这首词我们也是能背的，和上一首一样，都作于1075年，但这一首是豪放词，在题材和意境方面都具有开拓意义。这首言志词，在偎红倚翠、浅斟低唱之风盛行的北宋词坛，可谓别具一格，自成一体，而这很可能是苏轼第一次作豪放词的尝试。密州是苏轼词的"出击"时期，他要变革词体。

"但愿人长久，千里共婵娟。"这是每一个中国人都熟悉的词句。这一首《水调歌头》，也是苏轼在密州时所作。词里有复杂的思想，以及思考后的结论。上阕思考的是人生何去何从的问题，苏轼一直有遗世独立的想法，可他又是个眷恋人生的人，眷恋亲人，眷恋功名，眷恋可爱的人间。"何似在人间"，是他思考后的选择。此后，他一直都生活在"向往仙境"与"眷恋人间"之间。

下阕是感怀人间悲欢离合的，一个起因是自己与弟弟已经七年未见了，在人生苦短的现实面前，七年是什么概念，无奈，只能一次次走着思念的路。苏轼是一个不愿意将情绪停留在悲愁一档的人，他要调适，由"月有阴晴圆缺"的自然规律，他想通了人事，最后将心绪调到了豁达上。在苏轼，没有过不去的坎。

苏轼在密州时期不仅创作了婉约、豪放的代表作，同时还树立了豁达的人生观。他想被朝廷重用，可是又为朝臣所不容；他想乘风归去，可是又眷恋人间。矛盾的苏轼、豁达的苏轼，都在密州接受着思想的锤炼，而这一时期，也恰是他的不惑之年。就在苏轼知密州的1076年10月，王安石再次罢相，从此闲居金陵。此后的变法，就有点胡闹的性质了。

有个高地叫"黄州"

> 东风袅袅泛崇光，香雾空蒙月转廊。
> 只恐夜深花睡去，故烧高烛照红妆。

背着这首《海棠》诗，我们可知道苏轼已被贬到了黄州。密州之后，四十二岁的苏轼，调任徐州知州，四十四岁时，又调任湖州知州，我们熟悉的那篇《筼筜谷偃竹记》，就写在湖州任上。当我们读到"元丰二年正月二十日（又是正月二十日），与可（苏轼表兄）没于陈州。是岁七月七日，予在湖州曝书画，见此竹，废卷而哭失声"时，我们也要为苏轼而哭了，因为二十日后，苏轼被捕，导火索是他写的《湖州谢上表》。古时官员每到一处任职，都要写"谢上表"。表中苏轼讥刺新政生事，于是被抓到把柄，李定、舒亶等人又从苏轼诗中搜索证据，解读他的"包藏祸心"。七月二十八日，苏轼在湖州任上被捕，交御史台审理，即著名的"乌台诗案"，一切都以迅雷不及掩耳之势展开。

惶恐中，妻子王闰之烧弃书稿，家人到了安徽宿县，御史台又派人搜查他们的行李，找苏轼的诗和书信，最后手稿残存者不过三分之一，这是苏轼的又一劫。苏轼坐了一百三十天的牢，在多方营救的呼声中，其中包括太皇太后和早已罢相赋闲金陵的王安石的营救，九死一生的苏轼才出狱，被降职为黄州团练副使。贬谪生活开始了，黄州定惠院东的小山上，生有一株绝世海棠，只此一株，苏轼一见到她，就有同是天涯零落之感，自己是孤寂的，海棠也是孤寂的，所以夜深难眠时，他觉得能够陪自己永夜心灵散步的，只有这寂寞的海棠。懂得这样的心情，才能懂这首《海棠》诗。

接下来黄州的诗词文句，就像拍岸的涛声响在我们耳边：

大江东去，浪淘尽，千古风流人物。（《念奴娇·赤壁怀古》）

一蓑烟雨任平生……也无风雨也无晴。（《定风波·莫听穿林打叶声》）

寄蜉蝣于天地，渺沧海之一粟。哀吾生之须臾，羡长江之无穷。（《赤壁赋》）

何夜无月？何处无竹柏？但少闲人如吾两人者耳。（《记承天寺夜游》）

以上都是中学教材里的苏词苏文。对黄州的苏东坡，我们最深的印象是豪放，是旷达。对是对，就是太简单。东坡"遥想公瑾当年"，周瑜破曹之时年方三十四岁，而东坡作此词时年已四十七岁。孔子曾说："四十、五十而无闻焉，斯亦不足畏也已。"就是说，四五十岁还是默默无闻，那这个人就没什么可怕的了，言外之意就是不会有什么大出息了。所以东坡是苦闷的，可东坡又最善于把问题想通，他把周瑜和自己都放在整个江山历史之中进行观照。在东坡看来，当年潇洒从容、声名盖世的周瑜现今又如何呢？不是也被大浪淘尽了吗。这样一比，他便从悲哀中超脱了。不能不超脱，因为他要活。

《定风波·莫听穿林打叶声》也是写超脱的，这个词牌就很有意味。风波，隐喻他在黄州生活得也不安定，仍然有很多双眼睛在窥视着他。他怎样在风波中安定，在穿林打叶声中继续前行呢？"一蓑烟雨任平生"，就是要有无畏的豁出去的姿势，而这来自内心的镇定。"回首向来萧瑟处，也无风雨也无晴"，就是你要能跳脱"当时"看问题，回头看之前的一切，都是人生的幻象。痛苦与欢乐、得志与不得志，都是虚无。东坡通过主观对现实作"虚无"的处理，便获得了内心的安定。

消极悲观不是人生的真谛，超脱飞扬才是生命的壮歌。既然人间世事恍如一梦，何妨将樽酒洒在江心明月的倒影之中，从有限中玩味无限，让精神获得自由。同期所作的《赤壁赋》，说得更为清晰明断："惟江上之清风，与山间之明月，耳得之而为声，目遇之而成色。取之无禁，用之不竭，是造物者之无尽藏也，而吾与子之所共适。"这种超然远想的文字，宛然是《庄子·齐物论》思想的翻版。但庄子以此回避现实，东坡则以此超越现实。

《记承天寺夜游》，写于元丰六年（1083）十月十二日，是在写《赤壁赋》的第二年。这时东坡被贬到黄州已有四年，四年都是闲人，自然失意苦闷。月夜难眠,于是就去寻张怀民,张怀民和东坡一样,也是被贬黄州。这篇记游文字显得很淡静,甚至很惬意,但"闲人"的个中滋味显然很复杂。既有郁郁不得志的悲凉心境,也有月光至美,竹影至丽,而人不能识,唯吾二人能有幸领略的自得自适。

黄州是东坡人生的重大转折期,这里不再赘言。

"趣"是"理"土壤里的活力

> 横看成岭侧成峰,远近高低各不同。
> 不识庐山真面目,只缘身在此山中。

我们熟悉的这首《题西林壁》,是东坡离开黄州,在赴任汝州途中游庐山时写的,之后他还游了石钟山,作《石钟山记》。《题西林壁》是哲理诗,东坡仍然主张认识事物、认识人生,要跳脱一下,才能看得更清,主观成见是人生的一个陷阱。这也是他大灾大难后,痛的领悟。这首诗又是一次诗风的开创,如果说宋以前的诗歌传统是以言志、抒情为特点的话,那么到了宋朝尤其是东坡,则出现了以明理为特色的新诗风。深入理窟是宋人在唐诗之后另辟的一条蹊径,东坡是善于开风气的人。

为解石钟山得名之谜,他特意选在暮夜月明时,与儿子苏迈乘小舟至绝壁下一探究竟。对此,我曾深感不解,白天不是能更方便更清楚地考察吗?至于水石相搏,白天与夜里又有什么区别呢?也许他觉得夜更真实,除去了白日的喧哗;也许他觉得夜有白日制造不出的细节。经一番奇险,东坡似乎看到了这个细节,也听到了细节深处的秘密。我觉得,他历险的欲望大于对山名的探究。

这便是他的疏狂异趣,是他在任何时候都对万事万物保有兴趣的原动力。

东坡游了石钟山后,过金陵,访王安石,相与唱和。荆公请他与自己比邻而居,东坡写出了"从公已觉十年迟"的诗句,两颗伟大的心,这时才靠得如此之近。而十几天的同处,也让东坡对荆公有了新的认识,这时他应该不赞同他老爸《辨奸论》里对王安石的看法了吧。

竹外桃花三两枝,春江水暖鸭先知。
蒌蒿满地芦芽短,正是河豚欲上时。

读着这首《惠崇春江晚景》,我们跟随东坡又来到了江苏江阴。诗是元丰八年(1085)东坡逗留江阴期间,为惠崇所绘的《鸭戏图》而作的题画诗,诗继续在理窟中深入,撩拨着后人的脑洞。这首诗还妙在既能写出"画中态"又能传出"画外意",而这画外意,靠的是想象,靠的是味觉,是嘴馋的功劳。

《溪山春晓图》　北宋　惠崇

欣赏画也跟欣赏诗一样,都是要透过看得见的看到那看不见的。江中的鸭子是看得见的，理趣是看不见的；江边的蒌蒿是看得见的，水里的河豚是看不见的。鸭知，河豚欲上，都是诗人添进去的理趣和画意，添进去的意识活动和生命的律动，画境活起来了，诗境也活起来了。

一个"欲"字真好，因为画中没有河豚，不能用一个做实的字；而有了这个"欲"，诗和画都有了潜在的生机和活力，也使诗画中的春蕴蓄了更饱满的生长力量。

题画诗，不能为画添景，可以为画添趣——添"虚"的部分，这样便拓展了画的空间。

哲理诗的关键是要有趣，趣是理土壤里的活力，一味说理，诗就干巴了。

最是橙黄橘绿时

不觉间东坡又外任杭州，这已是宋哲宗元祐五年（1090）前后的事了。其间发生了很多事情，在东坡写"春江水暖鸭先知"的时候，主张变法的宋神宗病逝，哲宗继位，高太后听政，以司马光为门下侍郎，苏轼被召还朝，任礼部郎中。当初反对变法的大臣们，又陆续回京团聚了。司马光尽废新法，却遭到了苏轼的反对，这让司马光不解且气愤。苏轼不赞同一切绝对的做法，而金陵之会也让他对王安石变法和王安石本人有了更多的理解和认可。从此苏轼也不被保守派待见，苏轼没有站队意识，他凭的是赤诚之心，这正是他磊落的地方。

1085—1086年，王安石、司马光相继去世，苏轼升中书舍人，任翰林学士、知制诰，这是苏轼仕途生涯的辉煌时期，可是党争的病毒，仍不停地发作。程颐跟苏轼也是死对头，不得已苏轼又请求外任杭州，以龙图阁学士的身份任杭州太守，距上一次任杭州通判,已有十八年,苏轼这时已五十五岁。

《橙黄橘绿图》　宋　赵令穰

荷尽已无擎雨盖,菊残犹有傲霜枝。
一年好景君须记,最是橙黄橘绿时。

我们熟悉的这首《赠刘景文》,就写于杭州任上,诗里有东坡的自恋。一般说来,一年好景无非春秋,可他偏说是"橙黄橘绿"的深秋,不是春光,胜似春光,五十五岁的他就是这一段时光吧,这说明他在杭州的这段时光过得还好。作为地方之长,他可以发政施仁,何况朝廷中还有高太后罩着,他想做的事基本都能做成。比如,疏浚西湖、赈济灾荒、开办防治传染病医院等。

在杭州太守任上做了两年,元祐六年(1091)春,东坡又被召入京,任翰林学士、知制诰,又因党争,出知颍州,改知扬州,后第三次被召入京，升端明殿学士兼翰林侍读学士，授礼部尚书。从离开黄州至此，真是三起三落，三落三起。可好景又不长，元祐八年（1093），东坡生命中两个重要的女性——王闰之和高太后，相继过世。亲政的哲宗，这个东坡的皇帝学生，竟对老师表现出了空前的反感。这时章惇为相，他已由东坡的朋友变成了东坡的仇家。绍圣元年（1094），朝廷以讥刺先朝之罪名，将东坡贬往惠州，朝云随侍，这年东坡五十九岁。

南荒未必荒

岭南两广一带在宋时为蛮荒之地，罪臣多被流放至此。东坡仍靠着放达和随遇而安的思想来安顿自己，他对自然风物的喜爱，也一直在充实着他的生命。亚里士多德说："大自然的每一个领域都是美妙绝伦的。""罗浮山下四时春，卢橘杨梅次第新。"与自然万物为一，让东坡能从万物的欣悦中感觉到自己生命的欣悦，正因为如此，他才咏出了食荔枝诗。不过他的心境是复杂的，迈入老境时遭此天崩地坼的双重打击，很难说还能乐观，"日啖荔枝三百颗"，东坡将满腹苦水唱成了甜甜的赞歌，而"不辞长作岭南人"，又是人生归向的一次宣示。东坡因仕途坎坷曾经想避世遁俗，又因念念不忘国运民生，终于没能做到归隐山林，他的内心正处于这种出世与入世两难的心境之中。在读东坡诗的时候，我们要注意的是，他越作旷达之语，内心的苦楚可能就越深。"不辞长作岭南人"，交织的是旷达、无奈的况味，好在有朝云和儿子的陪伴。

在岭南，东坡时常让朝云唱这首《蝶恋花·春景》词。

花褪残红青杏小。燕子飞时，绿水人家绕。枝上柳绵吹又少，天涯何处无芳草。

墙里秋千墙外道。墙外行人,墙里佳人笑。笑渐不闻声渐悄,多情却被无情恼。

上阕是一幅暮春图,却没有春的暮气,尽是生机和活力,这取决于词人不只盯着当下。花褪了残红,小小的青杏长出来了,花落幕了,果却登场了,一路走下去,等着你的是圆满;柳绵吹又少,又是一场谢幕,可放眼望去,尽是芳草,天涯处处皆是。跳出当下的落寞,跳出伤春的格局,暮春也可以是开始,也可以是通达另一境界的起点。

下阕展现了一幅戏剧性的画面。墙内佳人荡秋千,墙外行人不见佳人而独自闷闷。上下阕似乎也不太容易关联在一起,细品又有情理上的关联。上阕为春景,下阕为佳人的故事,也可以理解为"春景"——青春的景象。下阕写了一个无厘头的恼,词结束在"多情却被无情恼",但可以用上阕的"天涯何处无芳草"来宽慰,用时序的运转来代谢"这一刻"的忧烦。现实中的纠结都可以通过自然的法则来理顺,可现实也不能没有多情,这也算儒道互补吧。词里有东坡的豁达。

"九死蛮荒吾不恨,兹游奇绝冠平生"这两句铿锵响亮的诗,写于从海南贬所归来的时候,诗题为《六月二十日夜渡海》,时间为元符三年(1100),东坡已六十五岁。蔡京、章惇之流自绍圣元年(1094)执掌朝政后,专整元祐旧臣,东坡更成了被打击迫害的主要对象,一贬再贬,由英州而至惠州,最后远放海南儋州,前后七年,直到哲宗病逝,东坡才遇赦北还。这位哲宗皇帝只活到二十五岁,他若再长寿一点,东坡就很难活着回来了。

惠州和儋州,都是东坡人生的凄惨期。在惠州时,三十四岁的朝云,终究没有敌过岭南的瘴疠而仙逝,痛失朝云,让东坡深深感受到了老境凄凉。可厄运没有就此放过他,六十二岁时,他再次被贬到海之南，陪伴他的是幼子苏过。在"食无肉，病无药，居无室，出无友，冬无炭，夏无寒泉"的海南；在海氛瘴雾、"疑非人世"的海南，东坡父子度过了四个年头。

不管环境多么恶劣，东坡最终都能接纳并喜爱之。在海南，他是以儋耳民的身份和情感安顿自己的，与环境，他总能讲和，不是无可奈何，而是以一种大智慧将不堪的现实和人生转化成能乐享的常态，于是没有一个地方不是好地方，没有哪一种人生是不能乐活的人生。处于这样的状态，他就能保持很好的感受力和创造力。梭罗说："心灵与自然相结合才能产生智慧，才能产生想象力。"东坡始终保持着与自然的密切关系，这让他产生了超越纷争和怨恨的神力。"九死蛮荒吾不恨"，他说。而这句把下一句的原因逼向至高的价值，为之"九死"都值，是什么让东坡觉得这么值呢？原来是"兹游奇绝冠平生"，就是说他看到了奇绝的风景。虽然多少有点幽默色彩，在东坡确实是一句大实话，奇绝的风景也是至高价值，虽然别人未必会这么认为。这两句渡海诗，是东坡对贬居海南三年的高调总结，但也用尽了所有气力。

尾　声

　　心似已灰之木，身如不系之舟。
　　问汝平生功业，黄州惠州儋州。

这首我们比较熟悉的《自题金山画像》，是建中靖国元年（1101）5月东坡自海南北归途经真州游金山寺时所作。宋代画家李公麟画东坡像留金山寺，这时东坡又看到自己的画像，想这一生，几起几落，失意坎坷，终归都是修炼。

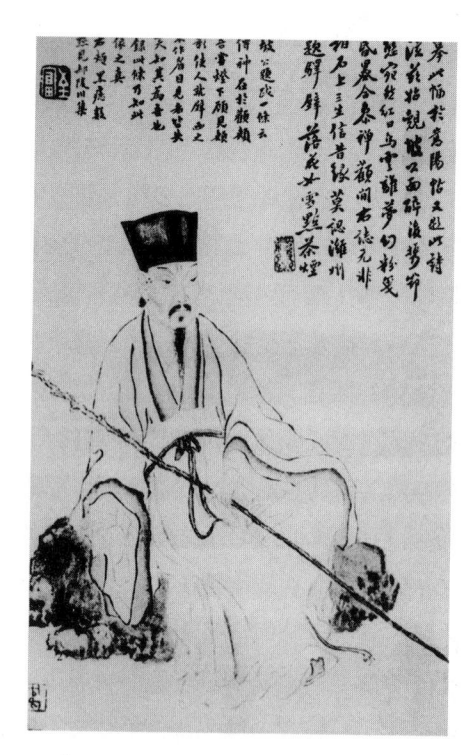

《李公麟苏轼像》　　清　朱鹤年临

"心似已灰之木",即庄子《齐物论》里说的"形如槁木,心如死灰",跟我们今天理解的万念俱灰是不一样的。庄子在说一种境界,形体安定可以使它像干枯的枝木,心灵也可以像熄灭的灰烬。这是一种"吾丧我"的境界,即没有我执、我见,已跟万物融为一体。心灵已然寂静无欲了,不会再为外物所动。

"身如不系之舟",也即庄子说的"泛若不系之舟",这是没有缆绳束缚的船,比喻漂泊不定的生涯,抑或无拘无束的身躯。东坡的一生确实漂泊不定,可并不自由,始终是在朝廷的操纵之中。可当你破了执念,卸下外在的一切,你又无不自由。

只有理解了这两句是在写修行的境界,才好理解后面两句——东坡对自己一生的评价。他说自己的平生功业就在被贬的这三个地方，这未必是自嘲。

东坡已突破了世俗对人的评价，不是以功名利禄来衡量自己的功业，而是以患难中修为的境界来品评自己的一生。那种超然、旷达、无执、无我，如此一路的修炼，都是在黄州、惠州、儋州完成的。越是黑暗，打磨出来的就越光明；越是悲催，泪洗过的心就越悲悯。他是在这三个地方完成蜕变的。

这首诗写过两个月后，东坡病逝，享年六十六岁。七月二十八日，是东坡祭日。

可政敌并没有因为他的死，而放弃对他的打击。蔡京拜相后，为打击政敌，将司马光以下共309人之所谓罪行刻碑为记，苏轼名列其上，这就是有名的"元祐党人碑"。历史的吊诡就是要等到多年以后，才能给你一个公断。其实这又是人性的问题了，不在一个时代，没有了利益的冲突，才可以隔着距离去欣赏你的伟大，而在一个时代，就会以飞蛾扑火的勇气，去扑灭你的光亮。

就算东坡当时还活着，对此也会毫不介意了。

东坡离世三十年后，宋高宗赐号文忠公，这已不是北宋的事了。

离世七十年后，宋孝宗为《苏文忠公全集》写序言。

只是生前，磨难是一代文豪无可选择的必修课。

王国维说："三代以下之诗人，无过屈子、渊明、子美（杜甫）、子瞻（苏轼）者。此四子者，若无文学之天才，其人格亦自足千古。故无高尚伟大之人格，而有高尚伟大之文章者，殆未之有也。"

东坡能照耀千古，最终靠的还是他的人格、文章，那是在炼狱中淬打出来的光。

参考文献

［1］丁永淮，梅大圣，张社教.《苏东坡黄州作品全编》[M]. 武汉：武汉出版社，2010.

［2］陈雪.《东坡寓惠诗文选注》[M]. 广州：羊城晚报出版社，2017.

［3］林冠群.《新编东坡海外集（修订本）》[M]. 香港：银河出版社，2006.

［4］王水照，崔铭.《苏轼传》[M]. 北京：人民文学出版社，2020.

［5］叶平.《东坡志林》[M]. 郑州：中州古籍出版社，2022.

［6］于景祥，徐桂秋，郭醒.《苏轼集》[M]. 太原：三晋出版社，2008.